Gerd Friederich

Tod dem König

Gerd Friederich

Tod dem König

Historischer Roman

Silberburg-Verlag

Gerd Friederich, aufgewachsen im hohenlohischen Langenburg und schwäbischen Bietigheim an der Enz, studierte in Würzburg fürs Lehramt (Deutsch, Kunst, Geschichte, Geografie) und berufsbegleitend in Tübingen (Pädagogik, Philosophie, Psychologie, Landeskunde) und Nürnberg (Malerei). Er arbeitete als Lehrer, Heimerzieher, Personalreferent, Schulrat, Lehrerausbilder und veröffentlichte viel Fachliteratur. Jetzt lebt er im Taubertal, schreibt historische Romane und malt Porträts und Landschaften.

1. Auflage 2013

Umschlaggestaltung: Anette Wenzel, Tübingen,
unter Verwendung des Gemäldes »Ankunft der Postkutsche«
von Carl Spitzweg (1857).
Druck: Gulde-Druck, Tübingen.
Printed in Germany.

ISBN 978-3-8425-1272-6

Besuchen Sie uns im Internet
und entdecken Sie die Vielfalt unseres Verlagsprogramms:
www.silberburg.de

Vorwort

Schwäbisch ist zweifellos eine schöne und kreative Mundart. Verwendet man sie jedoch in einem Roman, dann kann das abträglich sein. Lautgetreu geschrieben ist sie schwer zu lesen, sogar für Schwaben. Außerdem sind die charakteristischen Nasal- und Gutturallaute mit unseren 26 Buchstaben kaum abzubilden. Und nichtschwäbische Leserinnen und Leser müssen sich mit unbekannten Wörtern herumplagen. Darum deute ich das Schwäbische oft nur an. Einzelne schwäbische Wörter oder Sätze, die nicht sofort zu verstehen sind, werden auf derselben Seite in Fußnoten erklärt.

Noch zwei kleine Lesehinweise. Im Schwäbischen wird -st in der Regel zu -sch oder -scht, zum Beispiel isch (ist), gehsch/gohsch (gehst) oder Mischt (Mist), Moscht (Most). Viele Vokale und Konsonanten werden verschluckt, bei Verben (zum Beispiel mache statt machen, wobei das -e wie im englischen Artikel »the« ausgesprochen wird) genauso wie bei allen anderen Wortarten, zum Beispiel dr (der), au (auch), awa (ach was), bsoffe (besoffen), di (dich), dei (deine), do (dort), ka (kann), Rege (Regen), Fra (Frau), Ma (Mann).

König Wilhelm, Pfarrer Abel und Schulmeister Wilhelm mühen sich redlich, nach der Schrift zu sprechen. Und das wollen wir augenzwinkernd anerkennen. Der Schultes, der selten über seinen Flecken hinausgekommen ist, bewundert die drei Herren wegen ihrer Sprache, die er für ausgefeiltes Hochdeutsch hält. Also gibt er sein Bestes, sich auch gebildet auszudrücken, zumindest dann, wenn er mit diesen Herren schwätzt oder in amtlicher Mission unterwegs ist. Will er seinem Herzen Luft machen oder muss er seinen Senf dazugeben, kann es leicht sein, dass er ins Schwäbische verfällt.

Die handelnden Personen

Fritz Frank	ist Schultes (Bürgermeister), Lindenwirt, Großbauer und Weingärtner in einem und damit der erste Mann in Enzheim.
Minna Frank	trägt als Frau des Schultes mit Würde die Bürde der ersten Dame von Enzheim. Sie ist auf dem Lindenhof für das Gesinde, die Küche, die Schweine und das Kleinvieh zuständig.
Nikolaus	kommt mit der Postkutsche und stellt sich als Kammerdiener des Königs vor.
König Wilhelm	hat im Herbst 1841 seinen 60. Geburtstag und sein 25-jähriges Thronjubiläum gefeiert.
Johannes Abel	ist als Pfarrer allseits beliebt, nur Koloman Neumaier mag ihn nicht.
Albert Wilhelm	hat als frisch gebackener Schulmeister Magda, die jüngste Tochter des Schultes, geheiratet. Er dirigiert den Liederkranz, ist Ratsschreiber und Mitarbeiter des *Enzheimer Intelligenz-Blattes.*
Magda Wilhelm	ist die Frau des Schulmeisters, betreibt den einzigen Laden im Ort und hilft in der Linde aus.

Hubert von Haudegen	ist Vorsteher der Geheimen Kriegskanzlei und Adjutant des Königs.
Paula	dient auf dem Lindenhof als Küchen- und Obermagd, seit Kurzem auch als Hofdame.
Koloman Neumaier	schafft als Knecht beim Oberschlaule.
Siegmund Hiederer	ist Knecht im Weingut Klötzner.
Leopold	kommt aus Wien und ist eine zwielichtige Person.
Ernesto	stammt aus Sizilien und ist als Barbier eine Institution.
Die »Pfarrersköchin«	ist verwitwet, nicht unvermögend, will wieder heiraten und wohnt neben dem Pfarrhaus. Pfarrer Abel dient sie als Köchin.
Anna Läpple	ist eine ehrbare Witwe mit »viel Sach«.
Karl	ist Ober- und Rossknecht beim Schultes.
Hansli Wägeli	kommt aus der Schweiz. Er ist auf dem Lindenhof für das Großvieh verantwortlich. Nur reiche Bauern können sich einen »Schweizer« leisten, einen Fachmann fürs Milchvieh.
Frieder Frank	ist als ältester Sohn des Schultes auf dem Lindenhof für die Landwirtschaft zuständig.

Christian Frank	hat als zweitältester Sohn beim Onkel in Oberriexingen die Kunst des modernen (sortenreinen) Weinbaus erlernt und macht seinem Vater die Zuständigkeit für die Weinberge und den Weinausbau streitig.
Frieda	dient der Anna Läpple als Kindsmagd.
Gottlob Vorderlader	ist Scharwächter (Hilfspolizist) und wohnt im Wengerttor.
Amtsbote Heinrich	hinkt und dient sonntags dem Pfarrer als Kirchendusler.
Der »Jenseits«	ist ein reicher Jungbauer.
Paul Knöpfle	hat ein loses Mundwerk und besitzt die Weinstube Rebstöckle am Weinmarkt.
Graf Heinrich	hadert immer noch mit dem Schicksal. Er wurde 1806 auf Befehl Napoleons Untertan des Königs von Württemberg.
Der »Oberst«	dient im preußischen Ersten Garderegiment zu Fuß.
Der »Rittmeister«	befehligt, seitdem er einen Arm verloren hat, einen Trupp preußischer Trainsoldaten.
Der »Dubbeler«	heißt von Haus aus Prinz Albrecht, ist einfältig, aber beliebt in Enzheim.

Erstes Kapitel:

Einsamer Entschluss

»Uiuiui!« Er staunt. Ein Schneesturm fegt durch die Gassen. Der Wind heult und pfeift aus allen Ritzen. Leer ist der Schlossplatz, fort sind die Wachen. Die Konkordia auf der neuen Siegessäule verschwimmt im flauschigen Weiß.

Der König steht am Fenster und ergötzt sich. »Oooh!« Das Gestöber wird dichter, der Himmel düster. »Aaah!« Mitten am Tag bricht die Dämmerung herein.

Jeden Herbst freut er sich auf die kalte Jahreszeit mit ihrer Pracht und ungestümen Macht. Und wenn die ersten Flocken wirbeln, wähnt er sich in seiner Kindheit zurück. Dem fleißigen Hamster schadet der Winter nicht, hatte ihn sein Erzieher einst gelehrt, als er neun war. Tagtäglich war er mit Magister Gros nach dem Essen durch die Gegend gestreift. Auch bei Blitz und Donner, Sturm und Regen, erst recht bei Schnee. In einer Stunde konnte er mehr sehen, hören, riechen und fühlen als den ganzen Vormittag im grauen Unterricht. Sie genossen zusammen die Wunder der Natur und trotzten den Launen des Wetters. Von Gros lernte er viel von Abenteuern in eisigen Ländern.

Seit damals mag er den Winter, die verschneiten Felder, die raureifen Wälder. Besonders liebt er den Tanz der stiebenden Kristalle in frostiger Luft. Als Kind, entsinnt er sich, baute er Schneemänner und schlitterte auf blankem Eis. Mit Schneebällen zielte er auf die hohen Mützen der Gardisten oder seifte Buben das Gesicht mit Schnee ein. Den Vater brachte das in Rage. »Er soll meinen Sohn des kindischen Zeitvertreibs entwöhnen«, schnauzte er den Hauslehrer an.

Jetzt durch den tiefen Schnee stapfen. Sich gegen den Wind legen. Die Schlittschuhe anschnallen und über einen zugefrorenen See gleiten. Juchei, das wäre schön! Endlich einmal tun und lassen dürfen, was gerade in den Sinn kommt. Ohne Rücksicht auf Prestige und Protokoll. Ohne viel Brimborium in den Tag hinein leben.

Herrje, wie lange ist das her? Was, über ein halbes Jahrhundert? Mein Gott, wie die Zeit vergeht. Ach, siebenundzwanzig Jahre als Regent sind es auch schon? Eine lange Zeit und eine große Last. Hat man da nicht ein Recht auf die kleinen Freuden eines unbekümmerten Daseins?

Und während er an unbeschwerte Kindertage und lästige Herrscherjahre denkt, klopft es.

»Herein!« Er sagt es ungehalten über die Schulter.

Der Kammerdiener betritt den Salon und verneigt sich tief im Rücken des hohen Herrn. »Majestät, Oberstleutnant von Haudegen bittet um kurze Audienz. Es sei dringend.«

Dicke Flocken fallen. Der Monarch staunt und nimmt sie doch nicht wahr. Er träumt mit offenen Augen von einem sorglosen Leben, von Tagen und Wochen ohne Aufgaben und Pflichten. Wenn alle Menschen ein Recht auf mich haben, grübelt er, warum soll dann ich nichts von mir haben? Es wird Zeit, dass ich mich endlich mal mir selbst gönne. Versonnen fährt er sich mit der Hand übers Gesicht.

»Majestät.«

Er seufzt. »Nun gut«, knurrt er, »ich lasse bitten.«

Der Diener entfernt sich lautlos. Gleich darauf stürmt Hubert von Haudegen herein, Vorsteher der Geheimen Kriegskanzlei und Adjutant des Königs. In gebührendem Abstand schlägt er die Hacken zusammen und nimmt Haltung an.

Der König dreht sich nicht um, denn er muss sich ein Lachen verbeißen. Angeblich macht sich der Herr Oberstleutnant in die Hosen, wenn er vorreiten muss, wie man in der Kavallerie zu sagen pflegt. Hofschranzen haben das seiner Majestät gesteckt. Und jetzt stelle man sich einmal vor, was das für eine akrobatische Glanzleistung ist, mit vollen Hosen Haltung anzunehmen und gleichzeitig die Hacken zusammenzuschlagen. Unwillkürlich muss er schnüffeln. Man riecht nichts. Noch nicht!?

Stille im weitläufigen Salon mit den blauen Tapeten und den Glasschränken, gefüllt mit Prachtbänden, in die der Hausherr nie hineinschaut. Bücher und Schränke sind für ihn nur Dekoration. Er mag den ganzen Plunder nicht, nimmt ihn jedoch hin, weil er für neuen Firlefanz kein Geld ausgeben will. Dafür gefällt ihm das Eisbärfell an der Wand umso mehr. Und im Eskimokajak aus Holz, Knochen und Seehundfell, das aus Grönland stammt und jetzt in der Ecke liegt, macht er nachmittags sein Nickerchen. Darum tickt auch die pompöse Weltuhr mit dem großen Planetengetriebe nicht. Die Zeiger stehen immer auf Mittag.

Der Landesfürst verschränkt die Arme. Gerade malt er sich in den schönsten Farben aus, wie es wäre, wenn er dorthin reiste, wo Schnee liegt von Januar bis Dezember, so weit das Auge reicht. Im hohen Norden, über Finnland hinaus zum Nordpol hin, soll es Menschen geben, die im ewigen Winter leben.

Ein Räuspern ruft ihn in die Gegenwart zurück.

»Nun, Oberstleutnant?« Nach wie vor schaut er durchs Fenster auf die weiße Pracht. »Wo brennt's?«

Haudegen, hastig und servil: »Beunruhigende Nachrichten, Majestät.«

»Für wen?«

»Für uns alle. Insbesondere für Sie, Majestät.«

Der König schüttelt den Kopf. »Ist im Jänner alles weiß, wird der Sommer gerne heiß.«

»Majestät …«

Abrupt dreht sich der Monarch um, damit er Mimik und Gestik seines Adjutanten studieren und die Hosen begutachten kann.

Haudegen ist wie vom Donner gerührt. Die Augen aufgerissen, den Mund weit geöffnet, stiert er auf seinen allerhöchsten Dienstherrn.

Wilhelm I. lächelt nachsichtig. Ja, er hat sich in seinem ausgedehnten Weihnachtsurlaub völlig verwandelt. Nicht mehr die kurze, nach vorn gekämmte Frisur wie einst bei Julius Caesar.

Vielmehr sind die Haare jetzt lang und auf der linken Seite gescheitelt. Aus dem dezenten Oberlippenbart ist ein graublonder, kräuselnder Vollbart geworden. Und auf der Nase sitzt eine Brille mit Ohrenbügeln. Somit ein fremdes Gesicht mit vertrauter Stimme.

Der Adjutant stottert: »Ma…, Maje…, Majestät …?«

Der König schmunzelt. Jetzt hat er Gewissheit. Die Tarnung ist gelungen.

»Majestät …«

»Oberstleutnant, wie seh ich aus?«

Haudegen windet sich wie ein Aal.

»Hol er den Kammerdiener!«

Haudegen flitzt. Der Diener rennt, ein in Diensten seines Landesfürsten ergrauter Herr im schwarzen Frack. Eigentlich heißt er Eugen, seine Majestät nennt ihn jedoch Dietram, was so viel bedeutet wie schwarzer Rabe.

Der Diener verneigt sich zweifach.

»Wie seh ich aus?«

Bereits beim Aufrichten packt den treuen Dietram das Entsetzen. »Wie ein russischer Anarchist«, witscht es ihm unwillkürlich heraus. Gleich schlägt er sich auf den Mund. »Verzeihung, Majestät, das ist mir leider entschlüpft.«

»So, so, entschlüpft.« Der König lacht, dass die Bauchdecke wackelt und die Beinkleider rutschen. »Brav, Dietram.« Er zieht die Hose hoch. »Bring mir in einer halben Stunde eine heiße Schokolade.« Und weil er ein Leckermäulchen ist, bestellt er auch noch ein Stück Apfelschmarren und ein paar Mandelplätzchen.

Der Rabe macht einen tiefen Bückling und flattert verstört davon. Hoheit, glaubt er, ist heute in garstiger Stimmung. Gewiss ärgert sich Seine Majestät über den vielen Schnee. Und diese Verwandlung. Gräss-lich! Wozu? Was geht hier vor? Ihm schwant nichts Gutes.

»Nun, Haudegen, was sind das für Nachrichten, die Sie derart aufscheuchen, dass Sie mir auf die Nerven fallen müssen?«

»Man trachtet Euer Majestät nach dem Leben.«

»Weiß man, wer?«

Haudegen, schrill und bang: »Staatsfeinde ...«

Mit knapper Geste schneidet der Herrscher seinem obersten Späher das Wort ab. »Verschonen Sie mich mit dem ewigen Geseire.«

»Verzeihung, Majestät.« Haudegen klingt kläglich. »Meine Kundschafter haben diesmal sehr konkrete Hinweise.«

»Meine Kundschafter«, äfft der Monarch seinen Adjutanten nach. Ein spitzbübisches Grinsen huscht über sein Antlitz. »Haudegen, Haudegen! Was haben Ihre Blindschleichen diesmal ausgespäht?« Mahnend hebt er den Finger: »Wenn aber ein Blinder den andern leitet, werden beide in die Grube fallen. Lukas 6, Vers 39.« Der König ist bibelfest, denn er ist nicht nur Landesfürst, sondern nach altem Recht auch Landesbischof, und wird von zwei Hofpredigern, einem evangelischen und einem katholischen, rund um die Uhr beraten und betreut.

Haudegen reißt Mund und Augen auf.

Majestät runzelt die Stirn. »Zum wievielten Mal servieren Sie mir solche Schauergeschichten? Zum zwanzigsten? Oder ist das halbe Hundert schon voll?«

»Majestät ...«

»Huhu! Da fürcht ich mich.«

Wie ein begossener Pudel steht der Oberstleutnant da. Er ist ratlos. Wie soll er seinen Herrn vom Ernst der Lage überzeugen?

Der kostet die Verlegenheit seines Offiziers einen Moment aus. Dann fragt er ruhig: »Dieselbe Machart?«

Haudegen, übereifrig und hektisch: »Ja, Majestät, wieder ein Pamphlet gegen Sie. Man trachtet Ihnen nach dem Leben. Die meinen es ernst, Ma...«

Eine schlenkernde, wegwerfende Handbewegung, der Dienstbeflissene ist augenblicklich verstummt.

»Bild! Bild!« Der Monarch ist gebildet. Das sieht man auf den ersten Blick. Seine Sprache ist gebildet. Sein Antlitz ist gebildet. Seine ganze Erscheinung strahlt Bildung aus. Darum ist er rasch im Bilde, der Gebildete, und das pflegt er militärisch knapp so auszudrücken: »Bild! Bild!«

Er denkt ein Weilchen nach, bis er schließlich den Uniformierten streng ins Visier nimmt: »Sie sind ein verschwiegener Mann, Haudegen … oder?«

»Majestät können sich auf mich verlassen.«

»Ich habe Ihr Ehrenwort als Offizier, dass Sie alles, was ich Ihnen jetzt sage, für sich behalten?«

»Zu Befehl, Majestät! Ehrenwort!«

Der König winkt den Adjutanten näher zu sich heran. »Ich will endlich wissen, ob an den ständigen Attentatsgerüchten etwas dran ist.« Dann weiht er ihn in seinen streng geheimen Schlachtplan ein.

Er werde nicht, wie öfters angeraten und in den Zeitungen gemeldet, zusammen mit seiner Gattin ins Ausland reisen. Die Königin fahre allein zu ihren Verwandten. Er bleibe im eigenen Land.

»Hier in Stuttgart?«

»Nein.«

»Wo werden Majestät residieren?«

»Nirgendwo. Den Budenzauber habe ich gründlich satt.«

»Majestät …«

»Schweigen Sie, Haudegen!«

Der Oberstleutnant schlägt die Hacken zusammen.

»Ich gönne mir Erholung in Enzheim. Aber inkognito!«

Haudegen fallen die Augen aus dem Kopf.

»Ein einziges Mal will ich erleben, wie es sich anfühlt, unter normalen Menschen zu sein und nicht auf Schritt und Tritt erkannt zu werden. Außerdem möchte ich in Ruhe und Abgeschiedenheit den Winter in seiner ganzen Pracht genießen.«

Haudegen, jetzt tief besorgt: »Gestatten, Majestät, was soll aus den ausgearbeiteten Plänen für die nächsten Wochen werden?«

»Mein Besuch in Enzheim steht doch auf dem Programm, nicht wahr?«

Haudegen nickt. »Ist längst amtlich verkündet, Majestät.«

»Na also! Bestätigen Sie in aller Deutlichkeit nochmals diesen Besuch. Öffentlich! In allen Zeitungen des Landes soll man's lesen können! Die restlichen Termine sagen Sie ab. Es wird Ihnen bestimmt etwas einfallen.«

Der Offizier macht ein gequältes Gesicht. Er trägt Bedenken vor und erinnert vor allem an die Bedrohung durch die Attentäter.

Der König bleibt hart. Enzheim sei überschaubar und nicht zu weit von der Landeshauptstadt entfernt. Er werde ohne Begleitung und unter falschem Namen reisen. Sobald in der Öffentlichkeit bekannt sei, dass der König dem Städtchen an der Enz einen Besuch abstattet, fänden sich die Spitzbuben mit Sicherheit dort ein. Er werde eher da sein und persönlich die Lage sondieren. Dem Hofstaat sei kundzutun, er breche nach Italien auf und komme an Ostern zurück.

»Um Himmels willen, Majestät.«

Mit einem energischen Blick erinnert der Herrscher an die zugesicherte Geheimhaltung.

»Und Sie, Majestät, werden …«

»Keine Fisimatenten, Haudegen! Ich reise! Basta!«

»Darf ich wenigstens …«

»Nichts da! Sie werden mich samt Bagage unauffällig zur Postkutsche bringen!«

Der Oberstleutnant salutiert, schüttelt den Kopf und zieht eine bedenkliche Schnute.

Ein erhobener Zeigefinger bringt ihn zur Räson: »Noch ein Sterbenswörtchen, Haudegen, und Sie finden sich auf der Feste Hohenasperg wieder!«

Etliche Tage später am Abend. Schneewolken über Enzheim. Ärgerliche Sorgen verdämmern.

Fritz Frank, Stadtschultheiß, Großbauer und Weingärtner, sitzt in der Unterstadt in seiner miefigen Gaststube, denn er ist auch noch Lindenwirt. Die Linde hat seine Minna mit in die Ehe gebracht. Er hat sie aus Liebe gefreit, aus Liebe zu ihrem Sach. Seitdem mehrten sich die Gäste, häufte sich der Wohlstand und rundete sich ihr Bauch ebenso wie seiner.

Gerade studiert er im Schein einer funzeligen Petroleumlampe das *Enzheimer Intelligenz-Blatt.*

»Post!«

»Ja, spinnst du?!« Er explodiert. Er schäumt. Er kratzt sich den Zorn aus dem Bauch: »Du Granatentrampel!«

Obermagd Paula hat ihm die Post auf die aufgeschlagene Zeitung geworfen. Nur noch Fetzen klemmen zwischen Daumen und Zeigefinger.

Er schnellt vor wie ein Ochsenfrosch auf Beutefang, packt die Post und schmeißt sie ihr hinterher. Gleich wird ihm besser.

»Schultes, des hab i net welle.«

Der Ärger des Schultheißen, den alle Welt nur Schultes nennt, verraucht zwar nicht so schnell, wie er detoniert ist. Aber immerhin so rasch wie der Pulverdampf einer Pistole. Paula ist eine gute Seele, das weiß er. Bald ein Jahrzehnt dient sie schon auf dem Lindenhof.

»Jetzt rührst einen Papp an und klebst meine Zeitung zammen!« Er wird wieder entspannt und kommod.

Die treue Magd klaubt die Post vom Boden auf und legt sie vorsichtig auf die entfernteste Ecke des Tisches. Mit hängenden Schultern und schlechtem Gewissen schleicht sie in die Küche. Die zerfetzte Zeitung nimmt sie mit.

Er bruddelt noch eine Weile vor sich hin und angelt sich nebenbei die drei Poststücke. Das neueste Regierungsblatt, das wöchentlich erscheint. Den Registerband zum nämlichen Regierungsblatt fürs abgelaufene Jahr. Und einen Brief, der gesiegelt ist. Königliches Hofamt oder so ähnlich. Der schlampige Siegelabdruck ist gerade noch zu entziffern.

»Au!«, entfährt es dem Schultes. Schuldbewusst zieht er den Kopf ein. Post von allerhöchster Stelle. Das bedeutet oft nichts Gutes. Seufzend legt er das Schriftstück ungeöffnet zur Seite.

Zunächst nimmt er sich den hundertfünfzig Seiten umfassenden Registerband für 1842 vor. »Die Buchstabensupp braucht keine Sau«, mault er vor sich hin. Kopfschüttelnd blättert er in den endlosen Orts-, Personen- und Sachverzeichnissen für das abgelaufene Jahr.

»Glump, verreckts! Arschwisch, verleimter!«

Er schiebt das Buch weit von sich und schlägt das neueste Regierungsblatt vom 7. Januar 1843 auf. Giftblättle schimpft er es. Und schon wieder erregt er sich, nein, jetzt schwillt ihm der Kamm.

»Blutsauger! Erzspitzbuben! Profitmichel!«

Er kennt mehr als dreitausend Schmäh- und Schimpfwörter, zehn für jeden Tag, von abscheulicher Abfuggerer und armseliger Affendackel bis wüste Zuttel und verhutzelter Zwiebelkopf.

Er ärgert sich gottsmillionisch, weil das Justizdepartement rückwirkend zum 1. Januar das tägliche Kopfgeld für Gefangene auf vierzehn Kreuzer erhöht hat.

Wütend rollt er das Blättle zu einer Röhre zusammen und trommelt auf den Tisch.

»Abgschlagene Siach! Blöde Hornochsen! Liederliche Federfuchser!«

Einmal, ein einziges Mal einem dieser elenden Paragrafenschmierer kräftig in den Hintern treten dürfen, das wäre eine Wohltat für sein geschundenes Untertanengemüt! Seit Längerem frisst sich ein starker Grimm gegen die Regierung in Stuttgart durch seine Seele.

Er sinniert ausgiebig, denn das Rechnen hat man zu seiner Jugendzeit noch nicht in der Schule gelernt. Vierzehn Kreuzer täglich, das sind zwei Kreuzer mehr als bisher. Macht für jeden Häftling? Er fährt sich nachdenklich übers Gesicht. »Bei dreihundertfünfundsechzig Tagen im Jahr …«, Zuversicht breitet sich über seinem Antlitz aus, » … sind das dreihundertfünfundsechzig Kreuzer, wenn wir für jeden Tag einen Kreuzer mehr blechen müssen. Und zwei Kreuzer mehr pro Tag und Jahr macht … akkurat das Doppelte.« Er kratzt sich hinterm Ohr. »Das Doppelte von dreihundertfünfundsechzig …?« Er zählt zuerst die Hunderter zusammen, die Zehner, die Einer. »Macht …?«, Frohlocken blinkt aus seinem Gesicht, »… ungefähr siebenhundertdreißig Kreuzer.« Sechzig Kreuzer sind ein Gulden, das weiß jedes Kind. Also denkt er nach, spreizt die Finger in der Hosentasche, während es in seinem Gesicht arbeitet. Offen zeigt er nie, dass er sich mit dem Dividieren schwer tut. Lieber spielt er den Taschenrechner. Zehn mal sechzig macht sechshundert, elf mal ist sechshundertsechzig, zwölf mal ergibt siebenhundertzwanzig. »Aha! Summa summarum zwölf Gulden und ...zehn Kreuzer.« In einem Jahr, wohlgemerkt. Macht nach Adam Riese in vier Jahren? »... achtundvierzig Gulden ... und ... vierzig Kreuzer.«

Im Zucht- und Arbeitshaus sitzt bekanntlich der Schnellreich ein. Der ist vor drei Jahren als Schieber und Betrüger entlarvt worden. Zwar konnte er fliehen. Doch kurze Zeit später wurde er verhaftet und zu sieben Jahren Zuchthaus verdonnert. Folglich wird er noch vier Jahre brummen. Und weil er Enzheimer Bürger ist, muss seine Heimatgemeinde die Haftkosten zahlen. So will es das Gesetz.

»Achtundvierzig Gulden und vierzig Kreuzer«, echauffiert sich der Stadtpräsident, zumal man dafür ein Krautgärtle kaufen oder mit der Ulmer Schachtel in den Balkan auswandern könnte. Somit richten zehn mittellose Spitzbuben eine Kommune leicht zugrunde. Darum ist schon mancher brave Schultheiß auf die Idee gekommen, einen ortsansässigen Galgenvogel aus Kostengründen in einer entlegenen Güllegrube zu entsorgen statt im Zuchthaus durchzufüttern.

Der Schultes ächzt und knirscht mit den Zähnen. »Wart nur, Bürschle! In vier Jahren kommst du heim. Dann ist's aus mit der fidelen Zuchthauserei.«

Er schnauft tief durch, bis er sich wieder abgeregt hat. Argwöhnisch wie eine Katze, die etwas Rares fressen soll, beäugt er den Brief. Endlich schnappt er zu, dreht ihn um und um, beschnuppert ihn, fährt mit dem Finger unter das Siegel und bricht es auf.

»Oberhofrat seiner Majestät des Königs Wilhelm I.« steht auf dem gedruckten Briefkopf. In gleichmäßiger Handschrift teilt ein gewisser Oberstleutnant von Haudegen mit, demnächst werde ein Kammerdiener Seiner Majestät nach Enzheim kommen, um den seit langem angekündigten Besuch des Königs vor Ort vorzubereiten.

Kopfschüttelnd steht der Schultes auf und stelzt steifbeinig in die Küche. Reißmatheis![1] Seit die Hundskälte über Enzheim hereingebrochen ist, tun ihm alle Knochen weh.

Es riecht durchdringend nach Essig. Paula hat aus Weizenmehl, kochendem Wasser und Essig einen Kleister angerührt. Sie sitzt am Tisch, unglücklich, zerknirscht und wütend zugleich. Am liebsten würde sie aus der Haut fahren, wenn sie könnte. Doch alles klebt. Die Hände vor allem, Schürze und Ärmel, sogar Gesicht und Haare. Die Frau ist von Kopf bis Fuß ein einziger klebriger Klumpen.

Der Tisch ist übersät mit Zeitungen, denn sie hat von alten Ausgaben des *Enzheimer Intelligenz-Blatts* Randstreifen abgeschnitten. Damit versucht sie verzweifelt, mit Pappfingern die zerfetzte Hauspostille ihres Patrons zu reparieren.

Des Schultes Minna dagegen hat die Ruhe weg. Gerade stellt sie die abgepfiffene[2] Milch beiseite. Sie wackelt auf ihren krummen Beinen zum Herd, auf dem eine schwere Eisenpfanne glüht. Mit einem großen Holzlöffel haut sie Zwiebelringe im Kreis herum.

»Hör dir das an.« Er stellt sich neben sie und liest ihr den Brief vor.

Seine Angetraute stichelt. »Da werden sie uns so einen alten Klufenmichel[3] schicken.«

Ihr Göttergatte ist eher ärgerlich. Er wähnt einen Aufpasser und Besserwisser im Anmarsch. Die Dünkel aus der Landeshauptstadt kann er nicht verputzen. »Aberjetza, wenn der motzig wird, muss er den Stall ausmisten oder Holz spalten.«

»Du Suppenlalle! Kapierst du's net, du Saubauer? Die schicken einen, der dir beibringen soll, wie man sich anständig aufführt. Glaubst du, dass sich der König dein Gemaule anhört?«

---

1 Rheuma

2 entrahmte Milch

3 Umstandskrämer

»Der scheißt auch keinen Grießpudding.«

»Bloß schwätzt im ganzen Ländle keiner so ungewaschen raus wie du.«

Der Schultes zieht das Genick ein und verlässt angesäuert die Küche.

Der Stadtregent schnürt die genagelten Stiefel, zieht einen wasserdichten Kittel an, setzt seinen breitkrempigen Hut aufs störrische Haupthaar und wirft sich einen Schal um den Hals. In der Schankstube kippt er schnell einen Schnaps gegen die Kälte. Noch einen zur Vorbeugung gegen Halsweh. Und einen dritten zur Stabilisierung des inneren Gleichgewichts. Dann schnappt er die brennende Laterne an der Haustür und leuchtet sich in die Dunkelheit hinaus.

Die Gassen sind saumäßig glatt. Dazu herrscht ein eisiges Schneefegen. Menschenleer ist die Hauptstraße, stickig die Luft. Dicker Qualm senkt sich von allen Schornsteinen herab.

Der Schultes stemmt sich gegen den Wind. Breitbeinig, mit den Händen balancierend, den Hintern hängend, um Stürze abzufedern, schlurft er zum Ochsen in die Oberstadt hinauf, schleift auf dem Eis vor dem Rathaus um die Kurve in die Burgunderstraße hinein und klopft an die Pfarrhaustür. Abels Amtsstube ist ihm mittlerweile Asyl für Notfälle und Trost bei Kümmernissen.

Hochwürden, ein Mann von Geist und Humor, sitzt meist zuhause herum, wenn er nicht gerade das Katheder in der Volksschule wärmt und die Schulkinder mit seinen Religionsstunden langweilt. Stets ist er schwarz gekleidet. Die Hosen glänzen am Hintern, an den Knien sind sie abgeschabt. Der Kittel ist an den Ellenbogen bereits fadenscheinig. Von einem neuen Gewand will er dennoch nichts wissen. Lieber gibt er sein Geld für teure Bücher aus. Seine Frau ist vor geraumer Zeit gestorben, die Kinder sind längst aus dem Haus. Eine Nachbarin führt ihm den

Haushalt. Predigten schreibt er wie der geölte Blitz, trotzdem – oder gerade deshalb – sind sie griffig und nahrhaft und gehen zu Herzen. Auch für Hochzeiten, Taufen, die Kirchenbücher und die Beaufsichtigung von Schule und Schulmeister verschwendet er nicht viel Zeit. Und die Kirchen- und Schulvisitationen des Dekans, der alle zwei Jahre die amtlichen Bücher prüft und den Unterricht kontrolliert, bringen ihn seit Ewigkeiten nicht mehr aus der Fassung.

Ergo liest er viel, stiert durchs Fenster, knackt Sonnenblumenkerne und spielt sein Lieblingsinstrument, die Maultrommel. Sein Steckenpferd ist die Himmelsguckerei. In sternklaren Nächten steigt er im Schein einer Laterne auf den Kirchturm und schaut mit seinem Fernrohr ins All. Wenn es über der Kirche irrlichtert, wissen die Enzheimer, dass ihr Pfarrer im Turm hockt und durchs Glockenfenster die Sterne zählt. Vor drei Jahren hat er sich ein neues Teleskop gegönnt, das ihm ein berühmter Wiener Instrumentenmacher eigens gefertigt hat.

Auch an diesem Abend ist Abel zuhause – und langweilt sich. Das aktuelle Pfarrersblättle, den *Merkur*, kennt er schon auswendig. Weil es nebelig ist, kann er nicht auf den Turm und das Firmament bewundern. Darum kommt der Besuch des Schultes gerade zur rechten Zeit. Zumal die beiden ungekrönten Oberhäupter Enzheims ohnehin alle naslang die Köpfe zusammenstecken.

»Sie trinken gewiss einen Schoppen mit mir, Herr Bürgermeister.« Das ist keine Frage, sondern eine lieb gewordene Feststellung.

Der Schultes weiß, dass er im Pfarrhaus stets einen guten Tropfen kriegt. Seinen eigenen Wein, seinen besten, Enzheimer Grafenstolz. Weil in Enzheim jeder Wengerter an Martini einen Teil seiner Kirchensteuer als Gefällwein zahlt. Der Lindenwirt wählt hierfür Jahr für Jahr einen exquisiten Rebensaft von seinen sortenreinen Lagen am Schlossberg. Und so oft er kann, hängt er bei Abel an der Flasche und zehrt von seiner Steuerlast.

Sie gurgeln, sie beißen, sie schlotzen und genießen. Auch das ein lang erprobtes Ritual. Der Schultes kommt, und Abel löst ihm die Zunge. Ist die Gurgel erst geschmiert, redet sich's ganz ungeniert. Eine alte Weisheit, die jeder Pfarrer aus dem Alten Testament kennt.

Der Hausherr ist mopsfidel. »Was ficht Sie an, Herr Bürgermeister? Sie sind so blass um die Nasenlöcher.«

»Ojemine!« Der Gast klagt sein Leid. Der Besuch des Königs liege ihm im Magen, weil die Aufwartung seiner Majestät allmählich zur Haupt- und Staatsaktion missrate. Eigentlich habe er dem Landesvater ein paar erholsame Tage an der Enz gönnen wollen. Jetzt sei der schöne Plan zunichte. Ein gewisser Oberstleutnant von Haudegen, Oberhofrat seiner Majestät, künde einen Kammerdiener an, der die Festivitäten vorbereiten solle. Dass Hofschranzen das Kommando in seinem schönen Städtle übernähmen, gehe ihm gegen den Strich.

Abel tröstet. »Dann trägt die Hofkanzlei die Schuld, wenn es dem König bei uns nicht gefallen sollte. Bitte sehen Sie es einmal von dieser Seite.«

Der Schultes stutzt. Er schluckt. »Aberjetza, meinen Sie …?«

»Ja! Bestimmt! Ist der Kammerdiener hier, werden wir ihn kräftig melken. Alles, was Majestät wünscht, kitzeln wir aus dem Lakaien heraus. Bringen Sie ihn nur her.«

Der Stadtrat tagt jeden zweiten Dienstag um sechs, gleich nach dem Abendläuten. Der 2. Januar war sitzungsfrei. Denn in den Zwölfnächt zwischen dem 24. Dezember und dem 6. Januar darf es keine Hochzeiten geben, ebenso ist jede Form von Spaß oder Streit verboten, zum Beispiel Tanzen oder Possenreißen, Rechtsgeschäfte oder Hader aller Art. Aus diesem Grund sind auch keine Sitzungen erlaubt, weil die leider öfter in Raufhändel oder Narreteien ausarten. Darum finden sich die Herren Stadträte im gerade angefangenen Jahr 1843 erstmals am 16. Januar im Ratssaal ein.

Im Königreich Württemberg verwalten sich die Kommunen selbst. Der Ortsvorsteher heißt in den Städten Stadtschultheiß und in den Dörfern bloß Schultheiß. Hierzulande schmücken lange Titel die wichtigen Ämter, während sich die zweitrangigen mit kurzen Namen begnügen müssen, weil dafür weniger Verstand nötig sei. Der Stadtschultheiß oder Schultheiß ist örtlicher Regierungschef und zugleich Vorsitzender im Stadt- beziehungsweise Gemeinderat. Dieser stützt sich auf vier Säulen. Den Kirchenkonvent, dem auch der Pfarrer und der fürs Geld der Kirchengemeinde zuständige Kirchenpfleger angehören. Den Bürgerausschuss, der alle wichtigen Gemeinderatsbeschlüsse vorberaten muss. Den Stadt- oder Gemeindepfleger, der die kommunalen Finanzen besorgt. Und den Verwaltungsaktuar, den das Oberamt als Kreisbehörde auf Kosten der Gemeinde bestellt und der für alle wichtigen Verwaltungsakte zuständig ist.

Der erlauchte Stadtrat zu Enzheim setzt sich aus elf Persönlichkeiten zusammen, zehn davon auf Lebenszeit gewählte und zum Zeitpunkt ihrer Wahl mit irdischen Gütern reich gesegnete Männer. Frauen traut man nur das Kinderkriegen, das Kochen, das Kühemelken und das Jubilieren im Kirchenchor zu. So will es das Gesetz. Insgeheim haben sie jedoch die Hosen an.

Nach der Kommunalverordnung von 1813 müssen die Stadträte mit Kopf und Kragen für jeden Schmarren haften, den sie anrichten. Wenn sie zum Beispiel einen Königsschmarren beschließen, ein sogenanntes Jahrhundertwerk, das man erst in hundert Jahren ausbügeln oder gradbiegen kann, zahlen nie die Bürger. Darum müssen die Deputierten bei Amtsantritt vorsorglich zwanzig Gulden pro hundert Einwohner in der Kasse hinterlegen. Weil es gegenwärtig 1064 Enzheimer gibt, sind bereits zweihundertzwanzig Gulden sichergestellt. Eine weise und nützliche Regelung für die ganze Welt und alle Zeiten, die den Württembergern seinerzeit geglückt ist.

Denker und Lenker ist Fritz Frank, Schultheiß, Lindenwirt, Großbauer, Wengerter und Mitglied im Kirchenkonvent. Demzufolge der erste weltliche Mann von Enzheim. Alles geht bei ihm nach Recht und Billigkeit, das heißt nach dem Recht, das der Schultes für billig hält. Als Vorsitzender des Stadtrats thront er kraft Gesetzes hoch erhobenen Hauptes oben am Tisch, flankiert vom Ratsschreiber. In Enzheim ist das sein eigener Tochtermann.

Der blutjunge Schreiber hat weder Sitz noch Stimme in diesem Gremium und ist vom Volk nicht gewählt, sondern vom Stadtparlament ernannt worden. Er muss all den Lohkäs aufschreiben, den die Herren Stadträte verzapfen. Trotzdem hat er in jüngster Zeit peu à peu an Einfluss gewonnen. Denn erstens wurde er vor über einem Jahr zum Schulmeister gewählt und gehört damit kraft Amtes nach Pfarrer und Bürgermeister zur kommunalen Dreifaltigkeit. Zweitens hat er die jüngste Tochter des Lindenwirts gefreit und sich als Einflüsterer vom Schultes breitgemacht, weshalb etliche Einwohner ihn den Ohrewusler heißen. Und drittens betreibt seine Frau Magda das einzige Lädle weit und breit. Bei ihr treffen sich die Frauen zum Ratschen und Tratschen und kontrollieren nebenbei, wie viel Geld ihre Männer für Rauchtabak und stinkige Stumpen ausgeben. Nahezu unbemerkt hat sich der junge, unscheinbare Mann, der vor ein paar Jahren als schüchterner Provisor[4] hier hereinschneite, vom armen Dorflehrerlein zur grauen Eminenz gemausert. Als Schulmeister weiß er die Jugend hinter sich. Als Publizist des *Enzheimer Intelligenz-Blatts* kaut er den Lesern ihre Meinung vor. Als Ratsschreiber kennt er alle Interna im Städtle. Als Schwiegersohn des Schultes berät er das Stadtoberhaupt. Und als Dirigent vom Liederkranz hat er die Herzen der Männer erobert. Er bringt den Enzheimern Kultur und Muse bei und verschafft den Herren der Schöpfung mit seiner Singstunde allwöchentlich ein Alibi fürs Wirtshaus, weil die Sangesbrüder nach dem Jauchzen und Tirilieren ihre rauen Kehlen befeuchten müssen. Dabei – hier schließt sich der Machtkreis – hören sie bei Bier und Wein auf das Kommando seiner Magda, weil die blutjunge Frau noch immer in der elterlichen Linde aushilft.

---

4 provisorischer, weil nur befristet eingestellter Lehrer

Sie hat ein gefälliges Äußeres, weshalb sie die älteren Herren Miezekatze rufen. Wie eh und je wickelt sie die Stammgäste um den Finger. Sie ist die starke Frau hinter ihrem weichen Mann und reißt entsprechend das Maul auf.

Der Spaßmacher im Elferrat ist der Knöpfles Paul, Inhaber des Weinlokals Rebstöckle und ein großer Galgenstrick vor dem Herrn. Das Gegenteil ist der Küfer Schorsch. Meist hockt er stumm da und süffelt an seinem Bier, bis er sachte eindußelt und zu ruseln[5] beginnt. Dann gibt's den Oberschlaule vom Oberhof. Der hat nie eine eigene Meinung, dafür einen Rettichkopf und eine Schwertgosch. Damit pflegt er zuweilen die Sitzungen aufzumischen. Anders der Hannes, seines Zeichens Hofbauer vom Enzgrund. Er ist ein verschlossener Mann, besonnen und auf Ausgleich bedacht. Unterstützt wird er häufig vom Ziegelbrenner und Töpfer Johannes Bierlein, der sich jeden Abend im Bett müht, mithilfe des zerschlissenen Schulbuches seines Sohnes die Rechenkunst zu erlernen. Der Chaot in der Mannschaft ist der alte Schöpflein, ein Querkopf und Tüpfelscheißer. Nicht selten macht er gemeinsame Sache mit dem Nagelschmied Köhler, einem trübsinnigen Rappelkasper. Der verdient sein Auskommen nur noch mit Hängen und Würgen, seit es Nägel aus der Fabrik gibt. In jeder Sitzung schwitzt er Blut und Wasser, weil er fürchtet, der nächste Beschluss bringe ihn an den Bettelstab. Dagegen pfeift Leonhard Ledlein, der erste und einzige Maurermeister weit und breit, zu jeder Zeit vor sich hin. Als Vorsteher des neu gegründeten Turnvereins glaubt er, die Interessen der jungen Leute zu vertreten. Schließlich ist da noch der Jüngste in der Runde, der neue Häfnerbauer. Genau genommen heißt er Willy Wöbbel. Er hat die Karlene Häfner geheiratet und ist für deren ermordeten Mann in das Stadtparlament nachgerückt.

Im Sitzungssaal stinkt es gottserbärmlich nach Petroleum. Die Lampe rußt. Der Docht flackert und illuminiert den Saal

---

5 schnarchen

nur dürftig. Das zuckende Licht lässt die Gesichter der elf wie dämonische Fratzen aus der Finsternis aufblitzen.

Es geht um zwei Themen, die erhöhten Häftlingsgebühren und den Besuch des Königs.

»Der Schnellreich kann bei mir als Knecht schaffen, wenn er aus dem Zuchthaus kommt. Ich guck danach, dass er aus Versehen durch eine Heuluke fällt«, lautet der unziemliche Vorschlag des Schöpflein.

Auch Nagelschmied Köhler frönt der Leidenschaft für Selbstjustiz: »Am besten vor dem ersten Zahltag.«

Großes Gelächter.

Der Hofbauer verzieht keine Miene. Sachlich verweist er auf das Gesetz. Da stehe doch drin, dass das Vermögen eines Häftlings zur Deckung der Haftkosten herangezogen werden darf.

Bierlein kapiert gleich. »Der Schnellreich hat noch ein schönes Haus in der Münzgasse. Wenn wir das verganten[6] …«

»… sind wir den schleimigen Bruder endgültig los«, ergänzt der Knöpfle, »weil er bei uns kein Dach mehr über dem Kopf hat.«

Sofort geht der Schultes darauf ein und stellt erleichtert fest: »Aberjetza machen wir sein Anwesen zu Geld und legen den Erlös bei unserem Sparverein an. Dann kann der Schnellreich seine Kosten selber zahlen.«

Sie nicken den Vorschlag einstimmig ab.

Ein warmer Hauch von Einvernehmen weht durch den Saal. Der Schultes lehnt sich entspannt zurück. Er kann ja nicht ahnen, dass die Sitzung noch turbulent wird.

Zunächst setzt ein nicht enden wollendes Palaver ein. Was soll man dem König bieten?

Die Vorschläge stapeln sich auf dem Tisch. Festlicher Empfang auf dem Marktplatz. Begrüßung durch den Stadtrat, Spalier der Veteranen, Aufmarsch der Ehrenjungfrauen, Defilee der Honoratioren, Auftritt des Gesangvereins, Schauturnen, Huldigung

6 zwangsversteigern

der Schuljugend. Danach Stadtbesichtigung mit kleinem Umtrunk an der Flößerlände unten an der Enz. Nachher Festgottesdienst mit Kirchenchor. Schließlich ein Festbankett im Rathaus mit anschließendem Tanz. Und für den nächsten Tag …

»Wenn er den erlebt.«

Lähmende Stille. Entgeisterte Blicke. Was ist in den Hannes gefahren?

»Wenn ich der König wär«, sagt der Hofbauer Hannes leise, aber bestimmt, »würd ich mich über das überzwerche Festle net freuen. Vergesst net, es ist Winter. Da kriegt halb Enzheim den Rotz.«

Der Hofbauer sei ein Lommel, ein Nörgler, und das Programm noch viel zu dürftig, entrüsten sich die einen. Vielmehr müsse man Majestät beispiellose Attraktionen bieten, wie sie in keinem Kalender stehen.

Nein, empören sich die anderen. Das fuderweise Getöse und endlose Gegacker könne kein Mensch aushalten, nicht einmal ein König. Beim stundenlangen Ausharren in Eis und Schnee friere Männern wie Frauen die Wasserleitung ein. Außerdem dürfe man nicht so viel Geld für ein einziges Festle ausgeben; es müsse in drei Teufels Namen noch ein Quäntchen übrig bleiben für eine neue Feuerspritze.

Da ein dummes Wort. Dort eine dreiste Anschuldigung. Und schon sind sie ringsum im ärgsten Gezänk. Die einen speien Gift und Galle. Die anderen gießen Hohn und Spott. Mitten drin der Hofbauer. Er will löschen, unter dem Feuerschutz vom Bierlein. Sinnlose Liebesmühe. Die Fehde in der Sache eskaliert zur bösen Kränkung der Kontrahenten.

»Sich dackelig schaffen, weil einer daherkommt, der zufällig König heißt?«

»Du Anarchist!«

»Furzklemmer!«

»Soll ich mir einen Wedel in den Hintern stecken, damit sich Majestät gaudieren kann?«

»Du brauchst nötig einen Staubwedel. Bei dir daheim hängen noch die Spinnweben vom vorletzten Jahr an der Decke.«

»Sapperlot, bist du ein dummer Ochs. So kenn ich dich ja nicht.«

»Und du bist ein bissiger Hund. Ruckzuck haust du den Leuten die Zähne in den Hals.«

Sie dengeln die Sensen zum Gefecht. Jetzt kracht die Welt in allen Fugen.

»Bohnenfresser!«

»Hosenseicher!«

»Klugscheißer!«

»Latrinenhopser!!«

Ein Schrei wie das Trompeten eines Elefanten: »Aberjetza! Maul halten!«

Mit einem Schlag ist Ruhe. Oder ist es nur die Stille vor dem Sturm?

Der Schultes fürchtet um den kommunalen Frieden und das Heil seiner Stadträte. Er erhebt sich und pumpt sich auf wie ein Maikäfer vor dem Abflug. »Ihr spinnet ja!«, kläfft er sie an, dass sie das Genick einziehen. Zunächst ungläubig hat er zugehört, hat versucht, schlichtend in den heftiger werdenden Disput einzugreifen. Jetzt reicht es ihm.

»Rindviecher, blöde!« Er stockt. Er weiß nicht weiter, denn er kocht vor Wut.

Doch schlagartig verschieben sich seine Gesichtszüge. Über die grimmige Miene huscht ein fernes Leuchten. Ein Hintergedanke muss über ihn gekommen sein. Mit gespreizten Fingern stützt er sich auf den Tisch: »Wir machen gar kein Programm.«

Sie blinzeln. Sie staunen. Sie zweifeln.

Kein Empfang? Kein Programm? Nichts?

»Freilich«, bekennt der Schultes, »aberjetza … machen wir … das …«, er holt tief Luft, »… nicht selber.«

»Wer sonst? Der Pfarrer?«

»Oder gleich der Heilige Geist?«

Schmunzelnd steht er vor ihnen, der Herr Stadtregent und hebt mahnend den Finger, bis es mäuschenstill ist im Saal. Dann wirft er den Kopf zurück und sieht die Elite seiner Stadt mitleidig an. »Der König macht sein Programm selber.«

Sie sperren Mund und Nase auf, haben große Augen, finden keine Worte und schlagen vor Mitleid die Füße über dem Kopf zusammen. Ihr Schultes hat sie nicht mehr alle.

Der zieht derweil einen Brief aus seinem Kittel und liest vor. Bald werde ein Kammerdiener Seiner Majestät nach Enzheim kommen, um den angekündigten Besuch des Königs vor Ort vorzubereiten.

Im milden Schein der Petroleumlampe sieht der Schultes achtzehn staunende Augen auf sich gerichtet. Nur der Küfer Schorsch ruselt längst und sabbert sich aufs Hemd.

»Aberjetza schlaft gut. Der Letzte macht's Licht aus.« Der Herr Stadtregent steht auf und fliegt davon.

Zweites Kapitel:

Der Nikolaus kommt

Der Winter hat sich in den letzten Tagen ausgetobt. Doch seit heute Morgen scheint die Sonne, weshalb Bauern und Weingärtner hoffen, dass sie bald mit den Frühjahrsarbeiten beginnen können. Jetzt ist es schon halb zwei. Die Kutsche ist unpünktlich. Abels Haushälterin wartet auf die Post. Eine Frau von kleinem Wuchs, mit kräftiger Taille, strengen Zügen, roten Wangen und schwarzen Haaren. Ihre Schönheit ist eher herber Natur.

Sie geht auf und ab. Der Herr Pfarrer muss endlich seinen *Merkur* kriegen. Seit heut Morgen um acht spielt er Maultrommel und rennt von einem Fenster zum andern. Wenn jetzt die Zeitung nicht kommt, ist Hochwürden heute giftig oder schnappt über.

Endlich! Trara, trara, die Post ist da! Zwei Rappen vor einer gelb-schwarz lackierten Kutsche mit großer Laterne auf dem Dach. Auf dem Bock der feiste Postillion und sein schwindsüchtiger Geselle.

Vier der sechs Fahrgäste bleiben sitzen. Sie wollen auf der Staatsstraße 1 weiter nach Norden rumpeln. Eine lederne Hand wischt von innen die beschlagene Scheibe der Postkutsche sauber, ein schläfriges Mondgesicht schaut heraus.

Der erste steigt aus. Wie bei der württembergischen Post üblich, ist die Tür hinten. Besser gesagt, der Herr will aussteigen. Seine Schuhe sind jedoch schneller als das restliche Gestell, und schon liegt er der Länge nach auf dem Pflaster, wie ein Maikäfer auf dem Rücken, die Beine zappelnd in der Luft. Die Brille fliegt in hohem Bogen in die Kandel[7]. Sein Hut rollt der Haushälterin direkt vor die Füße.

»Gibt es noch mehr so Dackel wie dich in Stuttgart?«, höhnt der Postillion in postgelbem Kittel, rotem Wams, weißer Reithose und kniehohen Stiefeln. Er weiß, er hat diesen Herrn dort aufgeladen. »Das sieht sogar ein Blinder, dass die Straße fatzenglatt ist!«

»Nein«, ärgert sich der Gefallene und versucht aufzustehen, »in Stuttgart bin ich der letzte. Alle anderen Dackel schaffen bei der Post.«

Des Pfarrers treue Seele eilt hinzu und hilft dem Gestrauchelten auf die Beine. »Wenn's häl[8] isch, no isch gut falle.« Sie klopft seine Kleider ab, bückt sich und setzt ihm mit einem aufreizenden Strahlen seinen Hut auf. Allerdings hat sie den Deckel zuvor sorgfältig an ihrer Schürze abgeputzt.

»Machet Sie sich nix draus. Die Herren von der Post sind immer so. Denen sollte unser König einmal die Meinung geigen. Seit die ihre neuen Uniformen haben, kennen die uns kleinen Leute nicht mehr.«

Der Fremde will anfangen zu sprechen. Doch die geöffneten Lippen schließen sich, bevor ein Laut zu hören ist. Ihm ist klar geworden, dass … Missvergnügt zieht er die Nasenflügel hoch, holt die Brille, putzt sie an der Hose ab und setzt sie wieder auf.

Der nächste Fahrgast, der sich in der Kutschentür zeigt, scheint ein Studierter zu sein. Ein angehender Arzt, ein Physikus oder ein Jurist auf Kundenfang? So oder so, es ist ein junger Mann im braunen Einreiher mit umgehängter Ledertasche. Er ist vorsichtig, denn er hat das Malheur beobachtet. Darum steigt er rückwärts aus und hält sich mit beiden Händen an den vorgesehenen Haltegriffen fest, bis er sicher auf der Straße steht. Er nimmt seine Bügeltasche an sich, die der Postillion griffbereit hingestellt hat, und verschwindet rasch und nahezu unbemerkt

---

7 Rinnstein

8 schlüpfrig, glatt

im Eingang zum Ochsen, weil alle Blicke immer noch auf den Verunfallten gerichtet sind.

Just in diesem Moment bedankt sich der Gefallene mit einem artigen Diener bei der Frau.

Sie misst verstohlen seine schlanke Gestalt. Keinen Ranzen vom Saufen wie bei ihrem verblichenen Göttergatten und bei den älteren Herren zu Enzheim. Kein krummes Kreuz vom vielen Schaffen. Nein, eine angenehme und noch sehr brauchbare Erscheinung.

»Gell, Sie sind nicht von hier?«

Er schüttelt den Kopf.

»Ja, sind Sie am End ein Fremder?«

Er nickt.

»Sind Sie verheiratet?«

Er zuckt die Achseln. Geht die nichts an, denkt er sich. In Wahrheit ist er zum dritten Mal verheiratet. Die erste Frau ging ihm auf die Nerven, und die zweite, die er liebte, segnete nach drei Ehejahren das Zeitliche. Bald darauf hat er seine Cousine Pauline geheiratet. Fünf Kinder hat er, vier Mädchen und einen Buben, den Karl.

Das alles weiß des Pfarrers Küchenfee nicht, will sie auch nicht wissen. Sie hat zwar ein gutes Einkommen, doch nächst dem Essen liegt ihr nichts so am Herzen wie ein warmes Bett. Darum trachtet sie seit Langem danach, wieder zu ehelichen. Denn das Heiraten ist der siebte Sinn bei den Frauen, wie ein entlaufener Pfarrer namens Griesinger jüngst behauptet hat. Sogar die, welche nichts im Sinn haben, wollen auf jeden Fall unter die Haube. Wer keine Haube tragen darf, der macht bekanntlich als Frau nichts her und muss bei allen Festivitäten am Katzentisch sitzen. Seit geraumer Zeit hat sie ein Auge auf den Bader geworfen, den kraushaarigen Sizilianer. Aber der sperrt sich. Deshalb schleicht sie samstagabends in die Kirche und betet zu den Heiligen Antonius und Johannes:

»O Sankt Johann, zu dir wend ich mich,
lass mich armes Tröpflein nicht im Stich.

Hilf mir doch bald zu einem Mann,
ohne den ich nicht länger leben kann.
O Sankt Anton, zu dir wend ich mich,
lass mich armes Weiblein nicht im Stich.
Hilf mir doch bald zu einem Mann!
Hat er auch nur wenig Heu,
und ist er auch nicht mehr ganz neu,
die Hauptsach ist, er bleibt mir treu.«

Eben scheint es ihr, das Schicksal habe ihr zugeblinzelt. Darum strafft sie sich. Wäre eine gute Partie, denkt sie. Würde kostenlos das Bett heizen und Holz sparen, spekuliert sie. Darum mustert sie ihn ausgiebig von Kopf bis Fuß.

Er ist ein älterer Herr mit Vollbart und Augengläsern. Kein Kneifer, sondern eine neumodische Brille mit Ohrbügeln. Gut gekleidet, solide, nicht geckenhaft. Knielanger, grauer Überzieher mit zwei großen, stoffbezogenen Knöpfen unter dem schwarzen Samtkragen. Kurzes Schultercape mit ausgestellten Ärmeln. Darunter eine anliegende graue Hose. Dazu Knöchelstiefel und gelbe Lederhandschuhe.

Ein Goldjunge im doppelten Sinn, rinnt es ihr durchs Hirn. Einer, dem das Schicksal günstig ist. Dazu einer, sie hat es längst gewittert, bei dem nicht kupferne Kreuzer in der Tasche klimpern, sondern der eine richtige Geldkatz hat, gefüllt mit Silber und Golddukaten. Sie schnüffelt. Männer, die nach Geld riechen, sind attraktiv, für die jungen wie die alten Weiber.

Während sich der Postillion, den schwarzen Zylinder ins Genick geschoben, am Gepäckaufsatz seiner Kutsche zu schaffen macht, nimmt sie die erwartete Zeitung entgegen und fragt den Unbekannten, ob er heute im Ochsen übernachte.

»Nein, gute Frau, die Linde suche ich«, berichtigt der Bebrillte freundlich. »Wissen Sie, wo die ist?«

»O verreck!« Sie warnt ihn eindringlich vor der vereisten Straße. Sie packt ihn am Arm, um zu prüfen, ob an ihm was dran ist. Sie schmeißt ihm ihr strahlendstes Lächeln ins Gesicht.

Nein. Nichts. Er verzieht keine Miene.

Sie seufzt. Fürsorglich hakt sie ihn unter, denn sie ist stabil und steht wie eine Eiche. Über ihre Schuhe hat sie nämlich löchrige Strümpfe gezogen. Sie führt ihn ein paar Schritte in Richtung Rathaus und weist die abfallende Straße in die Unterstadt hinab.

»Sehen Sie dort drunten den großen Baum?«

Der Fremde nickt.

»Das ist unsere alte Linde. Und das Haus davor, das ist das Gasthaus zur Linde. Das gehört dem Schultes. Aber ob der ein Quartier für Fremde hat …?« Sie zieht eine bedenkliche Schnute. »Ich wüsst«, sagt sie neckisch und blinzelt ihn herausfordernd an, »wo Sie heut Nacht schlafen können.«

Er dankt mit einem belustigten Blick. »Der Herr Bürgermeister erwartet mich.«

»Ha no.« Sie nimmt es hin. Ihre Hoffnungen lässt sie damit noch lange nicht fahren.

Der Reisekoffer, ein mit Eisen beschlagener Weidenkorb, steht mittlerweile neben der Kutsche.

Sie runzelt die Stirn, sieht auf seine Schuhe. »Mit den Schleichern kommen Sie da net nunter!«

Er steht still. Ihm ist ein wenig unbehaglich zumute. Offensichtlich überlegt er. Nach einer kleinen Pause zuckt er die Achseln, hält jedoch sogleich in der Bewegung inne. Er scheint zu zögern, doch dann reicht er ihr die Hand, bedankt sich und zieht den Korb bis zur Einmündung der Hauptstraße vor.

Dort schwingt er sich auf seinen Koffer, gibt ihm die Sporen und schlittert die Rutschbahn hinunter. Vor vierzig Jahren, fällt ihm ein, hat er als kaiserlicher Generalmajor in der österreichischen Armee ganz andere Schlachten geschlagen.

Nach ein paar Metern macht ihm die Schlittenfahrt richtig Spaß. Na also! Geht noch! Das Reiten hat er nicht verlernt.

Die physikalischen Gesetze hat er allerdings unterschätzt. Der Schwung infolge der Bewegung setzt den Hangabtrieb in Kraft. Und der treibt ihn unweigerlich über die Straßenmitte auf die linke Seite, zumal er über keinerlei Zügel verfügt, um das Gefährt zu steuern. Genau da, wo die Kramet in die Hauptstraße mündet, rammt der Koffer die Kandel, steigt auf und überschlägt sich. Der Reitersmann kullert übers Pflaster und bleibt an einer Güllegrube hängen. Zum Glück ist die ummauert. Sonst müsste er jetzt in der übel riechenden Brühe um sein Leben paddeln.

Die Haushälterin hat dem Paradiesvogel sehnsüchtig hinterhergeschmachtet. Jetzt reifelt sie die Straße hinab, so schnell es die Glätte zulässt und ihre bestrumpften Schuhe vertragen.

Sie hat den Gefallenen noch nicht erreicht, da stürzt Paula herbei, die Obermagd des Schultes.

Zu zweit helfen sie dem noblen Herrn auf die Beine. Derangiert und deplatziert sieht er aus, einfach jämmerlich, dieweil ihm die Entrüstung ins Gesicht geschrieben steht.

Die Wirtschafterin des Pfarrers zieht ihren Putzlumpen aus der Schürze und säubert den Zugereisten, zumindest oberflächlich.

Er will widersprechen. Doch sie gebietet ihm mit einer energischen Geste zu schweigen; spuckt in ihr Tuch und wischt ihm übers Gesicht.

Sie lacht ihn an. »Jetzt kennt man dich ja wieder.«

Zum Glück ist die vornehme Kleidung nicht zerrissen. Nur am Knie ist ein großer Schmutzfleck.

»Die Hos muss runter. Dann ist sie gleich sauber«, sagt Paula.

Der Herr weigert sich. »Ich werde mich nicht in aller Öffentlichkeit entblößen!« Indigniert setzt er Hut und Brille auf und begutachtet seinen Koffer. Etwas verbeult ist er, aber heil.

Des Pfarrers Perle fragt unverdrossen, ob sie ihm auf die eine oder andere Weise behilflich sein könne. Sei es, dass er sich auf ihre feste Schulter stützt. Sei es, dass sie ihn unterhakt, damit er unversehrt in die Linde kommt.

Der Fremde lehnt dankend ab und fährt sich pikiert mit dem Ärmel über sein hehres Antlitz. Doch nach dem ersten Schritt sieht er ein, dass er nicht heil über die glatte Straße kommt.

Deshalb setzen die zwei resoluten Frauen den Angeschmutzten auf seinen Koffer und schieben Weidenkorb samt Reitersmann bis vor die Tür zur Linde.

Dort steht Magda, die jüngste Tochter des Schultes. Sie nimmt den Purzelbäumler in Empfang. Vor einem Jahr hat sie, wie bekannt, den neuen Schulmeister geheiratet, heißt jetzt Wilhelm, selbstverständlich mit Nachnamen, und ist inzwischen Mutter. In der elterlichen Schankstube sowie im eigenen Lädle neben dem Schulhaus, von ihrem trauten Heim ganz zu schweigen, hört alles auf ihr Kommando.

»Ich hab durchs Fenster gesehen, was passiert ist.« Sie führt ihn in die Gaststube. »Da hab ich der Paula gesagt, sie soll Sie aufklauben und herbringen.«

Er dankt. Die Hand könne er ihr erst reichen, wenn er sich gewaschen habe.

»Macht nichts«, tröstet Magda, »und zu wem möchten Sie?«

»Zum Herrn Bürgermeister.«

»Mein Vater ist net daheim. Die Mutter auch net.«

Sie taxiert ihn ausgiebig. Bauer ist er sicherlich nicht, Viehhändler ist er bestimmt nicht, auch Handwerker nicht. Etwa ein Handlungsreisender? Sie grübelt.

Endlich geht ihr eine Laterne auf. »Gell, Sie sind der neue Hommelesdoktor[9] vom Oberamt[10].«

Er schmunzelt fein. »Tierarzt? Nein, nein! Ich bin Kammerdiener seiner Majestät.«

»Jetzt da schau her.« Sie hat davon gehört.

»Wo könnte ich mir die Hände waschen? Und eine andere Hose möchte ich anziehen.«

Magda überlegt hin und her. Sie ist unschlüssig. Der Herr ist vornehm. Bestimmt bekleidet er eine hohe Position. Ob sie ihm wohl die …

---

9 Hommele: Ochse

10 altwürttembergische Kreisbehörde

Ach was, in ihrem jugendlichen Leichtsinn entscheidet sie sich rasch.

»Da drüber«, sie deutet mit dem Finger zur Zimmerdecke, »ist unser alter Tanzboden. Da hat mein Vater extra für den König eine schöne Stube herrichten lassen.« Sie weist Paula an, den Herrn dorthin zu geleiten und einen Eimer Wasser mitzunehmen.

»Ich bräuchte ein paar Sachen aus meinem Koffer.«

Hol dich der Teufel, liegt ihr auf der Zunge. Jedoch will es ihr scheinen, als sie diesen feinen Herrn in seiner angeschrammten Hose sieht, sie habe keine andere Wahl.

»Da droben ist alles nigelnagelneu«, sagt sie resolut. »Da dürfen Sie aber nichts dreckig machen.« Sie droht mit dem Finger. »Sonst kriegt sich meine Mutter nicht mehr. Und mein Vater schwätzt eine ganze Woche kein einziges Wort mehr mit mir.«

Er verspricht ihr hoch und heilig, das Majestätszimmer nur auf Zehenspitzen zu betreten.

Magda weist einen Knecht an, den Weidenkoffer nach oben zu tragen.

Der junge Mann im braunen Einreiher, der im Ochsen abgestiegen ist, geht zielstrebig an der Kirche vorbei und die Burgunderstraße entlang. Wie man sieht, friert er, denn er hat beide Hände in den Hosentaschen vergraben. Kein Wunder, ist er doch ohne Mantel und Hut unterwegs.

Vor dem Schlosstor bleibt er stehen, sieht sich kurz um und marschiert mit großen Schritten durch den Torbogen zum Städtchen hinaus.

Geradeaus geht es zur Staatsstraße 1, auf der er mit der Postkutsche gekommen ist. Rechter Hand biegt die Schlosssteige ab, die durch die Weinberge zum Schloss des Grafen Heinrich von Enzheim hinaufklettert. Linker Hand zweigt ein breiter Weg in die Obstwiesen und Krautgärten ab.

Der Mann zögert einen Moment. Dann schlägt er den Weg in die Wiesen und Gärten ein.

Unter den ersten Apfelbäumen liegen abgeschnittene Äste und Zweige in großer Zahl. An einem der Stämme lehnt eine Leiter. Und darauf steht ein junger Mann mit Mütze, dickem Zwilchkittel und langem Schal.

Der Braune steckt zwei Finger in den Mund und pfeift durchdringend. Der Mann auf der Leiter schaut sich um, steigt herab, lehnt eine kleine Bügelsäge an den Baum und geht auf den Braunen zu.

»Na du Bamkraxler, wo ist der Siegmund?«

»Kummt glei.«

»Und?«

Der Baumausputzer zuckt die Achseln.

»Kriegst die Goschn net auf?«

»Es gibt was Neues.«

»Spuck's endlich aus.«

»Der Sacklpicker kommt!«

»Definitiv?«

»Gewiss.«

»Hab ich's net g'sagt?« Der Braune spuckt verächtlich in den Schnee. »Der Blutsauger will selber sehen, wo er aus dem Volk noch was herauspressen kann.« Er blinzelt gegen die grelle Wintersonne. »Und weiter?«

»Kein Programm.«

»Was? Kein Programm? Das gibt's doch net! Wenn Seine Majestät«, der Braune zieht die beiden letzten Wörter ironisch in die Länge, »sich unters Volk mischt, soll's kein Fest geben? Na, dös glab i net! Brave Untertanen schlafen drei Wochen vorher nimmer und lecken ihre stinkigen Gassen notfalls mit der Zunge sauber. Glaub's mir!«

»Er macht sein Programm selber.«

»Wüst mi pflanzen?«

»Na.«

»Du lieber Himmel! Wer hat dir den Bären aufbunden?«

»Mein Bauer.«

Der Barhäuptige runzelt die Stirn. »Koloman, Koloman! Woher weiß ein kleiner Bauer, was am Hof eines Tyrannen passiert?«

»Stimmt trotzdem, Leopold«, versichert die Mütze mit einer knappen Geste.

»Wieso?«

»Mein Bauer ist Stadtrat.«

»Und dir erzählt er solche Sachen?«

»Sie heißen ihn den Oberschlaule.«

»Weiter! Muss ich dir jedes Wort einzeln aus der Nase ziehen?«

Koloman bleibt gleichmütig. »Zu allem gibt er seinen Senf dazu. Bei der Jausn plaudert er alles aus.«

»Was?«

»Was er g'hört und g'sehn hat.«

»Aber warum will der Kerl sein Programm selber machen? Hat dein Bauer dazu auch was g'sagt?«

»Im Stadtrat gibt's Streit.« Koloman zuckt gleichgültig die Schultern. »Sagt der Oberschlaule.«

»Herrgott, jetzt mach die Bappn auf!« Leopold seufzt. Seine Geduld wird auf eine arge Probe gestellt. »Weil die im Stadtrat Streit ham, macht der Halsabschneider sein Programm selber – oder was? Ich überlauer's net, Koloman!«

»Jetzt kommt so ein Hofschranz. Der soll Vorschläge machen und den Besuch vorbereiten.«

»Hierher nach Enzheim?«

»Ja.«

»Sagt wer?«

»Mein Bauer.«

»In meiner Kutsche ist einer mitg'fahren. Ein Lackaffe, um die sechzig. Reist mit großem Gepäck. In Stuttgart ist er eing'stiegen. Hör dich mal um.«

Koloman nickt.

Ein junger Mann kommt durchs Schlosstor gerannt und segelt auf die zwei in der Obstwiese zu.

»Wird Zeit, Siegmund«, tadelt der Braune.

»Tut mir leid«, entschuldigt sich der Neuankömmling, noch außer Atem, »ich hab für meinen Bauern was erledigen müssen.«

Leopold, zweifellos der Lenker des Trios, will wissen, wo Siegmund untergekommen ist.

»Bei einem reichen Weinhauer«, verkündet Siegmund stolz. »Sein Hof liegt gegenüber der Linde, und die gehört dem Bürgermeister. Hier heißen sie ihn bloß den Schultes.«

»Bringt uns das weiter?«

»Sicher«, meint Siegmund. »Wer was vom Bürgermeister will, geht net ins Rathaus. Na, der geht in die Linde. Nach der Abendjausn geh ich auch hin und trink ein Bier. Eine verbrunzte Hüttn, da erfährst alles, was im Städtle los ist.«

»Zum Beispiel?«

»Der Bürgermeister hat in der Linde den alten Tanzboden herrichten lassen, extra für den König. Soll eine besonders feine Stube g'worden sein, die keiner anschaun darf. Der Schreinergeselle hat's mir beim Bier trotzdem verraten. Eigene Latrine, eigene Waschkommode. Auch ein Schreibtisch ist drin.«

Leopold denkt kurz nach. »Kann man von deinem Weinhauer die Linde einsehen?«

»Von der Bühne sieht man in den Innenhof.«

»Und den Tanzboden, siehst du den von da oben?«

»Weiß ich net. Ich muss erst noch rauskriegen, hinter welchem Fenster der Tanzboden ist.«

»Machs, aber pass auf, dass du net baniert[11] bist. Halt die Augen auf, was sich in der Linde tut.« Leopold holt die Geldkatze heraus und steckt seinen beiden Mitstreitern einige Halbguldenstücke in die Hosentasche. »Geht ins Wirtshaus und horcht die Leute aus.«

Über das strenge Gesicht des Braunen huscht ein kleines Lächeln. »Gut gemacht, Burschen. Morgen wieder. Punkt sieben abends vor dem Ochsen.«

Koloman und Siegmund nicken ergeben.

---

11 betrunken

Die Königsstube ist geräumig, weitläufig sogar. Das Parkett ist neu. Die Möbel unbenutzt. Frisch sind Stuckdecke, Wände und Tür.

Parallel zu den vier Fenstern steht ein großer Tisch mit sechs Polsterstühlen. Rechts ein breites Buffet, halb Kleiderkasten, halb Vitrine mit Butzenscheiben, darin nobles Porzellangeschirr und allerhand Besteck. Links ein Schreibpult mit Lehnstuhl. Davor ein kleiner Tisch mit zwei Sesseln. Vor der Innenwand ein komfortables Bett, Nachttisch, Waschkommode und Spiegel. Über dem Bett ein gesticktes Bild. Es zeigt das Landeswappen mit dem Wahlspruch des Königs: »Furchtlos und treu!«

Während Paula den schweren Eimer neben die Kommode stellt und mit einem Krug Wasser in eine weiß emaillierte Schüssel gießt, wuchtet der Knecht den Koffer vors Bett.

»Danke, ich brauche Sie nicht mehr«, sagt der Gast. »In einer halben Stunde komme ich in die Wirtsstube.«

Er wartet, bis Magd und Knecht den Raum verlassen haben. Dann geht er in der Stube umher, betastet die mit hellblauem Stoff drapierten Wände und streicht über die Polster der Stühle.

»Alle Wetter!« Der Fremde ist beeindruckt. »Auf Reisen habe ich selten so gut übernachtet.«

Bei der zweiten Umschau entdeckt er die schmale Tür neben dem Buffet. Sie führt in einen gefangenen Raum mit einem kleinen Fenster. Darin steht ein Nachtstuhl. Auch der ist nagelneu.

Aus dem Staunen wird Entzücken. Im Pult sind sogar Papier, Tinte und Schreibzeug. Kein Gänsekiel, sondern eine handgeschmiedete Stahlfeder. Neueste Erfindung aus England, demnach teure Importware.

Über dem Pult hängen sieben kleine Lithografien, in einer Phalanx geordnet. Lauter schwarze, ovale Rähmchen mit königstreuen Bildchen: die Landkarte des Königreichs, Königin Pauline, Kronprinz Karl, Ansicht des Neuen Schlosses, Partie am Alten Schloss und Jagdschlösschen mit Märchengarten. Über dem Pult, größer als die sechs anderen schwarz-weißen Lithografien und handkoloriert: Seine Majestät, der König.

Den feinen Herrn überkommt ein dringendes Bedürfnis. Er zieht die Hose aus und hängt sie über den Stuhl vor dem Pult.

Kaum ist er im Separee verschwunden, hört er jemanden in der Stube hantieren.

»Ja, wo sind Sie denn?«

Es scheint Paula zu sein. Sie schlurft auf die verschwiegene Örtlichkeit zu, in der sich der Gast niedergelassen hat. Er bekommt Beklemmungen. Schnell klopft er mit dem Fuß gegen die Tür und stellt seinen Schuh dahinter. Die Leute sind gewiss herzlich, dafür distanzlos. Weiß man's, ob die Magd nicht doch ungebeten hereinkommt?

Paula findet das in Ordnung. Sie kapiert sofort. »Jaja«, sagt sie, »hab ich mir gleich denkt. Wünsche ein gutes Geschäft.« Sie macht kehrt.

Wie er bald darauf feststellt, hat sie eine Seife und zwei Handtücher gebracht und neben die Waschschüssel gelegt. Die Hose hat sie mitgenommen.

Er wäscht sich ausgiebig, zwängt sich in eng anliegende Beinkleider und zieht ein braunes Wolljackett über, das eine durchgängige Knopfleiste von der Taille bis zum Kragen ziert. Seinem Ebenbild im Spiegel über dem Waschtisch zieht er Grimassen, steckt sich ein rotseidenes Tuch in die Brusttasche und kämmt sich. Sein Blick gleitet hinüber zum Porträt über dem Pult. Er vergleicht. Er hängt es ab, hält es neben seinen Kopf und betrachtet sich und das Bild im Spiegel.

Kaum Ähnlichkeit, auf den ersten und zweiten Blick zumindest. Zufrieden hängt er das Konterfei wieder an seinen Platz.

Als er die breite Holztreppe ins Erdgeschoss hinuntersteigt, dringt Lärm herauf. Ein Wortwechsel? Wer streitet da? Er lehnt sich über das Geländer.

Nur Satzfetzen sind zu verstehen.

Ein paar Stufen tiefer bleibt er stehen und hält den Atem an. Eine weibliche Stimme keift und schimpft. Zwei Frauen verteidigen sich. Die eine ruhig, die andere lautstark. Und da setzt auch schon, wie die Fiedel in der Tanzmusik, das schrille Greinen eines Säuglings ein.

Der Gast lauscht. Zweifelsfrei geht es um ihn. Treffender gesagt um die Königsstube. In der dürfe sich der Lakai nicht breitmachen, versteht er, sonst werde der Hausherr stocksauer.

Er schleicht zurück, holt aus seinem Koffer eine kleine Schatulle, schließt sie auf, schreibt einen Brief und macht sich wieder auf den Weg.

Immer noch grollt und poltert und kreischt es. Aber woher? Da sind zwei Türen. Eine steht offen. Ein Blick hinein. Die Küche, niemand drin. Die andere ist zu. Geht's da in die Gaststube?

Entschlossen klopft er. Sofort verstummt das Gezeter, doch nichts rührt sich.

Er pocht erneut.

»Herein!«

Vor ihm steht eine stämmige Bäuerin, resolut, vital, kräftig, energisch.

»Aha, ein überzwercher Dibbel aus der Stadt!« Sie mustert ihn, eine Zornfalte über der Nasenwurzel. Die Magd und die junge Frau, die ihn in Empfang genommen haben, schauen betreten zur Seite.

»Woran sehen Sie das?«

»So affig tät keiner bei uns rumlaufen.«

»Mutter!«, kläfft die junge Frau dazwischen.

»Ksch!« Die Ältere macht eine Geste, als müsse sie ein lästiges Huhn verscheuchen.

Die dampfende Windel meldet sich, worauf die Jüngere ihr quäkendes Kind schnappt und in der angrenzenden Küche verschwindet.

Er schaut die Resolute mit zusammengekniffenen Augen an: »Und wie laufe ich herum?«

»Auf zwei Füß, wie wir.« Ihr Gesicht hellt sich auf. »Net schepps, net blöd.« Sie grinst. »Kein Wunder macht sich die Pfarrersköchin Hoffnungen. Ich hab sie vorhin auf der Gass troffen.«

»Lassen Sie mich raten. Sie sind die Frau Bürgermeister.«

»Und du schaffst beim König, hat meine Magda gesagt. Jetzt mach's Maul auf und erzähl!«

»Was möchten Sie hören?«

»Wie ist er so?«

»Wer?«

»Der Kaiser von China! Saudumme Frage!« Sie holt tief Luft. »Der König halt.«

»Wie ich. Nicht schepps, nicht blöd.«

Sie weist ihn zurecht. »Mach keine Sprüch!« Und gleich die nächste Frage: »Kennst ihn schon lang?«

Er nickt.

»Siehst ihn oft?«

»Jeden Tag.«

Sie staunt. Sie denkt kurz nach. In ihrem Kopf tickt es. Man sieht es überdeutlich an ihrem Mienenspiel. Soll sie ihn gleich zusammenfalten oder lieber erst einwickeln und ihm später die Meinung geigen?

Vorsicht und Zweifel gewinnen zunächst die Oberhand. Doch sie fasst wieder Tritt. Forsch weist sie die Magd an: Tisch decken! Neues Tischtuch! Das gute Service! Besteck! Gläser! »Zack, zack!«

Auch ihrer Tochter erteilt sie durch die geöffnete Küchentür einen strammen Befehl: »Magda, du kochst Kaffee.« Betonung auf K, nicht auf ee. Sie hebt warnend den Finger. »Keinen Muckefuck!«

»Hock dich hin!«, befiehlt sie dem Gast. Und als er sitzt: »Du trinkst einen Kaffee?!« Klingt wie eine Frage, ist aber in Wahrheit ein Befehl.

Er schmunzelt. Die Sache beginnt, ihm Spaß zu machen. Mal sehen, was noch kommt.

»Wie heißt du?«

Er zögert. »Nikolaus.«

»Ja verreck! Dann bin ich das Christkindle.«

Er will aufbrausen, zügelt sich indes im letzten Moment. »Ich heiße so.« Dazu Friedrich Wilhelm Karl. Doch das verschweigt er lieber.

»Und wo hast du zum ersten Mal die Sonn g'sehen?«

»In Schlesien.«

»Und wo ist das?«

»In Preußen.«

»Das glaubst selber net.«

»Warum?«

»Bei unsrem König schafft keiner, der von Preußen ist. Nie im Leben!«

»König Wilhelm ist auch dort geboren.«

Ihr verschlägt es die Sprache. Einen Augenblick tritt Ruhe ein. In ihr arbeitet es. Der geliebte schwäbische Landesvater ein Preuße?

Er sieht es und kichert schadenfroh in sich hinein. »König Wilhelm wurde am 27. September 1781 in Schlesien geboren, weil sein Vater, der spätere König Friedrich, zu der Zeit königlich preußischer Generalmajor war.«

Sie seufzt.

»Neun Jahre später ist der kleine Prinz mit seinem Vater nach Ludwigsburg gezogen. Dort ist er aufgewachsen.«

Sie atmet befreit auf, ihre Augen funkeln. »Und wie kommt der König zu so einem Kerl wie dir?«

»König Friedrich hatte einen Freund in Preußen. Und dieser Freund hatte einen reichen Vater. Der wiederum hatte einen armen Gärtner. Und dessen Sohn bin ich.«

»Dann kennst du den König von klein auf?«

»Ja, ich weiß alles von ihm.«

Sie stutzt, sie staunt, sie mustert ihn erneut. Zum ersten Mal mit Respekt.

Sie runzelt die Stirn, steht auf und geht in die Küche. »Der Gscheitle«, sagt sie zu ihrer Tochter, »guckt sich das Euter von der Kuh an und weiß gleich, was die Schokolade kostet. Achtung, der hat's faustdick hinter den Ohren.«

Der Schultes und seine Frau haben keine Wohnstube. Selbst Privates feiern sie im Wirtshaussaal. Werktags wird in der geräumigen Küche gegessen, sonntags auch. Nur bei besonderen Ereignissen lässt die Wirtin in der Linde eindecken. Heute scheint für sie ein solcher Tag zu sein. Drum rückt sie eine ihrer neuen Tischdecken, das gute Geschirr und das silberne Besteck heraus. Den vornehm Gekleideten in die Küche zu bitten, ist ihr nicht geheuer. Vor allem will sie ihn einwickeln, ihn aushorchen, ihm auf den Zahn fühlen. Sie platzt schier vor Neugier.

»So, Nikolaus«, sagt die Lindenwirtin, »jetzt trinken wir zusammen einen guten Kaffee.«

Der Kaffee, den Magda bringt, ist stark, Milchschmarren und Apfelkuchen sind saftig. Doch das alles kann der Fremde nicht genießen. Eben hat er den ersten Bissen im Mund, da geht es los, das Kreuzverhör. Wie sieht der König aus? Wie kleidet er sich? Betreuen ihn viele Diener? Kann er auch lachen? Hat er seine Krone immer auf oder nur sonntags? Was mag er gern, was kann er nicht leiden? Wo isst er? Wie isst er? Wann isst er? Was muss man beachten, wenn man ihn bedient, ihn anspricht?

Nikolaus nimmt die Einvernahme gelassen. So vergeht die Zeit wie im Flug. Lachen schallt, Gläser klingen, neuer Most perlt.

Und immer wieder peinliche Fragen. Ja, der Abgesandte aus Stuttgart tröstet sogar die verwirrte Paula. Die ist fassungslos. Es will ihr nicht in den Kopf, dass Majestät keine Krone trägt.

»Wie soll man den König aus allen Leuten rauskennen?« Sie schluchzt auf. »Hat er wenigstens seinen weißen Pelzmantel an oder seinen Krummstab dabei?«

Nein, bedauert der Kammerdiener, der König habe weder Zepter noch Hermelin. Beides würde beim Regieren stören. Aber alle Bediensteten im Umfeld des Monarchen müssten weiße Handschuhe bei der Arbeit tragen. Der sei somit der Regent, der barhändig sei und von Behandschuhten bedient werde.

Für Paula tut sich damit ein neues Problem auf. Weil ihr als Obermagd die Ehre zufalle, dem Landessouverän in der Linde als Kammerzofe dienen zu dürfen, wolle sie diese Kunst schnellstmöglich lernen. Ob der liebe Nikolaus sie einweisen würde?

In dem Moment kommt der Schultes. Er macht große Augen, ringt um Fassung und findet zunächst keine Worte. Drei Weiber, ein Säugling und ein Lackaffe an einem normalen Samstagnachmittag beim Kaffee. Nicht in der Küche. In der Gaststube! Und der Tisch gedeckt wie an hohen Festtagen.

»Ja, ist heut schon wieder Weihnachten?«

»Nein«, belehrt ihn seine Minna, »der Nikolaus ist gekommen.«

»Nikolaus? Seit wann kommt der Nikolaus nach Weihnachten?« Der Schultes zieht ein höhnisches Gesicht. »Der sieht eher aus wie der Osterhas.«

Der Vornehme freut sich. Selten hat man ihn so famos unterhalten.

Das bringt den Hausherrn in Wallung. »Ihr habt wohl nicht mehr alle Tassen im Schrank!«

»Ganz recht«, säuselt seine Minna und verhebt ein Lachen, »vier fehlen. Da auf dem Tisch stehen sie.«

Augenblicklich fährt er aus der Haut. »Hirnlose Dampfnudel! Ranziges Suppenhuhn!«

Sie rollt die Augen, gibt ihm heimliche Zeichen, sich anständig aufzuführen. Dennoch begreift ihr Mann nicht, was sie will.

Darum überspielt sie die peinliche Situation mit einer komödiantischen Einlage. »Hohoho!«, prustet sie los. Und an den Gast gewandt deutet sie mit dem Daumen auf ihren Göttergatten: »Wenn der König wüsst … hahaha … was das für ein Hutsimpel ist … hihihi … hätt er ihn längst … «, sie wiehert vor Lachen, »… als Vogelscheuche in seinen Garten gestellt.« Sie schnappt nach Luft und bittet Nikolaus, jetzt etwas ernster: »Gell, seine saudummen Sprüch dürfen Sie net genieren.«

Sie lacht Tränen, Magda und Paula quieken, die Windel gluckst. Aber der Schultes schäumt vor Wut.

Doch bevor er platzt und sich und sein Amt blamiert, erbarmt sich seine Minna und klärt ihn auf. Sie verschweigt nicht, dass sie sich über Magda und Paula gewaltig ärgern musste, weil die den Gast in die Königsstube einquartiert hätten.

Der Lindenwirt, noch in Hut und Mantel neben der Festtafel, hat immer noch nicht kapiert. Darum serviert er, sich keiner Schuld bewusst, eine weitere Kostprobe seiner sprachlichen Ausdruckskraft: »Spatzenhirne, blöde! Tranfunzeln, trübe! Wie oft hab ich euch gepredigt, dass die neue Stube im ersten Stock ausschließlich für den König …«

Weiter kommt er nicht, denn der Vornehme hat in sein Jackett gegriffen. Jetzt sieht er den Erregten amüsiert an und reicht ihm erwartungsvoll einen Brief.

Der Hausherr liest, kratzt sich im Genick, liest noch einmal. Er schmeißt Hut und Mantel auf den Nebentisch, zieht einen Stuhl heran, setzt sich neben den Gast und streckt ihm die Hand hin. »Aberjetza lass dir's schmecken, Nikolaus. Ich bin der Fritz.«

Zahm und lammfromm hockt er nun am Tisch und preist honigsüß die Back- und Kochkünste seiner Frau. Ihm ist siedig heiß eingefallen, was sie ihm auf die Seele gebunden hat und gerade andeuten wollte: Wenn der Aufpasser aus Stuttgart kommt, darfst du auf keinen Fall ungewaschen rausschwätzen. Sonst kommt der König am Ende gar nicht.

Er nimmt sich vor, solche Sprüche wie hirnlose Dampfnudel oder ranziges Suppenhuhn nicht mehr in den Mund zu nehmen, selbst wenn sie der Wahrheit entsprechen. Zumindest vorübergehend, solange der Schnüffler da ist.

Drittes Kapitel:

»Tod dem König!«

Im Schlosshof fährt ein leichter Reisewagen vor, gezogen von zwei Pferden, die den Zügeln eines alten Kutschers auf dem Bock gehorchen.

Ein jüngerer Herr steigt aus dem geschlossenen Gefährt, vornehm gekleidet in der neuesten Mode. Wadenlanger, grüner Umhang aus Wolltweed, ohne Ärmel, dafür mit kurzem Schultercape und gesäumten Seitenschlitzen, durch die man die Arme stecken kann. Zweireihiger, schwarzer Tuchrock mit einem Kragen aus schwarzem Samt und einem rotseidenen Taschentuch in der paspelierten Brusttasche. Anliegende Steghose in Beige mit breiten, grünen Biesen. Dazu ein schwarzseidener Zylinder, gelbe Handschuhe und ein Spazierstock mit kostbar ziseliertem Silberknauf.

Ein livrierter Diener, ganz in Schwarz, die Handschuhe leuchtend weiß, verneigt sich vor dem hohen Herrn: »Seine Durchlaucht lassen bitten.«

Er führt den Gast an eine Steintreppe, die vom Innenhof in die offiziellen Räume und privaten Gemächer des Schlossherrn führt.

»Pardon«, sagt er und deutet auf die mächtige steinerne Türschwelle.

Der vornehme Herr misst mit einem belustigten Blick Schwelle und Türhöhe, nimmt den Zylinder ab, duckt sich und macht einen großen Schritt. Dem Diener auf dem Fuße folgend, schraubt er sich die spiralförmige Treppe hinauf. Nach sechs Windungen landet er vor einer schäbigen Holztür mit Beschlägen wie an einem Scheunentor.

»Bitte folgen Sie mir in den Spiegelsaal.«

Die Türangeln quietschen erbärmlich, doch der Livrierte wahrt sein gleichmütiges Gesicht und geleitet den Gast feierlich in einen heruntergekommenen Raum.

Der Fremde hat sich sichtlich erschrocken. Für den Bruchteil einer Sekunde weiten sich Augen und Mund. Verstohlen sieht er sich um, während der Diener das Weite sucht.

Drei große Kristalllüster hängen an der Decke und künden von einst mondänen Empfängen, Bällen, Soireen und Konzerten. Jetzt sind hier die Spinnen zuhause. Mit Hingabe, Sorgfalt und Kunstsinn haben die langbeinigen Tierchen jene verflossene Epoche mit einem wunderbaren Netz umhüllt. Dafür sind die Wandspiegel blind, die Fensterscheiben matt, die Tapeten blass. Und erst der Fußboden! Erstaunt runzelt der Besucher die Stirn. Er friert in dieser unbeheizten Rumpelkammer. ›Oh‹, fährt es ihm durch den Sinn, ›Herr Graf pfeifen aus dem letzten Loch. Famos! Da haben wir ja leichtes Spiel.‹

Eine schmale Tapetentür öffnet sich. Der Diener tritt ein und posaunt: »Seine Erlaucht, Graf Heinrich!«

Da ist er schon, Graf Heinrich zu Enzheim, ein älterer Herr mit weißem Haar und Oberlippenbart, gekleidet in der Uniform der preußischen Kavallerie, denn er war lange in Diensten des preußischen Königs Friedrich Wilhelm III. und wurde als preußischer Offizier in den Ruhestand versetzt.

Diese Uniform trägt er demonstrativ bei offiziellen Anlässen. Damit will er zeigen, dass er mit den politischen Verhältnissen nach dem Wiener Kongress im Allgemeinen und im Besonderen mit seiner persönlichen Unterordnung unter die württembergische Krone nicht einverstanden ist. Er hadert mit seinem Schicksal. 1806 wurde er auf Napoleons Befehl zum Untertan des Königs von Württemberg degradiert.

Das alles weiß man am preußischen Hof und will es sich jetzt in heikler Mission zunutze machen.

Der alte Herr begrüßt den Gast mit einem jovialen »Willkommen!« und beschreibt dazu mit der rechten Hand eine einladende Geste. Dabei gibt es im ganzen Saal keinen einzigen Stuhl oder Sessel.

»Ich nehme an, Erlaucht, dass Sie über mein Kommen informiert sind.«

»Ganz gewiss! Ihr Besuch wurde mir avisiert. Sie sind Oberst?«

»Ja, Oberst im Ersten Garderegiment zu Fuß.«

Der alte Herr kneift die Augen zusammen und mustert den Neuankömmling kritisch. Kein Kavallerist. Er ist leicht verschnupft. Für ihn ist die Kavallerie das Maß aller Dinge. Man hat es gewagt, ihm einen Zweitrangigen ins Haus zu schicken.

»Sind Erlaucht über unser Anliegen im Bild?«

»Ja, in groben Zügen.«

»Sie wissen, dass Preußen Differenzen mit dem württembergischen König hat?«

»Mir bekannt, Oberst. Der Württemberger bläst sich auf, will den Hohenzollern und den Habsburgern Paroli bieten. Träumt von einem dritten Deutschland, einem süddeutschen Staatenbund unter seiner Führung.«

»Erlaucht haben es auf den Punkt gebracht. Wir in Preußen werden weder den Habsburgern noch den Württembergern in Deutschland das Feld überlassen.«

»Krieg?«

»Nein, Erlaucht, es genügt, dass wir uns mit den Habsburgern um die Macht in Deutschland duellieren müssen. Den Württemberger können wir auch mit anderen Mitteln klein halten.«

»Verstehe, Oberst.« Graf Heinrich strafft sich. Auf diese Revanche hat er lange gewartet. Endlich dem Württemberger heimzahlen, dass er unterjocht wurde. Einst als souveräner Landesherr dem Württemberger gleichberechtigt und nur dem Kaiser untertan, muss er nun das Knie beugen vor dem Stuttgarter Schnösel, der sich zum König proklamieren ließ. Dass das bald vierzig Jahre her ist, ignoriert er, weil es ihn immer noch wurmt.

Der Gast, bürgerlicher Herkunft und aufgrund seiner militärischen Verdienste persönlich geadelt, hat genau registriert, wie Leben in den alten, verbitterten Knaben gekommen ist. Die preußische Uniform, das majestätische Erscheinungsbild und das forsche Auftreten geben dem alten Herrn etwas Gravitätisches.

»Wir dürfen also mit Ihrer Unterstützung rechnen, Erlaucht?«

»Berichten Sie Seiner Majestät«, auf dem Antlitz des Hausherrn spiegelt sich ein feines Lächeln, »dass Graf Heinrich als preußischer Offizier und als Landesherr von Enzheim in Treue fest zur preußischen Krone steht.«

»Sehr gütig, Erlaucht. Sie wissen um den aktuellen Anlass meiner Mission?«

»Mir en détail nicht bekannt, Oberst.«

Der preußische Emissär verzieht keine Miene. »König Wilhelm von Württemberg hat Ende Oktober verlauten lassen, dass er in diesem Frühjahr Enzheim einen Besuch abstatten will.«

»Der Kerl wagt es«, Graf Heinrich spuckt Gift und Galle, »hierher zu kommen?!« Er kann sich nicht mehr beruhigen.

Der Abgesandte verdrückt ein hämisches Sticheln und wartet geduldig eine Weile. Schließlich fragt er: »Darf ich daraus schließen, Erlaucht, dass Ihre Residenz nicht Ziel des Besuchs sein wird?«

»Teufel auch! Soll er nur kommen, der Bastard! Ich bereite ihm ein herzliches Willkommen!«

»Dürfen wir, Erlaucht«, lenkt der Gast das Gespräch auf den heikelsten Punkt hin, »von Ihrem Schloss aus unsere streng geheime Mission durchführen?«

Graf Heinrich zögert. Es ist eher ein lauerndes Zögern, ein Warten, ein Aushorchen und Hoffen auf Kompensation. Drunten im Städtchen hätte man an der Stelle unverblümt die Geste des Geldzählens gebraucht.

Der Oberst hat sofort kapiert, dass der verarmte Landadelige eine Gegenleistung erwartet. Honigsüß setzt er hinzu: »Auf jeden Fall wird sich Preußen erkenntlich zeigen.«

Ein heiterer Zug spielt um die Mundwinkel des uniformierten alten Herrn.

»Vielleicht sogar generös in finanzieller und materieller Hinsicht, Erlaucht.«

Herr Graf ist jetzt ganz Ohr. Er lauert auf weitere Einzelheiten und hört schon die Gulden im Kasten klimpern.

»Zum Beispiel könnten preußische Trainsoldaten[12] in Zivil nach Ihren Wünschen erforderliche Reparaturen erledigen.«

»Zum Beispiel?«

»Auch finanzielle Transaktionen sind nicht ausgeschlossen, Erlaucht.«

Der Graf, jetzt mit unverhohlener Leichtigkeit und breiter Brust: »Hereinspaziert! Alles, was von Preußen kommt, ist mir willkommen. Mein Haus steht für geheime Missionen gegen den Württemberger jederzeit offen, wenn diese mich und mein Haus nicht diskreditieren.«

Gleich am nächsten Tag ein zweites Verhör, statt weiblicher Plagegeister nun männliche Inquisitoren. Doch während die ersteren angeblich nur niedere Instinkte befriedigten, geht es den letzteren heute um die hehren Ziele von Wissenschaft und Fortschritt, behaupten sie zumindest.

Nicht in der Linde tagt die Inquisition, sondern im Pfarrhaus. Der Schultes hat den Pfarrer vor dem Gottesdienst ins Bild gesetzt, und der bestand auf einem Kaffee um drei Uhr bei ihm, samt Kammerdiener und neuem Schulmeister. Abel, nach dem Tod seiner Frau meist allein im Pfarrhaus, verpasst keine Gelegenheit, Menschen um sich zu scharen. Weil seine Küchenfee in der Nachbarschaft wohnt, kann er sie jederzeit rufen. Und das nützt er gehörig aus.

Zum Kaffee will er sein liebstes Backwerk, eine Schweizer Torte. Darum bittet er seine Haushälterin, sich gleich an die Arbeit zu machen. Die ist hoch entzückt. Dem gefallenen Knaben von gestern will sie heute imponieren. Sie putzt und schrubbt, als

12 ein spezieller, meist hellblau uniformierter Armeetross aus Handwerkern

wäre Ostern, Pfingsten und Weihnachten auf einmal. Erst die Küche, dann die gute Pfarrstube, schließlich sich selber. Man weiß ja nie, vielleicht erfüllt sich noch der Traum. Wenn sie könnte, würde sie den Herzbuben für ihr Leben gern für schlechte Zeiten eindünsten und später ganz für sich allein vernudeln und verputzen. Wenn schon der Barbier, der gekräuselte Italiener, nicht so spurt, wie sie will, sollte es zumindest einer wie dieser Kofferpurzler sein. Auf jeden Fall muss endlich ein Mannsbild her.

Das Kinn auf den Besenstiel gestützt, legt sie eine kurze Besinnungspause ein. Was benötigt man für diese feine Torte? Eingemachte Kirschen stehen im Keller. Mehl, Eier, Zucker sind auch da. Doch, o Gott, Mandeln, französischer Branntwein und Vanille fehlen.

Zum Glück verkauft die Schulmeisterin seit letztem Jahr Zitronen, Gewürze, Salz und Zucker, Kaffee, Tee und Kakao, Reis, eingelegte Heringe, Branntwein, Seifen, Putzmittel und diverse Haushaltswaren. Zwar ist ihr Lädle nur an sechs Vormittagen in der Woche geöffnet, aber wenn's klemmt, kann man sie zuhause aufsuchen und um eine Ausnahme bitten.

Sie schmeißt ihren Schurz auf einen Stuhl und saust los. Die Ladnerin ist gnädig, das Gesuchte vorhanden.

Zurück ins Pfarrhaus, die Schürze um und ein schnelles Mittagessen gezaubert: Kartoffelsuppe und Krautwickel. Beides ist noch von gestern da und muss bloß aufgewärmt werden. Durchschnaufen! Jetzt bleibt genug Zeit fürs Kuchenbacken und Tischdecken.

Kaum ist alles perfekt gerichtet, setzt sie sich ans Küchenfenster und wartet mit klopfendem Herzen. Und da ist er schon, der Traum ihrer schlaflosen Nacht, wegen der glatten Straßen vom Schultes und vom Lehrer untergehakt. Zur Kaffeerunde ist sie nicht eingeladen. Darum will sie ihn in Empfang nehmen, ihm die Hand schütteln, damit er spürt, was sie für ihn empfindet und dass sie für ihn da ist.

Steifleinen stolziert sie, ihre fünf schönsten Röcke übereinander, vor die Tür, wirft ihm feurige Blicke zu, fasst ihn mit beiden Händen am Arm und geleitet ihn in die gute Stube, den staunenden Herren voraus. Und als die vier am Tisch sitzen, schenkt sie ihm ein, legt ihm ein Stück Torte vor und umschmeichelt ihn mit den Augen, bevor sie sich zurückziehen muss. Die anderen sollen sich selber bedienen.

Abel merkt sofort, dass der Stuttgarter Abgesandte gebildet ist, Sprachen beherrscht, einen reichen Wortschatz hat und in geschliffenen Sätzen spricht. Darum redet er ihn in der dritten Person mit »Herr Nikolaus« an. Der Schulmeister macht es ebenso. Der Schultes bleibt jedoch beim Du.

Zunächst setzt der Stadtpräsident den Pfarrer und seinen Tochtermann in Kenntnis. König Wilhelm habe ihm in einem persönlichen Schreiben erklärt, dass jedes Wort seines Kammerdieners gelte, als habe der Landesfürst höchstpersönlich gesprochen.

»Majestät setzt unbegrenztes Vertrauen in Sie«, stellt der Pfarrer erstaunt fest. »Wie kommt das?«

Nikolaus kichert in sich hinein. Er spürt, dass die Herren den Damen ebenbürtig sind, was die Neugier betrifft. Obwohl er hier kein Kreuzverhör erdulden muss, nimmt das Fragen der örtlichen Dreifaltigkeit kein Ende.

Erst als der Schultes andeutet, der Stadtrat habe sich wegen des bevorstehenden Besuchs zerstritten, kann der Vornehme aus der Landeshauptstadt ein neues Thema anschneiden.

»Gut, dass Sie noch kein Programm haben.« Eine Spur leiser fügt er an: »Ich muss Ihnen unter dem Siegel größter Verschwiegenheit etwas anvertrauen.« Und fast geflüstert, weil er die Kuchenbäckerin lauschend hinter der Tür wähnt: »Ich habe nicht nur eine offizielle Mission, sondern vor allem eine geheime.«

Dann erzählt er von den Attentaten, die in letzter Zeit auf europäische Monarchen verübt wurden. Auch auf den württembergischen König stehe ein solches bevor.

Aus dem erschrockenen Gesicht des Schultes schauen staunende Augen heraus: »Unseren König ermorden?«

»Ja.«

»Warum?«

»Weil er manchen unbequem ist.«

»Tatsächlich?«

Abel weiß alles. Er liest regelmäßig den *Merkur*. Da standen sie alle drin, die Anschläge der vergangenen Jahre und Jahrzehnte. Auf den russischen Zaren, auf Napoleon, auf den Herrscher von Haiti und so fort. Auf die englische Königin Victoria gleich dreimal in den letzten zweieinhalb Jahren.

»Die lebt doch noch«, wirft der Schulmeister ein.

»Hoffentlich!« Der Pfarrer ist betrübt. »Aber andere sind zu Tode gekommen.« Er schüttelt traurig den Kopf. »Erschossen, erstochen, erdrosselt.«

Der Schultes kann es nicht fassen. »Den Kragen rumgedreht?«

Der königliche Emissär bestätigt: »Stimmt, Zar Paul I. ist erdrosselt worden.«

Nachdenkliche Gesichter, bis der Lehrer sich zu fragen traut: »Warum machen die das?«

»Die? Das sind Anarchisten und radikale Republikaner. Die dulden keinen König über sich«, gibt der Pfarrer sein Zeitungswissen preis.

»Ja«, bestätigt Herr Nikolaus, »so ist es. Aber auch die Habsburger hassen den König von Württemberg. Und die preußischen Hohenzollern.« Weil sich Wilhelm I. für ein drittes Deutschland einsetze, für einen Zusammenschluss der deutschen Mittelmächte. Baden, Hessen, Sachsen, Bayern und Württemberg, zu einem Staatenbund vereint, zu einem friedfertigen obendrein, könnten gut ohne Österreich und Preußen auskommen. In Potsdam und Wien verzeihe man König Wilhelm diese freche, eigenmächtige Politik nie.

»In Enzheim?« Der Schultes rastet schier aus. »Hier bei uns will man den König ermorden?« Er stockt. Mit strenger Miene und ausladender Geste setzt er nach einer kleinen Pause hinzu: »Keiner meiner Leute wäre zu einer solch feigen Tat fähig!«

Nikolaus sieht das Stadtoberhaupt dankbar an. »Fritz, das ehrt dich und deine Enzheimer.« Er schaut auf den Pfarrer und den Lehrer. »Es werden sich jedoch auch Fremde unters Volk mischen, wenn der König in dieser schönen Stadt weilt.«

»Erdolcht, erdrosselt, erschossen sagten Sie, Herr Pfarrer?« Dem Schulmeister rieselt ein Gedanke durch das junge Hirn. »Wir müssen den Empfang so gestalten, dass keiner dem König zu nahe kommt.«

Abel ist begeistert. Er gestikuliert, als wolle er sagen: Das machen wir mit links. »Es wäre eine Affenschande für uns, wenn wir Seine Majestät nicht beschützen könnten.«

Sie stecken die Köpfe zusammen und beschließen, still und heimlich einen Schlachtplan auszuhecken, der alle Gefahren vom König fernhalten und die Finsterlinge hinter Schloss und Riegel bringen soll.

Heimwärts! Die Nacht ist hereingebrochen. Am Himmel prangen die Sterne. Der Pfarrer hat beim Abschied dem Schulmeister eine Laterne in die Hand gedrückt mit der Bitte, den Gast auf Umwegen zur Linde hinabzuführen. Denn die Seitengässchen seien weniger steil und nicht so glatt und tückisch wie die Hauptstraße.

Da, wo die Seilergasse in die Jakobsgasse mündet, kommen ihnen zwei Lichter und vier abenteuerlich gekleidete Gestalten entgegen.

»Die sehen aus, als seien sie heute Morgen einem Märchenbuch entstiegen.«

Der Schultes findet das lustig. »Nein, Nikolaus, das sind Hochzeitslader.«

»Hochzeitslader?«

»Aberjetza! Du weißt nicht …«

Der Gast schüttelt den Kopf.

»Heute Morgen hat Pfarrer Abel vor dem Schlusssegen die Brautleute ausgerufen. Erinnerst du dich?«

»Bild! Bild!«

»Gleich nach dem Mittagessen«, sagt der Schultes, »gehen die Lader von Haus zu Haus und bitten zur Hochzeit. Meist sind sie zu viert. Zwei Männer und zwei Frauen. Normalerweise muss der Amtsbote mitmachen, selten der Lehrer.«

Der Gast wirft dem Schulmeister einen fragenden Blick zu. Der nickt betrübt. »Leider, leider. Ab und zu bin ich dabei.«

Die zwei Männer haben pensionierte, fadenscheinige Uniformen aus jener verflossenen Zeit, als das Land noch von einem Herzog regiert wurde. Blaues Tuch. Weiße Strümpfe. Auf dem Kopf einen Dreispitz. Um den Bauch einen Säbel.

Die Frauen tragen Laternen und sind in alter Enzheimer Tracht. Schwarze Schuhe, weiße Strümpfe, langer, schwarzer Taftrock, weißer, bestickter Goller. Darüber ein vorn offenes, kurzes Jäckchen aus schwarzem Samt oder Leinen. Auf dem Kopf eine schwarze Bändelhaube oder ein schwarzes Baumwolltuch. Sommers halten sie ein Feldsträußchen in Händen, winters Trockenblumen.

»Und wen laden sie ein?«

»Verwandte, Nachbarn und Freunde«, sagt der Schulmeister mit Augenaufschlag und deutet auf den hinkenden Amtsboten, der werktags dem Schultes zur Hand geht und sonntags als bezahlter Kirchendusler mit einer langen Stange im Gottesdienst auf und ab geht. Damit weckt er die Dusler und Rusler, wofür er für jeden Stupfer vor der Kirchentür seinen Stupferlohn kassiert. Der hinkende Heinrich, im letzten Krieg am Knie verwundet, hat offensichtlich einen in der Krone, wie man von Weitem sieht und gegen den Wind riecht.

»In den Häusern sagen die Lader seit alters her unseren Ladungsvers auf«, macht der Schultes auf Fremdenführer und illuminiert die hiesigen Gepflogenheiten.

Für Nikolaus ist das alles neu. »Bei Hofe gibt es solche Usancen nicht.«

»Wie bitte?« Das Stadtoberhaupt ist nicht im Bilde, weil es die affektierte Sprache bei Hofe nicht beherrscht.

»Alte Zöpfe«, korrigiert sich der Gast aus Stuttgart hastig und geht sofort in Deckung: »Verzeihung, ich meinte, solche Gepflogenheiten gibt es im Schlosse nicht.«

Der Schulmeister stellt sich wie ein Denkmal hin, die Arme ausgebreitet, und deklamiert:

»Wir gehen heut von Haus zu Haus
mit einem schönen Hochzeitsstrauß.
Wir laden alle, Groß und Klein,
zur nächsten Hochzeitsfeier ein.«

Der Gast bricht in schallendes Gelächter aus. Die Sendboten aus der guten alten Zeit bleiben verdutzt stehen.

Dem Amtsboten versagen in diesem Augenblick die Beine, weshalb die zwei Trachtenweiber beherzt zupacken und dem Stangenheinrich unter die Arme greifen.

»Ja, Heinrich«, fragt der Schultes mit gerunzelter Stirn, »haben sie dich abgefüllt?«

Der bläst und rollt die Augen. »Es isch … oifach nemme … oifach nemme …«

Dem Gast aus Stuttgart beschlägt es die Brillengläser und er dreht seinen Kopf zur Seite.

»Dreimal ist er hingehagelt«, nimmt der Vetter vom Jenseits, der den zweiten Hochzeitslader macht, seinen Kompagnon in Schutz. Der Jenseits, der Jungbauer vom Jenseitshof, ist der Bräutigam. Dessen Vater hat einen eingekochten Wortschatz. Statt der Wörtchen schlimm, auffallend, bizarr, ungeheuer, unbändig, arg, äußerst, besonders, beträchtlich und dergleichen Adverbien mehr kennt er nur ein einziges: jenseits!

»Ich hab einen jenseits Durst«, ist ein geflügeltes Wort in Enzheim. Und so heißt man den reichen Bauernhof in der Sonnengasse seit jeher den Jenseitshof und seinen Besitzer den Jenseits.

Der Kammerdiener amüsiert sich köstlich. Schmunzelnd wendet er sich an das Stadtoberhaupt. »Und wie erfährt man, wann und wo die Hochzeit stattfindet?«

Der Schultes setzt zur Erklärung an: »Den ersten Vers sprechen alle vier im Chor …«

Die jüngere Laderin, neugierig hat sie den Fremden gemustert, fällt dem Schultes ins Wort. »Bisch du der aus dem Schloss?«, will sie von dem nobel Gekleideten wissen. Als der nickt, stellt sie sich in Pose:

»Einen schönen Gruß vom Bräutigam und von der Braut.
Und sie lassen zur Hochzeit laden.
Es soll ein jedes kommen, das Zeit hat.
Die Hochzeitskirche ist um zehn.
Vorher um neun gibt's Morgenessen in der Linde.«

»Du … du bi… bisch e taube Nuss«, lallt der Amtsbote, »de… de… des reimt sich gar net.«

»Und du bist ein besoffener Gicker[13]«, gibt die Ladnerin zurück. »Der zweite Vers hat sich noch nie gereimt.«

Der Gast aus der Großstadt ist jetzt bester Laune: »Gute Frau, wie viele Leute trommelt ihr zusammen?«

»Jetzt, wo du's sagst, kommt's mir, dass wir eine Trommel brauchen. Aber es kommen auch ohne Trommel mehr als hundert.«

Der Schultes ergänzt. »Üblich ist, dass nur die verheirateten Gäste zum Morgenessen geladen werden. Die ledigen kommen erst zum Abendessen. Das muss man bei uns nicht extra sagen.«

»Und wenn ihr niemand antrefft?«, will der Fremde wissen.

»Dann schreiben wir die Einladung mit Kreide an die Haustür«, klärt ihn die zweite Laderin auf.

Und die erste: »Hasch jetzt kapiert, du Malefizaff?«

»Bild! Bild!«

Die drei Herren wenden sich zum Gehen, doch Heinrichs Hirn tickt heute drei Umdrehungen langsamer, darum ist er noch lange nicht beim Abschied. »Ha… hasch … ka… kapiert?«, lallt er hinterher. Er versucht, die Hand an seinen Dreispitz zu legen, schlägt sich jedoch aus Versehen den Deckel vom Möckel. Entrüstet entbietet er dem Fremden einen herzhaften Abschiedsgruß: »Ade, gut Nacht u… und … leck mi… mich … am Arsch!«

Als die Hochzeitslader außer Hörweite sind, fragt der Stuttgarter: »Warum ist der Kerl so besoffen?«

Der Schultes wehrt ab. »Im Dienst ist der Heinrich immer nüchtern. Aber als Lader kriegt er in fast jedem Haus einen

---

13 Hahn

Schnaps. Das ist bei uns so üblich. Irgendwer muss ja schließlich die alten Rachenputzer vernichten, bevor es neue gibt. Dafür bleiben die Laderinnen nüchtern. Sie heimsen Eier und Schmalzgebäck ein. Darum haben sie einen Henkelkorb dabei.«

Etwa zur selben Zeit stehen zwei Burschen vor dem Ochsen. Sie haben Mützen auf und treten von einem Fuß auf den anderen, denn ihnen ist kalt.

Endlich geht die Wirtshaustür. Der Braungewandete trägt heute einen breitkrempigen Hut.

»Kommt mit«, sagt Leopold, »hier sehen uns zu viele Leute.«

»Wenn wir da vorn links abbiegen«, Siegmund deutet in Richtung der Kirche, »und nach dem Friedhof durch die Seilergasse gehen, kann uns der Nachtwächter nicht beobachten.«

»Die haben hier noch einen Nachtwächter?«

»Und ob. Sogar einen, der's genau nimmt. Schau, das Laterndl!« Siegmund deutet die Rathausgasse hinauf. »Weil's finster ist, siehst den alten Turm net. Da droben hockt jede Nacht der Wächter und guckt hinunter auf die Stadt. Kannst ihm hinaufwinken.«

Direkt vor der Kirche schwenken sie in die Kirchgasse ein. Am Friedhof geht's weiter abwärts zur Seilergasse.

Als ihnen ein Licht entgegenleuchtet, verdrücken sie sich in die dunkle Einfahrt eines Gehöfts. Drei Gestalten ziehen im Abstand von ein paar Fuß an ihnen vorüber.

»Der Mittlere«, flüstert Siegmund, als die drei vorbei sind, »das ist die Lakritz aus Stuttgart.«

»Woher weißt du das?« Leopold hat den Mann aus der Kutsche sofort erkannt.

»Mein Bauer hat's gesagt. Der kleine Dicke, das ist der Schultes, den seh ich mehrmals am Tag. Und der Schlanke auf der linken Seite, der die Lakritz fest untergehakt hat, das ist der Schulmeister, der Schwiegersohn vom Schultes. Er holt täglich seine Frau in der Linde ab. Sie bedient dort und hat ein Gschäftl neben der Schul.«

»Sollen wir«, Kolomans Augen verengen sich, »der Lakritz ein bisserl auf den Zahn fühlen?«

Leopold winkt ärgerlich ab.

»Und wie wär's, wenn er aus Versehen in eine Odelgruam fallen tät? Dann redet sich's leichter.« Siegmund grinst dämlich.

»Ihr spinnt wohl!«, zischt Leopold. Er ist empört. »Bluza[14] blöde! Erst kriegt ihr's Maul net auf, und jetzt so was! Glaubt ihr, dass der König noch selber kommt, wenn's einem seiner Hofschranzen hier net gut geht? Der riecht doch, dass was faul ist.«

Schweigend erreichen sie den Gänsmarkt, einen kleinen Platz bei der Schlosstorgasse.

Dort bleibt Leopold im Schatten der Stadtmauer stehen und stellt seine Gefolgsleute in den Senkel: »Die Sach is verschissn. Drum nix Eigenständigs! Habt's dös g'schnallt?!«

Koloman und Siegmund nicken gottergeben.

»Ohne mein Kommando passiert hier nix!« Leopold drückt Koloman seinen Finger in die Brust. »Nix! Verstehst?!« Mahnend hebt er die Hand. »Geht das in eure Schädel?« Er redet sich in Zorn. »Eine solche Chance, den Beindlklauber in die Luft zu blasen, gibt's net noch mal. Darum dürft's nur vier Sachen machen: Erstens beobachten, zweitens beobachten, drittens beobachten und viertens die Goschn halten. Die Hände bleiben in den Hosentaschen! Kapiert!«

»Aber zum Biertrinken …«, will Koloman den Anschiss mildern und ins Lächerliche ziehen, doch Leopold weist ihn sofort in die Schranken: »Dös Kasperl kannst in der Bauernkomödie spielen. Bei mir net!«

Die Kameraden schweigen betreten.

»Du, Koloman, merkst dir, was der Stadtrat plaudert. Und du, Siegmund, hörst dich bei dem Bäuscheltandler[15] um und spio-

---

14 hirnlose Menschen

15 Gastwirt

nierst die Lakritz aus.« Er hebt mahnend den Finger. »Und redet's Schwäbisch, sonst weiß jeder gleich, dass ihr net von da seid.«

Leopold wirft seinen Mitstreitern kalte, prüfende, eher abschätzige Blicke zu, als wolle er sagen: O Gott, mit was für Deppen muss ich mich da herumplagen.

Laut sagt er: »Schießen und Feuerzauber machen, das überlasst ihr den Spezialisten, die leisten immer was B'sonderes. Ihr versteht davon eh net viel. Die schaffen euch rechtzeitig an, was ihr zu tun habt. Bis dahin haltet euch z'ruck. Verstanden?«

»Befehl!«, antworten Koloman und Siegmund im Duett, ohne strammzustehen. Das hat man ihnen auf dieser Mission verboten, weil ein Knecht, der zackig wie ein Soldat daherkommt, gleich auffallen würde.

Leopold zieht einen Packen Plakate aus seinem Kittel und übergibt sie den beiden Schnüfflern: »Die pickt ihr nachts überall hin, wo sie viele Leute lesen können.«

Er wendet sich zum Gehen: »Heut in einer Woche, halb sieben auf d' Nacht, im Obstgarten vor dem Schlosstor. Ich will ausführliche Berichte.« Über die Schulter ermahnt er nochmals seine Horchposten, nichts zu unternehmen, sondern nur die Augen und Ohren offen zu halten. Dann wendet er sich grußlos ab und stapft in die Oberstadt hinauf.

»Majestät.«

»Majeschdäd.«

»Nein, Paula! Es heißt Majestät!«

Paula bekommt ihre erste Lektion. Das kleine Einmaleins des Hofzeremoniells steht heute auf dem Stundenplan.

Das Hofzeremoniell ist eine raffinierte Maschinerie. In der Mitte steht die Majestät wie die Sonne im Planetensystem. Um die Sonne kreisen die Sterne. Und um die laufen die Monde um die Wette. Jede lumpige Monarchie hat ein Hofzeremoniell. Sogar das Fürstentum Hohenzollern-Hechingen nahe Tübingen, kleiner als das kleinste Oberamt im Königreich, mit fünftausend Bewohnern, den Viehbestand eingerechnet, so groß wie ein Atoll im Bodensee. Aber ein Zeremoniell ist unerlässlich. Sonst weiß man gar nicht, wer die Sonne ist und wer der Mond.

Kammerdiener Nikolaus ist milde gestimmt. »Spitzes S! Paula, begreifst du das?«

Sie schüttelt den Kopf.

»Hab ich mir gedacht. Sprich mir nach: Ma – jes – tät.«

»Majeschdäd.«

Er wird noch milder, denn ihm dämmert's. Spitzes S und hartes T hintereinander? Unmöglich! Er weiß es genau, obwohl seine Jugendzeit lange her ist. Diese Mundakrobatik ist wider die schwäbische Zunge. Deshalb verzichtet er auf die Explosivlaute.

»Schau, Paula, du weißt doch, wie das ist. S däd schee werre, wenn d Sonn scheine däd.«

Sie strahlt. »Du kannsch ja Schwäbisch.«

»Moggele[16]«, sagt nun ihr Lehrer. Seine Nerven straffen sich. »Sag's nach: S däd schee werre, wenn d Sonn scheine däd.«

»S däd schee werre, wenn d Sonn scheine däd.«

Er strahlt sie an und muntert sie auf: »Ja, Paula, gleich noch mal … s däd.«

»Sdäd.«

»Jetzt das Ganze … Ma – jes – däd.«

»Ma – jes – däd schee werre, wenn d Sonn scheine däd.«

Er seufzt. »Nur der Anfang! Ma – jes – däd.«

»Ma – jes – däd.«

»Brav, Paula.«

Nikolaus sitzt am nagelneuen Tisch. Er frühstückt. Alles soll so sein, als wäre Majestät schon da, hat der Schultes angeordnet. Und weil Seine Königliche Hoheit geruhe, nach dem Aufstehen allein zu sein, solle der Kammerdiener ab sofort nicht in der Kü-

---

16 Kalb

che, sondern in der Königssuite bedient werden. So könne Paula den Ernstfall proben.

In Enzheim pflegt man das Morgenessen, wie man hier das Frühstück nennt, sommers um fünf, winters um sechs einzunehmen. Es gibt Habermus oder Milchsuppe, Eierhaber oder Brotsuppe. Im Frühjahr und Herbst, wenn bis zur Erschöpfung geschuftet werden muss, verdrücken die Knechte und Mägde auch noch Bratkartoffeln, Spiegeleier und Speck. Dazu trinken sie Milch, Muckefuck oder Most.

Als der Gast aus Stuttgart an diesem Montagmorgen um acht erwachte, war das Hauspersonal der Linde folglich längst bei der Arbeit. Etliche Männer samt Frieder, dem ältesten Sohn des Lindenwirts, machten Holz im Wald. Die übrigen Knechte, die Mägde, der Schultes und der Schweizer, der auf dem Lindenhof fürs Milchvieh zuständig ist, hockten bei Flick- und Putzarbeiten in der Scheune. Da wurden Hanfstängel gehechelt, Körbe geflochten, Pfähle für die Weinberge gespitzt, das Lederzeug für die Gäule geflickt, die Pflugscharen gewetzt und der hölzernen Egge neue Zähne eingesetzt. Unterdessen werkelten die Wirtin und die Küchenmagd am Mittagessen.

Nur Paula saß vor der Tür zum majestätischen Schlafgemach und langweilte sich. Als sich der Ausgeschlafene drinnen endlich räusperte, stürmte sie ins Zimmer und zog die Vorhänge auf.

»Nichts für ungut, Paula«, brummte der Vornehme, »so geht das nicht.« Unwirsch rieb er sich den Schlaf aus dem Gesicht.

Ihre Augen wurden kullerig. Was sollte jetzt wieder nicht stimmen?

»Du musst anklopfen.«

»Warum?«

»Das gehört sich so.«

»Glaubst du, ich hab noch keinen nackten König gesehen?«

»Wann und wo?«

»Das kann man sich doch denken, den blauen Zipfel und so, weil er blaues Blut hat.«

Er konnte sich das Lachen kaum noch verbeißen, als er sagte: »Der König will, dass man anklopft.«

»Geht dann die Tür von selber auf?«

Nikolaus prustete los. Paula sah ihn zuerst verdattert an und schnitt eine irritierte Fratze. Schließlich lachtete sie lauthals mit.

Sie hatte allmählich Vertrauen zu ihm gefasst und fragte ihn, wann er ihr das Kunststückchen mit den weißen Handschuhen beibringe. Das habe noch Zeit, vertröstete er sie, morgen, vielleicht übermorgen. Zuerst sei die Anrede dran.

Jetzt, nach einer halben Stunde, hat sie endlich das wichtigste Wort drauf: Majestät.

»Willst noch einen Kaffee, Majesdäd?«

»Paula, Paula! Wenn Pfarrer Abel in der Linde sitzt, wie fragst du den nach seinen Wünschen?«

»Wollen Sie noch einen Schoppen, Herr Pfarrer?«

»Trinkt der so viel?«

Sie verzieht das Gesicht. Hochwürden kann saufen wie ein Kamel. Aber das verschweigt sie lieber.

Er hebt die linke Augenbraue. »Frag mich mal so, als wäre ich der Pfarrer.«

»Wollen Sie noch einen Kaffee, Herr Majesdäd?«

»Ohne Herr.«

»Wollen Sie noch einen Kaffee?«

»Ohne Herr, aber mit Majestät.«

»Wollen Sie noch einen Kaffee, Majesdäd?«

»Na also, Paula. Gut gemacht. Ja, ich möchte noch Kaffee.«

Sie flitzt hinunter in die Küche und klagt der Lindenwirtin ihr Leid. »Weißt du, Bäuerin, der König, der muss schon ein Gispel sein. Zum Glück ist zuerst der Nikolaus gekommen. Der mag mich.« Sie hat ein inwendiges Leuchten im Gesicht. »Moggele hat er zu mir gesagt.« Sie nickt vor sich hin. »Langsam kann ich mich an all den Schmarren um den König rum gewöhnen, bis der spinnete Uhu selber kommt.«

Sie saust hinauf, haut den Kaffeehafen auf den Tisch und schrillt: »Die Bäuerin hat gesagt, dass der Schultes dich an die Wand pappt, wenn du seine neuen Möbel vertrielst.«

Der Schultes schätzt das Gestell des anderen ab. Eine barsche Bemerkung kann er sich gerade noch verkneifen. »Aberjetza, Nikolaus, zieh ein Paar feste Stiefel an.« Er kratzt sich hinterm Ohr. »Ich zeig dir mein Städtle.«

Die Lindenwirtin kommandiert, und Paula gehorcht wortlos. Sie reiht die Stiefel der Mannsbilder im Hausflur auf. Dann muss der Gast die Parade abnehmen. Keine zierlichen Stiefeletten wie bei Hofe, gefertigt aus zweierlei Leder, seitlich geknöpft und mit hohem Absatz. Nein, derbe Schnürstiefel aller Art, Halbschaftstiefel, Langschaftstiefel, Überkniestiefel, selten mit glatter, meist mit genagelter Sohle. Keines der präsentierten Stücke passt zur vornehmen Kleidung des Herrn.

Dieser zögert.

»Bei uns in Enzheim interessiert sich keine Sau für deine Trittling!« Der Schultes verliert langsam die Geduld. »Schuhe müssen praktisch sein, Nikolaus, sonst nix.«

»Bild! Bild!« Nikolaus kapiert schnell.

Minna wirft ihrem Fritz einen strengen Blick zu. Sie tröstet den Gast: »Der Köchin vom Pfarrer gefällst du auch so.«

Paula lehnt am Türpfosten und gibt zu jedem Paar Schuh ihren Senf dazu. Schließlich weiß sie ihrem Herzkönig einen guten Rat: »Da ist überall bloß Dreck und Mist dran. Such dir was raus, dein Moggele putzt die Stiefel für dich. Wirst sehen, gleich sieht's anders aus.«

Die ausgelatschten Treter des Schultes sind dem Besucher zu klein, die seiner Söhne zu groß. Schließlich entscheidet sich der Herr für ein Paar knöchelhohe Stiefel, kommod und tauglich für die schlüpfrigen Straßen und Gassen. Sie gehören dem Schweizer. Zwar passen auch sie nicht, doch Paula holt Stoffreste und stopft die Überlängen aus. Mit Spucke und Lappen säubert sie das Leder, schmiert Fett drauf und wienert es, bis sie sich drin spiegeln kann. Sie hat ihn nämlich ins Herz geschlossen, den edlen Ritter mit dem feinen Bildgesicht.

In dem Augenblick wird die Haustür aufgerissen. Ein Uniformierter stürzt herein und schreit: »Schultes, Schultes, du musch gleich komme!«

Die klapperdürre Gestalt in der blauen Uniformjacke trägt normalerweise eine Flinte. Darum wird sie, der lächerlichen Erscheinung zum Trotz, Scharwächter genannt, was scharfer, bewaffneter Wächter bedeutet. Der Windbeutel ist heute unbewaffnet und außer Atem. Um Luft zu schnappen, lehnt er sich an den Türpfosten und hechelt.

»Was isch passiert?« Der Schultes runzelt die Stirn. Drohend baut er sich vor dem Hilfspolizisten auf. Der will umständlich ein zusammengefaltetes Papier aus der Tasche ziehen, aber das Stadtoberhaupt reißt es ihm aus der Hand, faltet es auseinander und wird kreidebleich.

»Wo hast das her?«

»Burgunderstraße.«

Ohne ein weiteres Wort reicht der Schultes den bedruckten Bogen an den Kammerdiener weiter. Der liest, schüttelt den Kopf, liest noch mal, faltet das Papier zusammen und steckt es in die eigene Tasche.

»Jetzt schwätz!« Die Hausherrin ist ungehalten.

Drei verwirrte Gesichter starren auf die Lindenwirtin.

»Zettel her!« Sie streckt gebieterisch die Hand aus.

Nikolaus überreicht ihr stumm das Erbetene. Aufmerksam studiert sie es, stutzt und liest laut: »Tod dem König!« Sie spottet: »Was seid ihr Männer doch für Hosenscheißer.«

Der Schultes wird wütig, Nikolaus steht wie ein begossener Pudel da, der Scharwächter gafft.

»Seit wann versteht ein Küchendrachen wie du etwas von der Politik?«, kanzelt der Lindenwirt seine Frau ab.

Ungerührt legt sie nach: »Da lässt einer einen Furz fahren, und drei ausgewachsene Mannsbilder fallen in Ohnmacht.«

Ihr Göttergatte winkt ärgerlich ab. »In dein Spatzenhirn passen keine zwanzig Wörter.«

Sie kichert und liest, von Lachkrämpfen geschüttelt, laut vor: »Seit bald vierzig Jahren müssen wir einen Dahergelaufenen, der sich König schimpft, mitsamt seinen Lakaien, Hofschranzen, Speichelleckern und Gesinnungslumpen erdulden. Nein, nicht nur erdulden, wir müssen die Bagage auch reichlich ausstaffieren, dass sie auf unsere Kosten in Saus und Braus leben kann. Dabei hat kein Bürger diese Sippschaft gewählt und legitimiert. Unser Land wird erst frei sein, wenn wir dieses verkommene Pack zum Teufel gejagt haben. Weil es nicht freiwillig geht, müssen wir es mit Gewalt beseitigen. Darum heißt der erste Schritt zu Freiheit und Wohlstand: Tod dem König!«

Die Lindenwirtin kringelt sich vor Lachen. »Hihihi! I ka nemme! Hahaha!« Die drei Mannsbilder sind mit weit geöffnetem Mund zur Salzsäule erstarrt, die Augen groß wie Wagenräder.

Schließlich löst sich der Schultes aus der Starre, weil es ihm zu dumm wird: »Auf, Männer, wir gehen!«

Nikolaus und der Bürgermeister setzen Mützen auf, ziehen warme Joppen und Handschuhe an, werfen sich gestrickte Schals um den Hals. Der Lindenwirt packt den Großstädter am Arm, denn der scheint dem bodenständigen Landleben entwöhnt zu sein. Und schon sind sie draußen vor der Tür.

Die zwei Allgewaltigen eiern die Hauptstraße hinauf, dass die Hennen erschrocken gackern und die Gockeler entsetzt das Weite suchen. Der Hilfspolizist stapft den Herren wacker hinterdrein, die Hände im Hosensack, weil er keine Fäustlinge hat.

»Musst dein Ärschle e bissle tiefer legen, Nikolaus«, schreit die besorgte Obermagd hinterdrein, »dann fällst net bös.«

Vorsorglich hakt der Schultes den Gast unter. Sie stapfen die Kramet vor, stiefeln die Krumme Gasse nach links, tappen das Wusselgässle hinüber, steigen die Paul-Gerhardt-Gasse hinauf und werfen einen Blick über die Friedhofsmauer. »Bald haben wir's«, tröstet das Stadtoberhaupt.

Das vornehme Antlitz aus der Landeshauptstadt lächelt gequält. Die geliehenen Treter sind schwer, obendrein immer noch zu groß. Ständig die Zehen zusammenkrallen und auseinanderspreizen, um Halt in den derben Stiefeln zu finden, das kostet Kraft.

Der Schultes sieht's und wirft sich hochdeutsch in die Brust. »Glaub mir, Nikolaus, die Schinderei hat bald ein Ende.«

Der Gebildete muss ausschnaufen. Er bleibt stehen. »Die Paula sagt, du würdest mich an die Wand kleben, wenn auch nur ein Fleckchen an die neuen Möbel käme.«

Jetzt schneidet der Scharwächter Grimassen, und der Schultes sagt verlegen: »Die übertreibt.«

»Hast du viel in das Königszimmer investiert?«

»Gewaltig.«

»Warum?«

»Im Ochsen und im Rebstöckle werden Zimmer nur gegen Geld vermietet.«

»Und du wolltest, dass dein König kostenfrei logiert?«

Der Schultes nickt. »Außerdem kann man einen König doch nicht einquartieren, wo jeder Fuhrmann in den Strohsack gefurzt hat.«

»Bild! Bild!«

»Da guck.« Der Schultes deutet auf die Einfahrt zu einem Hof. »Die Miste dampft. Es gibt Regen oder Schnee.«

Der Vornehme staunt. Noch einer, der mit der Natur auf Du und Du steht und sie zu deuten vermag. Eine Ahnung steigt in ihm auf: Enzheim ist von Stuttgart entfernter als gedacht. Beide Welten, schwant ihm, trennen verschiedene Erfahrungen und Lebensweisheiten. Noch weiter liegen Sitte und Brauchtum auseinander. Die Wege, die von hüben nach drüben führen, sind schmal und glitschig. Und jeder, der die Welt des anderen betritt, wird angeglotzt, als sei er kürzlich dem Urwald entsprungen oder erscheine direkt vom Mond. Drüben in der Hauptstadt kommt auf hundert Menschen ein Adeliger. Die Damen tippeln mit Lorgnetten vor den Augen über den Schlossplatz, bei einem Offizier untergehakt, heben bei jedem Schritt ihre Röcke und schnüffeln mit bebenden Nasenflügeln, weil ihnen ständig etwas in die Nase sticht. Hüben im beschaulichen Enzheim gibt es weder überzwerche Damen noch stotzige Offiziere. Erst recht keine von Adel, sieht man vom kauzigen Grafen Heinrich ab, der noch mit seinem Schicksal hadert. Dem, das hat er sich felsenfest vorgenommen, wird er keinesfalls über den Weg laufen. Die einzigen Uniformierten im Ort sind der Scharwächter und der Amtsbote. Beide stehen nicht oben auf der sozialen Leiter wie in Stuttgart, sondern am unteren Ende. Dafür ist allen Männern und Frauen hier im Städtle das Leben und Arbeiten mit der Natur im Jahreslauf von Sonne und Mond noch vertraut.

»Komm«, sagt der Schultes, und weiter geht's. Das Kirchgässle hinauf, gleich sind sie in der Burgunderstraße.

»Wo war das Plakat?«, will der Schultes vom Scharwächter wissen.

»An der Kirchentür.«

Der Schultes streckt den Zeigefinger zum Zeichen, dass er verstanden hat, und deutet in Richtung Schlosstor. »Gleich da vorne links«, sagt er zu Nikolaus und geht voraus.

Vor dem Kirchenportal steht Pfarrer Abel, umringt von ein paar Männern und Frauen, und fuchtelt mit den Armen. Das Grüppchen ist erregt.

»Wo brennt's?«, fragt der Schultes, als er mit seinen beiden Begleitern hinzukommt.

»Da guck!«, sagt der Mann neben dem Pfarrer, »Tod dem König!« Er zeigt ein weiteres Exemplar des Plakats vor.

Tod dem König, die vier Silben klingen wie Hammerschläge. Furchterregend hallen sie durch die Gassen.

»Wo hast das her?«

»Ojemine, Schultes«, geht eine Frau dazwischen und jammert, »das ganze Städtle ist verhunzt mit den Dingern.«

»Am Schlosstor ist's gehängt«, erklärt der Mann.

»An meiner Kirche muss eines gewesen sein«, sagt Abel und deutet auf die Papierreste an der Tür.

»Das hab ich abgerissen und dem Schultes gebracht«, bringt sich der Scharwächter in Erinnerung.

»Am Wengerttor hängt noch eins.«

»Am Enztor auch.«

»Und am Rathaus ist eines.«

»An der Friedhofsmauer kleben zwei.«

»Was bedeutet das, Schultes?«, will ein älterer Herr wissen. Er ist empört. Das Tannenzweigchen unter seinem Hutband zittert.

Der Herr Stadtpräsident hat sich auf dem Weg hierher auf diese Frage vorbereitet, denn er ist kein heuriger Hase. Er kennt seine Enzheimer, und darum weiß er, dass das Plakat längst im Städtchen bekannt sein dürfte. Somit bleiben ihm nur zwei Möglichkeiten: Alarm schlagen und sich mächtig aufplustern oder den Vorfall herunterspielen und den Hanswurst mimen.

Er lacht, zwar einen Deut zu gekünstelt, gleichwohl schafft er es, eine spaßige Grimasse aufzusetzen. »Da gönnt uns so ein elender Krüppel aus der Nachbarschaft nicht, dass der König zu uns auf Besuch kommt. Das nehm ich nicht ernst.«

Pfarrer Abel kriegt den Mund nicht zu. Nikolaus hebt eine Augenbraue, denn er hat gleich kapiert, dass die Mordbuben längst in Enzheim angekommen sind. Doch der Schultes macht ein pfiffiges Gesicht.

Das Tannenzweigchen bebt: »Willst uns für blöd verkaufen, Schultes? Das glaubst doch selber net, dass das bloß Spaß sein soll!«

Der Schultes stellt sich vor den Begrünten und bohrt ihm den Zeigefinger in die Brust: »Jetzt hör mir gut zu, Joseph! Dem König kann gar nichts passieren, weil wir alle auf ihn aufpassen. Und den Dreckspatz, der uns das Festle verderben will, den nagle ich eigenhändig an seinen dreckigen Ohrlappen an die Rathaustür.«

Die Umstehenden beruhigt er: »Geht heim. Und wenn ihr ein Plakat findet, wischt euch den Hintern damit.«

Allerdings nimmt er den Scharwächter auf die Seite und weist ihn an, zur Wohnung des Amtsboten zu gehen.

»Ich bin vorhin an seinem Haus vorbei, da hab ich ihn bis auf die Gass schnarchen hören«, wendet der Hilfspolizist ein. »Der Heinrich ist noch besoffen von gestern, weil er Hochzeitslader war.«

»Schmeiß ihn aus dem Bett!« Der Schultes erhebt Stimme und Zeigefinger: »Ihr inspiziert die Stadt und reißt alle Plakate ab, die ihr findet! Kapiert?!«

Der Scharwächter will abtreten.

»Halt, Gottlieb!«

Der Hilfspolizist legt dienstbeflissen die Hände an die rote Hosennaht.

»Und wenn ihr durchs Städtle streift, kümmert ihr euch, dass die Leute Asche und Sand streuen.« Der Schultes holt tief Luft: »Gleich! Auf der Stelle! Sofort!« Dann droht er: »In zwei Stunden muss man überall im Städtle auf die Gass können, ohne sich den Hals zu brechen! Wenn's am Mittag noch irgendwo glatt ist, pack ich dich am Schlafittchen und zieh mit dir das Pflaster ab, bis es eisfrei ist! Hast mich verstanden?«

Gottlieb Vorderlader grinst und salutiert: »Zu Befehl, Schultes! Plakate abreißen und Gassen streuen!« So mag er seinen Rathauschef, furchtlos, stramm und direkt.

»Wegtreten!« Der Schultes wendet sich wieder seinem Gast zu. »Keine Angst, Nikolaus. Lieber Leim als Schießpulver. Solange einer Plakate klebt, schießt er nicht.«

Nikolaus schweigt. Er zählt zusammen. Plakate in Stuttgart, Plakate auch hier. Die Attentäter verfügen offensichtlich über Mittel und Beziehungen und bewegen sich frei und unerkannt im Königreich. Für Ausländer dürfte das schwierig sein. Trachten ihm die eigenen Landeskinder nach dem Leben?

»Kommt bitte mit«, sagt der Pfarrer zu Schultes und Kammerdiener und geleitet die Herren zum Pfarrhaus neben der Kirche.

Als sie den Hausflur betreten, flitzt die Haushälterin herbei und drückt Nikolaus ein paar Wollstrümpfe in die Hand. »Hab ich heut Nacht extra für dich gestrickt, damit du net frieren musst«, raunt sie ihm mit einem feurigen Blick zu. »Ich hab g'wusst, dass du heut kommst.«

»Woher?« Nikolaus ist verwirrt.

»Weil mir gestern Abend die Schere aus der Hand gefallen ist. Mit der Spitze ist sie im Fußboden stecken geblieben.«

Abel klärt seinen Gast auf: »Die Leute hier sind noch abergläubisch. Deutet man zum Beispiel mit dem Finger auf eine Gewitterwolke, schlägt der Blitz ein, behaupten sie.«

»Stimmt genau!«, ruft die Haushälterin über die Schulter, als sie in die Küche rennt. Sie schmiert Schmalzbrote, holt aus dem

Keller schwarze Winterrettiche und eingelegte Gurken und drapiert alles auf eine Platte. Die trägt sie unter heftigem Steißgewackel in die Wohnstube.

Abel füllt gerade Trollinger aus einem Krug in drei Gläser. Er erhebt seinen Pokal und prostet den Gästen zu: »Auf das Wohl und die Unversehrtheit unseres Königs!«

Bei Wein und kleinem Vesper reden sich die Herren erneut die Köpfe heiß, wie man den Landesvater schützen und zugleich die Saubagage fangen könnte, die solch infame Plakate klebt.

Viertes Kapitel:

Schwer verwundet

Graf Heinrich steigt pfeifend die Wendeltreppe in den Schlosshof hinab. Die Aussicht auf Rache am Württemberger hat seine Stimmung in den letzten Tagen entscheidend gehoben, und die in Aussicht gestellte Geldsumme hat ihm die alte Lebenslust zurückgebracht. Heißa, was kostet die Welt? Ihm ist leicht ums Herz. Jetzt hat er Gewissheit, dass es wieder aufwärtsgeht.

Im Schlosshof wartet ein Einarmiger auf ihn, in der Linken eine Reitpeitsche, am Gürtel ein Faschinenmesser[17], wie es die preußischen Offiziere tragen, die nach schwerer Verwundung Trainsoldaten zu befehligen haben.

»Gut geschlafen?«

»Danke der Nachfrage, Erlaucht. Alles bestens.«

»Ihr militärischer Rang?«

»Rittmeister, Erlaucht.«

»Ah, freut mich. Gehört der Train zur reitenden Artillerie?«

»Sehr wohl, Erlaucht.«

»Und wie haben Sie Ihre Leute hierher geschleust, mitten durchs Feindesland?«

Den Einarmigen belustigt diese Frage. »Mit verschiedenen Postkutschen auf getrennten Routen, wie denn sonst?«

»Ein gefährliches Abenteuer, schätze ich.«

»Gefahrlos, Erlaucht, seit der Zollverein die Grenzen durchlässiger gemacht hat.«

---

17 Hiebmesser mit Klinge und Sägerücken

»Gilt aber nicht für Militärs.«

»Meine Leute waren als reisende Handwerksburschen unterwegs. Und ich bin mit einem Kaufmann mitgefahren.«

Graf Heinrich macht ein nachdenkliches Gesicht. »Woher kommt ihr?«

»Von Norden.«

»Nicht vom Rheinland? Das gehört doch zu Preußen.«

»Nein, von Thüringen. Preußen hat dort noch Exklaven mit Garnisonen. So muss man, im Gegensatz zur Westroute, die über mehrere Staaten geht, nur durchs bayerische Frankenland.«

Graf Heinrich hat aufmerksam zugehört. Preußen hat auf halbem Weg hierher noch Stützpunkte? Das ist neu für ihn. Ist die politische Landkarte auf dem Wiener Kongress doch nicht vollständig bereinigt worden? Könnte man da nicht …?

»In Ludwigsburg habe ich meine Männer getroffen. Mein Fuhrmann hatte sich umgesehen und schon einen Reisewagen erstanden. Mit dem sind wir abends losgefahren und haben auf Ihr Zeichen gewartet.«

Letzte Nacht hat der Einarmige hier im Seitenflügel des Schlosses Quartier bezogen, begleitet von einem Fuhrmann, einem Feldbäcker, einem Feldkoch und vier abkommandierten Handwerkern, alles preußische Trainsoldaten in Zivil. Im Schatten der Nacht war ihr Wagen ins heruntergewirtschaftete Schloss hoch über Enzheim gerumpelt, nachdem Graf Heinrich drei brennende Kerzen ins Fenster seines Schlafgemachs gestellt hatte. Damit hat er den im Enztal Wartenden kundgetan, dass die Luft rein war.

Tags zuvor hatte er alle Bediensteten entlassen, bis auf seinen alten, treuen Leibdiener. Ohne Weiteres und ohne Begründung, was bei den Gekündigten den Eindruck verstärkte, der alte Graf könne sie nicht mehr entlohnen und wolle es verschweigen. Sein Standesdünkel, vermuteten sie, lasse das nicht zu. In Wahrheit jedoch hat ihn der Oberst, der vor einer Woche in geheimer Mission hier war, auf die Soldatenehre verpflichtet, künftig allen Einheimischen den Einblick in seine Residenz zu verwehren.

Einen Tag und eine Nacht mussten er, seine Gattin und sein jüngster Sohn, der Dubbeler, ohne warmes Essen auskommen und sich von Brot, Käse, Wein und Nüssen ernähren. Frau Gräfin hat, wie jede Frau in Enzheim weiß, keine Ahnung, wie man ein Küchenfeuer in Gang setzt oder eine schlichte Mahlzeit zubereitet.

Jetzt wird in der Küche wieder gewerkelt, das Backhäuschen raucht schon. Zum Mittag gibt's nahrhafte Kost, die dem Grafen behagt. Militärische Verproviantierung, wie er sie seit seiner langen Zeit bei den preußischen Soldaten gewohnt ist.

»Wie lautet Ihr Befehl, Rittmeister?«

»Zuerst, Erlaucht, die vier Räume mit direktem Blick auf Enzheim herrichten, die für die nächste Woche eintreffenden Herrschaften bestimmt sind. Anschließend nach und nach die gröbsten Mängel im Schloss beseitigen.«

»Folgen Sie mir, Rittmeister.« Graf Heinrich führt den Trainoffizier zum rechten Eckturm und steigt mit ihm in den dritten Stock hinauf. Dort oben liegen an einem Gang mehrere Räume, die mit der zimmerhohen Fensterfront auf Enzheim zeigen. Aus allen gelangt man direkt auf einen breiten Balkon, auf dem es sich trefflich promenieren lässt. Zudem kann man das steil unterhalb des Schlosses liegende Städtchen observieren.

»Hier, Rittmeister«, erklärt der Hausherr auf dem Weg zum Ostturm, der auch über den Balkon zu erreichen ist, »stehen zwei Sieben-Pfünder-Haubitzen, die sich mühelos an die Balustrade heranziehen lassen.

»Verstehe«, sagt der Rittmeister, der die Geschütze prüfend umkreist, »altes Kaliber, durchaus noch brauchbar.«

»Alte Geschütze?«, braust der Graf auf. »Die sind tadellos in Schuss!«

»Zweifellos, Exzellenz«, beruhigt der Einarmige, »ich wollte bloß andeuten, dass die reitende Artillerie aktuell mit Sechspfünderkanonen und Zehnpfünderhaubitzen ausgerüstet ist. Doch auch an Ihren Geschützen, Durchlaucht, kann man die Rohre auf Weite einstellen oder steil gen Himmel aufrichten, dass die Granaten fast senkrecht«, er beugt sich über die Brüstung und zeigt auf den Marktplatz drunten am Hang, »dort zwischen den Häusern aufschlagen und mit größtmöglicher Wucht explodieren.«

»Kurz und gut: Krieg gegen den Württemberger?«, fasst der Graf stirnrunzelnd zusammen. »Habt ihr keine sensibleren Methoden, den Kerl zu beseitigen? Ich dachte an Praktiken, die mein Territorium nicht in Schutt und Asche legen.«

»Keine Sorge, Durchlaucht, ich wollte bloß andeuten, was sich von hier aus machen lässt. Natürlich denken wir in erster Linie an Scharfschützen mit Gewehren neuester Machart.«

»Von dieser neuen Technik weiß ich gar nichts, Rittmeister.«

»Brandneu, Erlaucht. Zündnadelgewehre mit gezogenem Hinterlader und spezieller Munition. Damit erzielt man eine fantastische Weite und eine famose Genauigkeit. Unsere besten Leute schießen dem aufgeblasenen Kerl von hier oben den Hut vom Kopf, wenn sie sollen.«

»Sehr schön, sehr schön, Rittmeister!« Der Graf reibt sich die Hände. »An die Gewehre … äh … an die Arbeit!«

Teuflisches Geschrei rund ums Haus. Schüsse peitschen. Kommandos hallen. Eine Trompete schmettert.

Nikolaus schreckt aus dem Schlaf. Rette sich, wer kann! Er rollt sich aus dem Bett, krabbelt auf allen vieren ins Separee. Auf dem Nachtstuhl holt er erst einmal tief Luft.

Wie ist die Lage?

Als geschulter Offizier analysiert er blitzschnell Situation, Position und Konstellation. Die Linde ist wohl umzingelt. Anders ist der Höllenlärm nicht zu deuten. Die Trompete hat zur Attacke geblasen. Der Bajonettangriff steht unmittelbar bevor. Die Artillerie lauert auf das Kommando, den Gasthof mit Feuer zu belegen. Jetzt ist Not am Mann. Aufklärung! Wo steht die Hauptmacht des Feindes?

Gebückt schleicht er ans Fensterchen. Gerade will er sich aufrichten und vorsichtig hinausspähen, da krachen Schüsse. Patronen, keine Granaten! Gott sei Dank, keine Artillerie. Nur Gewehre und Pistolen.

Wer schießt? Zweifelsfrei mehrere Schützen. Ein Gedanke setzt sich fest: Attentäter dringen ins Haus ein!

Horch, Schritte! Da sind sie schon! Wegducken, sich klein machen, falls die Kugeln die geschlossene Tür durchbohren.

»Schnackelt's schon, Majesdäd?«

Wie? Was?

»Majesdäd?«

Das ist doch eine Frauenstimme!

»Fehlt was, Majesdäd?«

Zweifelsfrei eine Frauenstimme. Eine fidele obendrein.

»Soll ich Rizinus holen?«

Die Obermagd? Was will die mitten in der Schlacht? »Schmeiß dich hin, Paula! Geh in Deckung!«

Die treue Dienerin, zwischen heiter und besorgt: »Net verheben! Musst halt gleich's Fenster aufmachen. No stinkt's net so.«

»Gift? Himmel hilf! Paula, lauf weg! Schnell!«

»So e bissle Gestank haut mich net um. Lass dir Zeit, Majesdäd. Nachher kommst runter in die Schankstub. Die Brautleut sind da.«

»Die Brautleute? Und die Männer mit den Gewehren und Pistolen? Wo sind die jetzt?«

»In der Linde.«

»Was?!«

»Im Wirtshaus halt.«

»Was machen die da?«

Paula kichert. »Hochzeit antrinken.«

»Und wo ist der Schultheiß?«

»Der schenkt ein.«

»Um Himmels willen!«

»Ha, so ist's bei uns der Brauch.«

»Was soll das wieder sein?«

»Die ledigen Kerle und Mädle bringen die Aussteuer der Braut ins Haus vom Bräutigam.«

»Bild! Bild!« Er beruhigt sich langsam wieder. »Sag, auf wen ist geschossen worden?«

»Ach, die schießen bloß in die Luft.«

»Warum denn das?«

»Vor Freud, dass sie jetzt Bier umsonst kriegen und morgen Hochzeit ist.«

Kaum hat Paula die Königsstube verlassen, springt Nikolaus aus seinem Versteck, macht Katzenwäsche und fährt in seine Kleider. Das muss er selber sehen, was es mit dieser Gepflogenheit auf sich hat.

Auf der Stiege ins Erdgeschoss nimmt er zwei Stufen auf einmal, immer dem Lärm nach, der aus der Schankstube quillt.

Der Schultes steht am Schanktisch und schwätzt mit Händen und Füßen. Neben ihm lehnt ein junger Mann in Tracht am Türpfosten: Langer, blauer Mantel, in der oberen Hälfte mit weißen Knöpfen besetzt. Rotes Wams, hellbraune Kniebundhose, weiße Strümpfe, Schnallenschuhe. Auf dem Kopf ein breitkrempiger, brauner Hut mit rotem Band.

An den Tischen herrscht Jubel, Trubel, Heiterkeit. Burschen und Mädchen, alle im Sonntagsstaat, sind kreuzfidel, die Köpfe gerötet vom Bier und der stickigen Luft. Tabakqualm hängt unterm Gebälk. Die Butzenscheiben sind außen zugefroren, innen beschlagen. Rußige Öllampen verströmen ein mildes Licht. Der Gestank ist unbeschreiblich, dafür ist es in der Stube kuschelig warm.

»Und wo ist die Braut, wo der Bräutigam?«, wendet sich Nikolaus an den Schultes.

Der reißt die Augen auf. »Ja, grüß Gott, bist auch schon wach?«

Nikolaus schaut indigniert.

»Saudumme Frag, gell. Willst was essen? Oder lieber gleich ein Bier?«

Der Gast ist unschlüssig.

»Paula!« Der Schultes schaut sich in der Stube um.

Keine Antwort.

»Paula, sapperment! Wo treibst dich rum?«

Die Obermagd flitzt aus der Küchentür: »Ich hab grad das Morgenessen nauftragen wollen.«

»Heut machen wir eine Ausnahme.« Und ohne die Meinung des Kammerdieners abzuwarten, befiehlt der Hausherr: »Stell's nüber!«

Paula weiß Bescheid. Der Lindenwirt hat, wie man hierzulande weiß, rechts vor dem Ausschank seinen persönlichen Stammtisch. Oben steht ein Stuhl mit Armlehnen, der ist immer für den Schultes reserviert. Selbst wenn der Herr Bürgermeister nicht in seinem Wirtshaus weilt, bleibt der Stuhl leer. Manch ein bezechter Gast hat dem leeren Stuhl schon seine Reverenz erwiesen. Will einer ein behördliches Anliegen vorbringen, dann setzt er sich diesem Stuhl gegenüber an den Tisch und wartet. Und zwar so lange, bis das Stadtoberhaupt geruht, sich auf seinem Stuhl niederzulassen und sich der Sache anzunehmen.

Auf eben diesem Stuhl hat Nikolaus Platz genommen.

»Das dürfen Sie net, Majesdäd!« Paula steht unverhofft neben ihm. Sie trägt ein schweres Tablett und ist empört.

»Was darf ich nicht?«

»Auf dem Stuhl sitzt der Schultes. Sonst keiner! Amen!«

»Auch der König nicht?«

»Der schon. Aber du net. Drum ruck amol!«

»Bild! Bild!« Nikolaus fügt sich, erhebt sich und lässt sich auf der anderen Tischseite nieder.

Sie nickt zufrieden und serviert ihm Morgenessen und Neunebrot gleichzeitig: Kratzete[18] mit Bratkartoffeln, Milchkaffee, Brot, Käse, Rettich und Gurken.

In Enzheim isst man bekanntlich fünfmal täglich. Dreimal warm und zweimal kalt. Das Morgenessen wird in aller Früh eingenommen. Winters um sechs, sommers um fünf, in der Erntezeit sogar um vier Uhr. Gegen neun das erste Vesper, das hier Neunebrot heißt. Um zwölf das Mittagessen. Gegen drei das zweite Vesper, das Dreibrot. Und schließlich um sechs Uhr das Abendessen. Zu allen fünf Terminen mahnen die Kirchenglocken, weil nur die reichen Bauern eine Uhr haben. Und der Herr Pfarrer natürlich. Meist hängen die Buben der Abschlussklasse an den Glockenseilen und haben eine Mordsgaude, wenn sie beim Läuten in die Höhe geschnalzt werden.

---

18 zerkleinerter Eierpfannkuchen

»Wollen Majesdäd Bier oder Most?«

»Ja, wer soll das alles essen und trinken?«

»Majesdäd müssen sich halt e bissle anstrengen. Und den Rest spült das Bier nunter.«

Nikolaus löffelt sich gerade etwas Kratzete auf seinen Teller, als ihm der Schultes so kräftig auf die Schulter haut, dass Löffel samt gelbem Schlonz dem Herrn Bürgermeister mitten ins Gesicht fliegt.

Just in dem Moment kommt die Lindenwirtin aus der Küche: »Koi Butzewaggele[19] versaut sich so wie du!« Über die Schulter schreit sie der Obermagd zu: »Paula, ein Lätzle für den Herrn Stadtpräsident!« Süffisant fragt sie ihn: »Isch au äbbes in d Hos?«

Der Schultes ärgert sich granatenmäßig, weil das ganze Lokal auf das Malheur aufmerksam geworden ist. Die ersten Kommentare klatschen wie Ohrfeigen.

»Ist's unten dicht, drückt's oben naus.«

»Hast du Eier im Gesicht, brauchst du keine Windel nicht.«

»Ein Fläschle im Kittel, ums Maul ein Pfund Ei, so hast du dann immer dein Vesper dabei.«

Der Schultes findet das nicht lustig. Wortlos stürmt er in die Küche und lässt den Gast aus der Landeshauptstadt perplex zurück.

Gleich setzt sich der Kostümierte, der zuvor am Türpfosten lehnte, neben ihn.

»Ich bin der Bräutigam«, stellt er sich selber vor.

»Aha, der Jenseits.«

Zustimmendes Nicken: »Lass dir's schmecken.« Es entspinnt sich unterm Essen ein lebhaftes Gespräch.

»Ich tät mich freuen, wenn du morgen zu meiner Hochzeit kommst.«

»Danke, danke. Jedoch verstehe ich nicht, warum du heute feierst, wenn erst morgen Hochzeit ist.«

---

19 kleines Kind

»Meine Braut ist aus Besigheim. Drum wird sie mitsamt der ganzen Aussteuer am Tag vor der Hochzeit mit der Kutsche abgeholt. Und genau der Tag ist heut.«

»Ah, du hast sie in ihr neues Zuhause gebracht.«

»Nein, nein! Bloß die Aussteuer. Meine Braut muss bis morgen anderswo im Städtle bleiben. In meinem Haus darf sie noch net übernachten. Wegen dem Kirchenkonvent. Verstehst? Der überwacht bei uns alles.«

»Wie lange kennst du sie?«

»Sechs Wochen. Viel länger darf's net sein. Sonst kriegt die Liebschaft ein Gschmäckle.«

»Und wozu sind das Schießen und der Höllenlärm gut?«

»Aus Spaß halt.« Der Jenseits nimmt einen Schluck und schaut belustigt. »Und damit sich meine Braut fürchtet.«

»Die Braut hat bei dir nichts zu lachen?«

»Um Gott's willen. Das hab ich net g'meint. Sie darf halt bis übermorgen net gar so lustig sein. Verstehst?«

»Warum?«

»Aus einer lustigen Braut wird ein zänkisches Weib.«

»Und aus einer traurigen …?«

»… eine glückliche Mutter. Steht in jedem Bauernkalender.«

»So, so, und wo ist die traurige Braut jetzt?«

»Bei ihrer Enzheimer Verwandtschaft.«

»Dort heult sie sich aus?«

»Eher zählt sie jetzt ihr Sach.«

»Ja, kann sie denn rechnen?«

»Mir egal. Unterm Dach kann's aussehen, wie's will. Hauptsach parterre fehlt nix. Verstehst?«

Der Schultes kommt und setzt sich auf seinen Stuhl. Nikolaus will sich entschuldigen, doch der Gastwirt wehrt energisch ab. Er sei selber schuld.

Der Stuttgarter ist neugierig geworden: »Fritz, warum feiert ihr eigentlich Hochzeit im Winter, wenn's kalt ist. Wär's im Sommer nicht angenehmer?«

»Das schon. Aber von März bis November braucht man jede Hand zur Feldarbeit.«

»Die beste Hochzeit ist im Winter bei zunehmendem Mond«, fügt der Jenseits an.

Der Schultes nimmt einen kräftigen Schluck. Er wischt sich den Mund und erklärt: »Ja, so sagen die alten Enzheimer, weil sich dann das Vermögen der Brautleute am schnellsten mehrt und die Kinderschar ansehnlich wird.«

Nikolaus ist mit dieser Antwort nicht zufrieden. »Warum ein derart großes Fest mitten in der Woche und nicht am Sonntag?«

Der Schultes klärt auf: »Sechs Tage sollst du arbeiten, am siebten aber ruhen, heißt's im Alten Testament. Drum darfst sonntags bloß ein kleines Festle machen. Ein mageres Essen nach der Kirche, schon ist's vorbei. Nur arme Teufel heiraten am Sonntag. So sparen sie viel Geld. Freilich sind sie deswegen ihr ganzes Leben lang im Städtle ang'schmiert.«

»Und samstags?«

Der Jenseits winkt verächtlich ab: »Auch nur für armselige Hochzeiter. Weil man den Sonntag heiligen muss, darf man samstags längstens bis zum Abendläuten feiern. Wenn du fünf nach sechs noch beim Hochzeiten erwischt wirst, kriegst eine Belehrung vom Kirchenkonvent. Und die ist nicht umsonst. Zwei oder drei Gulden Strafe mindestens. Und wenn's dumm kommt, verpasst dir der Herr Pfarrer noch obendrein eine Rüge im nächsten Gottesdienst. Von der Kanzel runter! Verstehst?«

»Wer ausgiebig feiern will und sich das leisten kann, der heiratet also montags bis freitags?«

Der Jenseits ist entsetzt. »Ojemine!« Er gestikuliert wild. »Montag, Mittwoch, Freitag?« Er schlägt die Hand vors Gesicht. »Nie im Leben.«

»Versteh ich nicht.«

Der Schultes zählt mit den Fingern auf: »Kurz und gut, mein Lieber. Am Samstag und am Sonntag heiraten die Armen. Der Mittwoch ist ein Unglückstag, da gibt's bei uns gar keine Feste. Montags heiraten die Weibsbilder, an denen schon viele herumgeschraubt haben. Und freitags ist Laternenhochzeit. Offiziell heißt sie Nothochzeit. Die findet frühmorgens zwischen fünf und sechs statt. Bevor es tagelet, muss die Kirche aus sein.«

»Dann sieht man net, was jeder eh weiß«, spöttelt der Hochzeiter, »dass ein Kind unterwegs ist.«

Nikolaus hat mit offenem Mund zugehört. Jetzt runzelt er nachdenklich die Stirn. »Große Hochzeiten finden also nur dienstags oder donnerstags statt?«

Der Jenseits, einen Schuss zu großspurig: »Das sind die Fleischtage. An denen kannst bis in den nächsten Morgen hinein lustig sein.«

»Bild! Bild!« Aha, denkt er sich, eine hübsche Gelegenheit, nach verdächtigem Gesindel Ausschau zu halten. Laut sagt er: »Also gibt das morgen eine große Hochzeit.«

Der Jenseits wirft sich in die Brust und prostet dem Gast zu: »Abgemacht. Du kommst, gell! Versprochen! Bringst einen großen Hunger und Durst mit.«

Er steht auf und verabschiedet sich mit Handschlag. Einladung somit angenommen. Zufrieden, aufrecht und selbstbewusst geht er ab. Ein stolzer Jungbauer, stark wie ein Stier und heimattreu wie eine Tanne. Ein echter Jenseits.

Nikolaus beugt sich über den Tisch. Eine Frage pfupfert ihn: »Gibt's im Städtle noch viele Waffen?«

»In jedem Haus«, sagt der Schultes arglos. »Die meisten Soldaten haben ihr Gewehr und ihre Pistole aus dem Krieg heimgebracht. Mein Vater auch. Die Veteranen treffen sich jeden Winter und machen ein Scheibenschießen.«

»Ahaaa!«

»Die brauchen wir gegen die Vögel, die Waffen.«

Nikolaus schüttelt ungläubig den Kopf.

»Die Wengertschützen müssen knallen, sonst fallen die Vogelschwärme über die Trauben her. Und vor jeder Hochzeit vertreiben wir die Krähen und Raben aus unserem Städtle.«

»Heute Abend wird noch mal geballert?«

»Freilich. Wenn Raben oder Krähen am Hochzeitstag schreien, ist die Ehe unglücklich.«

Erst jetzt rastet beim Schultes der Gedanke ein, dass der Kammerdiener wegen der vielen Waffen besorgt sein könnte. Darum schiebt er hastig nach: »So gefährlich, wie's ausschaut, ist's net. Gell, sagst dem König nix davon.«

Am Nachmittag ist das ganze Städtchen in heller Aufregung, weil jeder vor der Hochzeit etwas zu erledigen hat.

In der Linde sind die Weiberleut beim Brotbacken und Brutzeln. Die Knechte kehren den Hof. Der Schultes richtet mit Frieder, seinem ältesten Sohn, und dem Schweizer die Gaststube her: Tische und Stühle für weit über hundert Gäste und ein kleines Podest für die Tanzmusik. Christian, der zweitälteste, repariert die alte Kegelbahn. Sie ist überdacht. Dort können sich die Hochzeitsgäste am Nachmittag verlustieren, um an der frischen Luft neuen Appetit fürs Abendessen zu schöpfen.

Frauen, soweit mit Braut oder Bräutigam versippt oder verschwägert, müssen die Kuchen und Torten liefern. Die Lindenwirtin kann nicht auch noch Backwerk herstellen. Die Mutter vom Jenseits ist für die in Enzheim übliche Brauttorte verantwortlich. Das sind eigentlich vier Kuchen, übereinander geschichtet, mit je einer Lage Zitronencreme dazwischen, und zum Schluss mit weißem Zuckerguss umhüllt. Beim Backen achten die Frauen auf Glück verheißende Fingerzeige und meiden ungünstige Vorzeichen. Kuchenteig zum Beispiel, der nicht aufgeht, deutet darauf hin, dass es beim Brautpaar mit dem Nachwuchs hapern könnte. Darum dürfen fehlerhafte Backwaren keinesfalls auf den Hochzeitstisch. Die verfüttert man ans Vieh.

In jedem Haus dasselbe Bild. Die Frauen und Mägde blättern im *Enzheimer Intelligenz-Blatt*. Doch nur für die Anzeigen interessieren sie sich. Denn mit einem einzigen Blick in ihren Kasten haben sie merkwürdigerweise alle zur selben Zeit festgestellt: Nichts anzuziehen! Was tun? Bis morgen ein neues Blüsle oder

Kleidle nähen? Viel zu spät. Kosten soll's nicht viel. Darum bietet sich an, etwas Gebrauchtes zu erstehen.

Eine Annonce sticht ins Auge: »Ein breiter schwarzer Filzhut, eine persene[20] Haube, rot und gelb, mit schwarzen Zugbändeln, eine zitzene[21] grün-blaue Levite[22] samt Rock, ein grünpersenes Korsett, dann ein dunkelfarbiges Halstuch aus Wolle, ein blau und weiß bedruckter Rock mit einem angenähten rotpersenen Leible, eine weiße Schürze, lange Strümpfe von ungebleichtem Garn und ein paar Schnürstiefel. Dazu Weißwäsche und allerlei Weiberzeug. Zu haben bei Eugen Bäumler.«

Jede Leserin weiß sofort, das ist die Hinterlassenschaft der jüngst verstorbenen Babette, die eine reiche Bäuerin war. Darum geben sich die Enzheimerinnen im Münzgässle ein Stelldichein. Dem Bäumler ist die Sache über den Kopf gewachsen; er ist längst getürmt. Jetzt hockt er im Ochsen, bedauert sich und begießt seinen Trauerstand. Er will erst heim, wenn er sicher sein kann, dass der Kasten seiner Frau leer ist. Seine Nachbarin hat für ihn den Verkauf in die Hand genommen und wird ihm vereinbarungsgemäß eine Nachricht zukommen lassen, sobald die Sachen seiner Frau aus dem Haus sind.

Im Städtle summt's wie in einem Bienenschwarm. In den Gassen wuseln die Leute. In den Häusern wird gekruschtelt. Wer morgen zur Hochzeit will, der muss vorher was geben. Die Brautleute werden in Enzheim am Tag vor der Hochzeit beschenkt. Darum überlegen die Eingeladenen, was sie entbehren und was die Brautleute brauchen könnten. Kaffee oder Zucker? Lieber Kaffeegeschirr, Pfannen, Schaum- und Schöpflöffel, Schüsseln, Sacktücher, Schürzen oder Halstücher? Vielleicht Hanf oder Flachs oder eine fette Gans? Oder besser Nahrhaftes für die Küche? Nur wer mit dem Bräutigam enger verwandt ist, darf der Braut Schmuck verehren.

---

20 aus persischer Baumwolle

21 aus bunt bedrucktem Kattun

22 mantelartiges Kleid

Jedenfalls muss das Gschenkle etwas hermachen, denn alles wird von den Brautleuten fein säuberlich notiert und ausgestellt. Das Präsentle muss vor allem den kritischen Blicken der Hochzeitsgäste standhalten. Darum treffen sich die Enzheimerinnen heute zum zweiten Mal. Nach der Kleiderschau im Münzgässle jetzt die Bescherung im Jenseitshof in der Sonnengasse. Zunächst wird die vorhandene Auslage sondiert. Was haben die Eltern und Großeltern, die Geschwister, die Vettern und Basen gespendet? Was die Bekannten? Wer hat sich lumpen lassen? Wer spielt den Protz? An den Zuwendungen kann man Nähe und Distanz zu den Brautleuten ablesen. Und man kann taxieren, wie hoch die eigene Gabe ästimiert werden könnte. Und wenn sich das eigene Geschenk beim Defilee der Auslagen gar zu schäbig machen sollte, geht man unter einem Vorwand nochmals heim und sucht was Schöneres raus. Man will sich ja nicht blamieren.

Die Hochzeitsgaben ergänzen die Aussteuer. In jahrelanger Handarbeit, unterstützt von der Mutter, den Schwestern und Freundinnen, hat die Braut Kleidung und Textilien eigenhändig gestickt, gestrickt und genäht. Hinzu kommt die Mitgift der Eltern. Bis zum Abend vor dem großen Tag muss die Hochzeiterin fürs ganze Leben versorgt sein. Mit Bettwäsche, Weißzeug, Werktags- und Sonntagskleidern, Säuglings- und Kinderwäsche, Bettzeug, Wäscheschrank, Wäschetruhe, Wiege und Haushaltsgeräten.

Alle Gäste haben das Recht, die Aussteuer der Braut samt Geschenken zu begutachten. Dass kritische Blicke und schnellzüngige Kommentare nicht ausbleiben, weiß man aus Erfahrung und nimmt's eher gelassen. Die Gönner bewundern das Sach, wie man in Enzheim zur Aussteuer sagt. Die Neider tasten voller Argwohn und Missgunst den offenen Aussteuerkasten mit der Hand aus. Ist er wirklich prall gefüllt? Sitzt hinter der vorderen Reihe auch noch Wäsche? »Die hat vorne nix und hinten nix«, lästern die bösmäuligen Schädderhexen[23] triumphierend, wenn noch eine Handbreit hineinpassen könnte.

---

23 Klatschbasen

Die Braut verteilt am Vorabend ihrer Hochzeit ebenfalls Geschenke, besser gesagt, sie lässt ihre getragenen Kleidungsstücke Bedürftigen zukommen. Das erledigen ihre Verwandten und die Brautjungfern. Denn sie hat jetzt ihre Aussteuer. Nur mit neuen Sachen, will es die Tradition, soll man den Ehestand beginnen. Wenn man sich's leisten kann. Die Künftige des Jenseits ist zweifellos in der Lage, die Wohltäterin zu spielen.

Derweil feiert der Jenseits mit seinen Kameraden den Ausstand. Sein bester Freund Gottfried passt auf, dass der Bräutigam nicht zu viel bechert. Auf keinen Fall darf er bei der eigenen Hochzeit besoffen sein. Sonst hat er seiner Lebtag Durst, wird zum Säufer und verdudelt all sein Hab und Gut. Auch das eine Weisheit aus dem üppigen Erfahrungsschatz der Enzheimer.

Es ist der Abschied vom Junggesellenleben. Die ledigen Burschen schütten sich das vereinbarte Gesellenbier in den Rachen. Als Gegenleistung müssen sie heute Abend und morgen früh die Krähen und Raben mit Ballern und Böllern vertreiben, wenn sie sich noch auf den Beinen halten können. Das Krächzen dieser Mistvögel bringt, wie seit alters her bekannt ist, Unglück über die neue Ehe. Zum Beispiel könnten der Jenseits oder seine Braut viel zu früh ins wahre Jenseits eingehen. Oder das erste Kindle wäre eine Totgeburt. Allerdings fließen bis dahin noch viele Schenkmaß die durstigen Kehlen hinab. Und wer nicht mehr heimlaufen kann, der wird mit der Mistkarre frei Haus befördert.

Nikolaus hat schnell gemerkt, dass er heute stört. Überall ist er im Weg. Darum bricht er, warm verpackt und eine Mütze vom Schultes auf dem Kopf, kurz entschlossen zu einem Spaziergang auf. Lange hat er auf diese Gelegenheit gewartet. Doch bisher war er in den Fängen seiner Gastgeber und tat nur, was man von ihm wollte. Jetzt endlich kann er allein durchs Städtle streifen und sich umschauen, umhören, mit den Leuten ins Gespräch kommen. Wer äußert sich königsfeindlich? Wer macht spitze

Bemerkungen, wenn man auf den bevorstehenden Besuch des Königs zu sprechen kommt?

Ganz in Gedanken überquert er die Hauptstraße. Gleich schlägt er der Länge nach hin. Zum zweiten Mal Glück gehabt. Er fällt in einen großen Schneehaufen und nicht in die dampfende Miste daneben. Er rappelt sich auf, spuckt ein Pfund Schnee und klopft sich Jacke und Hose ab.

Paula, sie hat ihn durchs Fenster beobachtet, saust besorgt hinzu. Wie er so geknickt dasteht, muss sie lachen. »Ist was kaputt, Majesdäd?«

Er schüttelt den Kopf.

»Tut's arg weh?«

Nikolaus winkt ab.

»Wenn das dem König passiert wär!« Erst in diesem Augenblick wird ihr bewusst, dass sie eine schwere Last zu tragen hat, wenn der Landesfürst kommt. »Ogottogott! Da wär jetzt die schöne Krone hin.«

»Ich habe dir schon einmal erklärt, dass der König die Krone so gut wie nie aufsetzt.«

»Und tät ich jetzt ins Zuchthaus kommen, weil ich net auf den König aufpasst hab?«

»Fünf Jahre! Mindestens.« Er kann sich ein süffisantes Lächeln nicht verkneifen. Die Fürsorge der Magd rührt ihn.

Entsetzen steht ihr im Gesicht. Sie schluckt trocken und will ihn am Ärmel packen. »Soll ich dich führen, Majesdäd?«

»So weit kommt's noch.«

Er lässt sie stehen und stiefelt, die Hände in den Hosentaschen, an der Zehntscheuer vorbei zum Weinmarkt. Dort stehen zwei Buben vor einem Gehöft und streiten. Der jüngere hat einen Kreidebrocken in der Hand. Aufs Scheunentor hat er Buchstabe für Buchstabe in deutscher Schrift gemalt: »Wilhelm ist eine dumme Kuh!« Dem Gekritzel nach ein Abc-Schütze oder ein Zweitklässler.

Der ältere rüffelt ihn: »Der Wilhelm ist keine Kuh. Der ist ein Ochs!« Er nimmt dem Kleinen die Kreide weg, schubst ihn zur Seite und streicht das Wort Kuh durch.

Da packt den Dreikäsehoch der heilige Zorn. Wütig rennt er seinem Kameraden die Faust in den Bauch und schreit: »Selber Ochs! Selber Ochs!« Mit Spucke will er den Strich wegwischen. Aber der Große haut ihm eine runter und schreibt Ochs über die gestrichene Kuh. Zugleich verhöhnt er ihn: »Erstklässler, Tintenfässler!«

Das ist für die geschundene Seele des noch ungeübten Schreibers zu viel. Er heult los, dass die Tränen tiefe Rillen ins schmutzige Gesicht graben.

»Selber Kuh! Selber Kuh!«, neckt der Ältere weiter und streckt die Zunge raus.

»Du musst mir helfen!« Schluchzend rennt der Kleine zu dem Passanten, der stehen geblieben ist.

Nikolaus beugt sich herab: »Kannst du den Wilhelm nicht leiden?«

»Ein großer Dackel isch des, hat mein Vater selber g'sagt.«

»Und wer ist dieser Wilhelm?«

»Geht di en Scheißdreck an!«

»Du weißt aber schon, mein Junge, dass die Kuh feminin und Wilhelm maskulin ist?«

»Hä?« Der Knirps packt ihn am Kittel und tritt ihm ans Schienbein. Im selben Augenblick klatscht Nikolaus ein Schneeball ins Genick.

»Nimm sofort die Hand von meiner Jacke!« Und drohend fügt Nikolaus hinzu: »Merk dir, Bengel, dass sogar ich wild werden kann.«

Der Ältere lacht sich krumm und schief. Hinterhältig formt er Munition auf Vorrat.

»Wir sprechen uns noch!« Nikolaus sucht schleunigst das Weite, jetzt von beiden Flegeln mit nassen Schneebällen verfolgt.

Sie schreien ihm hinterher: »Selber Ochs, selber Ochs!«

»Ich hätt sie in den Schnee schmeißen und einseifen sollen«, schimpft Nikolaus vor sich hin und nimmt sich vor, den Vater der Buben auszuspähen. Ein Königsfeind?

Außer Reichweite der Angreifer verlangsamt er seine Schritte. Erfreulich, dass die Frauen bei ihrem geschäftigen Hin und

Her überall gespurt haben und der Scharwächter, unterstützt vom Amtsboten, die schmalen Trampelpfade streuen musste.

Er bleibt mal hier stehen, schaut sich mal da ein Gehöft an. Das Städtchen wirkt wie aus Zuckerguss. Die Häuser sind in glitzerndem Weiß verpackt. Schneeflocken wirbeln. Viele Bäume tragen hohe Mützen.

So gelangt er in die Habsburgerstraße, die beim Rathaus in die Burgunderstraße übergeht. Zwei Querstraßen weiter sieht er Burschen beim Wintervergnügen. Das interessiert ihn. Er eilt hin.

Der Aberzwang, ein abschüssiges Gässchen zwischen Schlossmauer und Burgunderstraße, ist vereist. Ein Rudel junger Männer macht sich einen Spaß daraus, auf seltsamen Geräten bis zur Kirche hinabzusausen. Sie kauern auf kleinen Brettern und halten einen Stiel wie eine Deichsel zwischen den Beinen. Beim genaueren Hinsehen entpuppt sich das Gefährt als schieberähnliche Schaufel.

Nikolaus schaut ein Weilchen zu. Eine wilde Lust packt ihn, auch einmal zu Tal zu reiten. Er fragt ein Milchgesicht, das ihn wiederholt angestarrt hat, ob er das Gerät für eine Probefahrt ausleihen könne.

Der junge Mann ist entgegenkommend. Er begleitet den Fremden den Aberzwang hinauf bis zur Mauer und hält ihm dort die Schaufel so hin, dass Nikolaus bequem aufsitzen kann. »'s Lenken net vergessen!«, mahnt er, »und auf den Stiel aufpassen!« Er schiebt ihn kräftig an.

Zunächst etwas ängstlich, mit beiden Schuhen bremsend, schlittert Nikolaus bergab. Unten vor der Kirche angekommen, schleppt er die Schaufel wieder zur Mauer hinauf und bittet um eine weitere Fahrt.

»Also gut«, sagt der junge Mann freundlich, »noch zweimal, weil du's bist. Dann bin ich dran.«

Nikolaus dankt und legt eine Talfahrt hin, dass die Burschen staunend hinterherschauen. Sie bewundern den älteren Herrn, der sich traut, einen solchen Höllenritt zu wagen.

Beim dritten Mal hat unser Schaufelritter den Bogen raus. Jetzt donnert er ungebremst und nach beiden Seiten freundlich nickend durchs applaudierende Spalier. Da, wo die Rodelbahn in die Burgunderstraße einmündet, nimmt er eine Hand von der Deichsel, um mit einer jovialen Geste seine Bewunderer zu grüßen. In dieser Sekunde bleibt das Schaufelbrett an einem vorstehenden Pflasterstein hängen. Nikolaus versucht noch gegenzusteuern. Zu spät. Das Brett rutscht an die Kandel. Die Deichsel bäumt sich auf, schnalzt dem fidelen Eiskutscher ans Hirn und schleudert ihn rücklings von der Schaufel.

Die Mütze segelt in hohem Bogen in ein Gestrüpp. Das Eis knistert. Nikolaus schlägt mit dem Hinterkopf auf die Gasse und rutscht noch ein paar Meter abwärts. Er, der sich auf des Lebens Schlachtfeld bisher wacker behauptet hat, bleibt mit glasigen Augen vor dem Pfarrhaus liegen.

Gleich springen ein paar Kerle hinzu. Neugierig die einen, hilfsbereit die anderen.

»Isch der hi?«

»Spinnsch Du? Dem isch bloß e bissele durmelig.«

»Aber der tut koin Schnapper meh!«

»Pass uff, glei zappelt er wieder.«

Doch Nikolaus zappelt nicht, und er strampelt nicht. Er ist nicht bei Sinnen und träumt wohl von herrlichem Eisvergnügen im hohen Norden.

»Weg da! Auf die Seite!« Die Pfarrersköchin bahnt sich mit breiten Ellbogen einen Weg durch die gaffende Menge. Sie beugt sich über den Bewusstlosen und tätschelt ihm die Wange.

Keine Reaktion.

»Tragt ihn zu mir ins Haus!«, befiehlt sie.

Vier Burschen schnappen Nikolaus an Armen und Beinen und schleppen ihn ins Haus neben dem Pfarramt.

»Weiter, weiter!«, drängelt sie und hält die Tür zu ihrem Schlafzimmer auf.

Sie legen den lädierten Schaufelreiter aufs Bett.

»Schuh raus! Kittel und Hos runter!«

Die vier gehorchen aufs Wort. Und sie staunen nicht schlecht. Der Verunglückte trägt unter der Hose noch eine Hose aus Kattun, vorn mit Bändern verschnürt, knielang und grau meliert. Zwei Hosen übereinander, so etwas haben sie noch nie gesehen.

»Jetzt macht, dass ihr weiterkommt!«

Geschrei, Gelächter und entsetzliches Quieken erfüllen den Lindenhof. Der Schultes steht wie ein Feldherr neben einem Dampf speienden Kessel und schreit sich die Seele aus dem Leib. Der Wurstkessel ist fürs Landvolk das, was die Dampfmaschine den gerade überall im Ländle aufkommenden Fabriken bedeutet: ein Holz und Kohle verschlingendes Ungetüm. Der Lindenwirt spielt den Lokomotivführer, der Oberknecht den Heizer, und der Schweizer ist der Kondukteur; er haut den Viechern mit der langstieligen Axt vor den Schädel und stellt ihnen den Fahrschein ins Jenseits aus.

Die Knechte und Mägde wuseln um den Schreihals und die brodelnde Brühe herum und sind dem Heizer ständig im Weg. Sie lachen und schaffen in einem: Därme putzen und auswaschen, Zwiebeln klein hacken, Gewürze herbeitragen und abwiegen, Blut rühren, Speck durch den Fleischwolf drehen, Knochen zersägen, Därme füllen und abbinden, Wurst einwecken und vieles mehr.

Als wäre das nicht genug, schwitzt die Lindenwirtin vor dem Backhäusle neben der Scheuer. Zusammen mit der Obermagd und der Milchmagd hat sie Teig für vierzig Laibe geknetet, die sie jetzt Stück für Stück, knusprig gebacken und nach leckerem Vesper duftend, aus dem Ofen zieht.

Zu all dem Durcheinander im Städtle ist heute auch noch Schlachtete und Bachete, denn morgen benötigt man in der Linde nicht nur Torten und Kuchen, sondern vor allem Unmengen an Fleisch, Wurst und Brot. Damit jeder bei dieser Jenseitshochzeit das aufgetischte Quantum bewältigen kann, gibt es mancherlei zu trinken, kostenlos und reichlich.

Bis heute ist in Enzheim der Streit nicht entschieden, ob man so viel essen muss, damit der Magen die vielen Getränke verschaffen kann. Oder ob man so viel trinken muss, weil sonst die Mengen an Fleisch, Wurst, Kuchen und Brot nicht zu verdauen wären.

Die Enzheimer haben in Jahrhunderten ihren Arbeits- und Festrhythmus entwickelt, viele kluge Einsichten gewonnen und sich manch albernes Ritual angewöhnt. Eine fundamentale Erfahrung bewahrheitet sich bei jeder Hochzeit. Je jünger man ist, umso mehr lebt man in der Hoffnung, auf einem solchen Fest den Menschen fürs Leben zu finden. Je älter man wird, umso mehr schwinden solche Hoffnungen und häufen sich schmerzliche Einsichten. Die glücklose Pflicht des Alters verschmilzt an einem solchen Tag mit dem pflichtlosen Glück der Jugend zu der glücklichen Pflicht aller, sich dem Essen und Trinken hinzugeben. Darum sind Hochzeiten im Städtchen an der Enz so beliebt. Sie markieren den Punkt, wo sich Hoffnungen und Erfahrungen die Waage halten und sich Enttäuschungen mit Wein und Lukullischem trösten lassen. Darum wird auf den großen Hochzeiten so jämmerlich gesoffen und gefressen. Der Weingeist lässt die Älteren das Elend der Kriegsjahre und die Scheußlichkeiten der napoleonischen Epoche vergessen machen. Und für die jungen Leute ist der Alkohol Arznei gegen die Wirbelstürme der noch hoffnungsfrohen Seele.

Wenn die dampfende Wurstbrühe das Lindenvolk benebelt, so wärmt sie zugleich Körper, Geist und Seele und schürt die Lust auf ein herzhaftes Abendessen. »A rechts Stückle Fleisch wärmt de Geischt«, sagt man in Enzheim.

Der Schweizer freut sich und leckt die Lippen. »Ah«, stöhnt er genüsslich, »Metzelsupp und Schlachtplatte.« Er reibt sich den Bauch. »Blut- und Leberwürste, Siedfleisch und Sauerkraut mit viel geriebenem Meerrettich und knusprigem Brot, dazu ein großes Bier. Gibt es etwas Besseres an einem kalten Wintertag?«

Während die Wirtin die Schweinsblase mit Sülze füllt, setzt sich Magda aufs Bänkle neben dem Hinterausgang der Linde. Ihr ist schlecht, weil sie zum zweiten Mal schwanger ist.

Der Schultes wirft seiner Minna einen besorgten Blick zu, doch die winkt ab. Sie hat bereits vor ein paar Tagen gemerkt, dass ihre Tochter nicht mehr flink in der Gaststube bedient.

Sie bindet die Schweinsblase ab und geht hinüber zu ihrer Magda. Erst ein fürsorglicher Blick in den Kinderwagen zum Enkele, das mit rosigen Wangen schläft, dann hockt sie sich neben die Schwangere.

»Ich tät sagen, Mädle, du gehst jetzt heim. Kannst den Kleinen dalassen.«

»Und morgen?«

»Mach dir keine Sorgen. Die Paula kann aushelfen. Notfalls müssen der Karl und der Schweizer ran.«

Magda winkt ab. »Der Karl versteht's mit den Gäulen und der Schweizer mit den Kühen. Zum Servieren sind beide zu blöd.«

»Der Karl kann heut Abend die Lina mit der Kutsche abholen. Ein, zwei Tage wird ihr Mann wohl ohne seine Frau zurechtkommen.«

Lina ist die zweitälteste Tochter der Wirtsleute; sie hat vor ein paar Jahren den Sohn vom Posthalter im Nachbarort geheiratet.

»Oder der Karl holt den Wilhelm für ein paar Tage heim.« Wilhelm ist Minnas Jüngster, noch keine achtzehn Jahre alt. Er ist in Ludwigsburg in der Lehre, weil er Mechaniker werden will.

»Vergiss es, Mutter. Der Wilhelm muss auf die Gesellenprüfung lernen. Außerdem, wie kommst du am übernächsten Wochenende zurecht?«

»Was ist da?«

»Jubiläumsfest vom Liederkranz.«

›Oh Gott, wir brauchen dringend Verstärkung‹, geht der Bäuerin durch den Kopf, und zwar sofort. Wenn sie an die viele Arbeit denkt, die morgen, am Wochenende und in den Tagen bis Ostern auf sie wartet, wird auch ihr schlecht.

Bereits heute Abend beginnt die Schufterei. Tische festlich decken und alles für das große Fest richten. Morgen früh ist keine Zeit dazu. Schon um halb neun in der Früh hocken hundertvierzig hungrige Hochzeitsgäste in der Linde und lauern auf das Morgenessen: Suppe mit Fleisch und Meerrettich, saure Gurken und rote Rüben. Dazu Brot, selbstverständlich weißes Brot aus Dinkel. Auf keinen Fall raues aus Gerste, Linsen und Ackerbohnen, sonst furzen die Leute im Gottesdienst, dass es den Herrn Pfarrer graust. Wäre kein gutes Omen, denn eine alte Bauernweisheit besagt: Darmwinde am Hochzeitstag, großer Schrecken andern Tag.

Von zehn bis zwölf sind die Gäste zwar in der Kirche, doch in der Küche herrscht Alarm. Auf den Punkt muss alles fertig sein, weil um zwölf die hungrige Meute wieder da ist und bedient werden will. Jetzt muss es Schlag auf Schlag gehen: Hochzeitssuppe, Rindfleisch oder Kutteln mit Kartoffeln, Sauerkraut und eingelegten Bohnen. Dazu Brot und alles, was der Keller an Trinkbarem zu bieten hat. Bier, Wein, Schnaps, Most, Saft, Milch und für die ganz Kleinen ein Schoppele mit einem Schuckerle Schnaps, damit die kleinen Schreihälse Ruhe geben. Und wenn möglich, sollte alles zur gleichen Zeit auf dem Tisch stehen. Zum Dessert gibt's Weinkaltschale und Pudding, schon seit zwei Tagen im Keller kaltgestellt.

Um drei die nächste Schlacht. Dafür sind etliche Stellagen aufzubauen, damit man die vielen Torten und Kuchen zur Schau stellen kann. Denn jede Hausfrau im Städtle, die sich an den Festvorbereitungen beteiligt hat, will ihr Gebäck bestaunt sehen bei dieser Weltausstellung der Backkunst: Punschtorte, Mandeltorte, Möhrentorte, Linzer Torte, Schweizertorte, die Spezialität der Pfarrköchin, Johannisbeer-, Himbeer- und Kirschtorte, Sahnetorte, Zitronentorte mit Blätterteig und mittendrin, alles überragend, die vierstöckige Brauttorte. Obendrein verschiedene Kuchen und Hefezöpfe, mit und ohne Mandeln, Rosinen und gerösteten Nüssen. Schließlich leckeres kleines Naschwerk. Dazu werden Kaffee, Wein, Most und Saft gereicht. Sogar Tee, der selten auf den Tisch kommt.

Um sechs das nächste Magenstopfen. Zum Nachtessen sind Kartoffelsuppe, Schlachtplatte mit Kartoffeln, Sauerkraut und eingemachte Bohnen vorgesehen. Und wieder viel Brot.

Nach dem Nachtessen stoßen die ledigen Burschen und Mädchen zur Hochzeitsgesellschaft. Jetzt geht das Fest erst richtig los. Die Tische werden zusammengeschoben, damit Platz für die Kapelle und zum Tanzen frei wird. Der Raum ist eng, die Luft wird knapp, der Schweiß fließt in Strömen. Darum haben die Leute ständig Durst, der wiederum Hunger hervorruft. Deshalb sind die Mägde bis in die frühen Morgenstunden damit beschäftigt, Wurst- und Käseplatten herumzureichen und Getränke herbeizuschleppen.

Magda sieht, dass ihre Mutter zusammengesunken dasitzt und auf ihre Füße starrt. Die Lindenwirtin ist schließlich nicht mehr die Jüngste. Ihre Beine sind geschwollen, der Atem geht schnell. Sie ist abgeschafft, leidet am Steckfluss[24] und an der Andreaskrankheit[25]. Magda weiß, dass ihre Mutter sich Sorgen macht, wie es in der Linde in der Zeit der Schwangerschaft weitergehen soll.

»Ich wüsst eine bessere Lösung, Mutter.«

Die Lindenwirtin schaut überrascht auf, als fühle sie sich ertappt.

»Ida sucht eine Stelle.«

»Die schafft doch beim Grafen.«

»Nicht mehr. Vorgestern war sie bei mir im Lädle. Der Graf hat allen gekündigt, bis auf seinen Leibdiener. Der noble Herr pfeift aus dem letzten Loch.«

»So, so, die Ida.«

»Die kennt sich in der Küche aus und hat viele Jahre im Schloss serviert.«

Als Nikolaus die Augen aufschlägt, ist es um ihn herum fast finster. Seine erste Wahrnehmung: höllische Kopfschmerzen. Wie er sich an die Stirn fasst, fühlt er einen feuchtkalten Verband und drunter einen Schmarren, eine große Beule.

---

24 Asthma

25 Gicht

»Pfui Teufel!« Seine Finger stinken nach Schnaps.

Draußen verdämmert der Tag. Zum Glück sind die Fensterläden nicht geschlossen. Mit staunenden Augen kann er gerade noch erkennen, dass er in einem beängstigend engen Zimmer in einem Ehebett liegt, nein, eher sitzt, in Bergen von Kissen, zugedeckt mit einer zentnerschweren Federdecke.

»Oha!«, entfährt es ihm, als er die Decke zurückwuchtet und an sich hinuntersieht. Jemand muss ihn entkleidet haben.

Er ist in ein wadenlanges Nachthemd aus Kattun gewandet, spitzenverziert, rüschenbesetzt und mit Blüten bunt bedruckt. Zweifellos ein Nachtgewand für Frauen. Seine eigenen Kleider liegen auf einem Stuhl neben dem Bett, die Mütze obenauf.

Mit einem Satz will er …

»Autsch! Mein Kopf!« Langsam steigt er aus dem Bett, kleidet sich vorsichtig an und lauscht an der Tür.

Ein Mann und eine Frau unterhalten sich. Kein Wort ist zu verstehen. Schritte nähern sich, gleichzeitig fällt die Haustür ins Schloss.

Und schon steht ein Mann im Zimmer, einen Eimer in der Hand.

»Ernesto«, stellt er sich vor. »Was macken deine Kopf?«

Nikolaus verdreht die Augen und winkt ab.

»Muss man wechseln Verband. Eis und Schnaps, gut für Kopf.«

Der Verwundete ist konsterniert. »Wo bin ich?«

»Ah, capito! Du nix wisse.« Ernesto setzt sich auf die Bettkante und berichtet Nikolaus radebrechend und mit wilden Gesten vom Unglück und von den jungen Burschen, die den Bewusstlosen hierher zur Pfarrersköchin gebracht haben. Die Hausherrin sei gerade fortgegangen und komme bald zurück. So lange müsse er Krankenwache schieben.

»Bild! Bild! Und wer bist du?«

»Ich Barbier von Enzheim.«

Nikolaus zuckt zusammen. Ein Fremder in Enzheim? Etwa einer, der dem König nach dem Leben trachtet? Der Sprache nach einer von der italienischen Halbinsel. Nervös fragt er:

»Wo ist deine Heimat? Republik Venedig oder Großherzogtum Toskana?«

»Nix Toskana, nix Venezia! Ernesto von Sicilia. Palermo!«

»Seit wann bist du in Enzheim?«

»Oh, lang, lang. Mehr wie zehn Jahr.« Und schon erzählt er, wie er an der Enz gelandet ist.

Buchstäblich angeschwemmt habe es ihn. Zu Fuß sei er nach Erntedank im größten Kittelwäscher[26] durchs Schlosstor marschiert, nur eine Bügeltasche in der Hand. »Bar-bie-re au-fe Stör[27]«, habe er sich einst dem Ochsenwirt vorgestellt. Sturzbäche von Wasser seien ihm durch den Kragen gestrudelt, durch seine Hosenbeine gerauscht und in die Gaststube geplätschert.

Der Wirt habe sich seiner erbarmt, ihm trockene Kleider geliehen und einen Gaisburger Marsch serviert. Dafür habe er sich nach dem Essen revanchiert und die Männer rasiert und geschoren, den Wirt, dessen Sohn und die Knechte. Dann wollten die Damen auch bedient werden. Seine ganze Barbierkunst habe er aufbieten müssen: Haarspitzen schneiden, Zöpfe flechten, einbalsamieren und parfümieren, zuerst bei der Hausfrau, dann bei den Mägden. Alle seien mit seiner Arbeit sehr zufrieden gewesen. Darum sei er in Enzheim an der Enz geblieben als sizilianischer Barbier auf der Stör.

»Und was hast du vorher gemacht, ich meine, bevor du nach Enzheim gekommen bist?«

»Ernesto Soldat. Zack, zack!« Er salutiert und schneidet Grimassen.

»Wo?«

»Ludwigsburg.«

»Du warst mal bei den württembergischen Soldaten?«

Ernesto nickt und berichtet von seiner Zeit bei den Infanteristen in Ludwigsburg. Als junger Mann habe er Sizilien verlassen und sei der Nase nach gereist, immer auf der Suche nach

---

26 Wolkenbruch

27 von Haus zu Haus gehender Barbier

Abenteuern und Arbeit. In Österreich habe er sich den napoleonischen Truppen angeschlossen und das Barbieren erlernt. Im Oktober 1805 sei er in Napoleons Gefolge in Ludwigsburg einmarschiert, begrüßt von Trommelwirbel, Glockengeläute und Kanonendonner. Die Garnisonsstadt sei nach seinem Geschmack gewesen. Aus diesem Grund sei er geblieben. Zwanzig Jahre lang als Hoboist[28]. Nebenbei habe er drei Jahre beim Regimentsbader hospitiert und danach die heilkundliche Approbation erhalten. Seither schneide er Haare, rasiere die Männer, ziehe Zähne, lasse zur Ader, setze Schröpfköpfe und könne auch den Star stechen. Im Zuge der neuen Militärordnung von 1825 habe er seinen Abschied von den Soldaten nehmen müssen. »Du wisse, was ich meine?«

»Bild! Bild!« Und ob Nikolaus Bescheid weiß. Zu jener Zeit wurde das Bundesheer umstrukturiert. Württemberg, Baden und Hessen hatten das neue VIII. Bundesarmeekorps aufzubauen.

»Jetzt neue Verband macke. Zack, zack!« Ernesto besteht darauf. Der Königsschmarren am Kopf sei schlimm und das Gehirn doch arg durchgerüttelt. Wechsle man jedoch jede Stunde die Kompresse, sei in ein paar Tagen alles wieder heil.

Nikolaus muss sich aufs Bett setzen. Während Ernesto die Binde abnimmt, im Eimer ins Eiswasser taucht und Schnaps aus einer Flasche draufträufelt, die er aus dem Hosensack zieht, erzählt er, dass ihm die Pfarrersköchin nachstellt.

Sie verzehre ein solides Vermögen. Den besten Teil, der ihr von ihrem verblichenen Mann geblieben sei. Trotzdem wolle sie wieder heiraten. Nichts liege ihr so am Herzen wie eine neue Ehe. Sogar das beste Essen könne keinen Sinneswandel herbeiführen, obwohl sie gern kocht und noch lieber isst. Seit Langem habe sie ein Auge auf ihn geworfen. Komische Kosenamen habe sie sich für ihn ausgedacht: »mei kräusleter Luschdmolch« und »mei Stierle von Palermo«, zuweilen auch »reigschmeckter Sizilianer«. Und wenn sie besonders zärtlich sein wolle, rufe sie ihn »Ärschle«.

---

28 Trompeter

»Du wisse, was isse Ärschle?«

Nikolaus schaut verdutzt.

Ernesto grinst, klopft sich auf den Hintern und wehrt mit erhobenem Zeigefinger ab. »Ärschle nix schlimme Wort. Heiße Ernstle, isse schwäbisch von Ernesto. «

»Und wie sagst du zu ihr?«

»Mei Bomberle.«

»Was heißt das?«

»Isse kleine Bomb, wenn verschissen von Kanone. Capito?«

Nikolaus hat kapiert.

Ernesto umwickelt den lädierten Kopf, derweil denkt Nikolaus nach. Als Bader und Barbier kennt der kleine Italiener wahrscheinlich alle Enzheimer. Er weiß, wie die Leute ticken und vermutlich auch, wie sie zu Regierung und König stehen. Heimlich mustert er ihn. Ja, ein zugänglicher Mann, ihn auszuhorchen könnte sich lohnen. Und wie er ihn so taxiert, stellt er fest, dass Ernesto der Haushälterin figürlich ebenbürtig ist. Stämmig und rotwangig wie sie, dazu ein noch ausladenderes Hinterquartier und einen gelockten, pechschwarzen Haarschopf. Die zwei, denkt er sich, würden gut zusammenpassen.

»Und warum heiratest du sie nicht?«

Er lässt vor Schreck die Schnapsflasche fallen. Zum Glück bleibt sie ganz. »Heirat nix gut. Frau gut, aber nix für Heirat. Besser so, wenn allein.«

»Warum?«

»Warum, warum? Mamma mia! Frau sage, Ärschle macke so. Frau sage, du musse komme sofort, mei Stierle. Frau gebe Befehl wie Tambourmajor von ganze Infanterieregiment.«

Nikolaus hält sich den Bauch vor Vergnügen.

Ernesto kommt noch mehr in Fahrt: »Wann nix Heirat, ich kann aufsteh, wann will. Kann macke, was will. Essen genug, Geld reicht. Alles gut – nur Frau! Immer zack, zack!«

Er wird laut und aggressiv: »Macke so – Frau reklamiert! Macke so – Frau reklamiert au. Macke nix – Frau reklamiert erst recht. Wies macks, is nix. Frau spinnt! Alle Fraue spinnt! Kanns mir glaube.«

»Bring mich zum Bürgermeister!« Nikolaus wird energisch. »Au!« Er fasst sich an die Stirn. Jede Kopfbewegung schmerzt, jeder Schritt sticht bis unter die Haarwurzeln.

»Nix geh! Du krank!« Ernesto macht eine entschiedene Geste. »Du kaputte Kopf. Isse gefährlich, wenn du noch falle.«

Nikolaus wird ärgerlich. »Ich bleibe keine Minute länger! Ich will in mein Bett!«

Abschüssige Gassen, holpriges Pflaster, überall Glatteis. Wie das gefahrlos bewältigen?

»Momento, Ernesto müsse überlege.« Der Barbier geht auf und ab und denkt nach. Wie kann er den Kranken gefahrlos in die Linde schaffen?

Schließlich fällt ihm eine geniale Lösung ein. Und eine schlichte dazu. Geniale Lösungen sind fast immer einfach.

Er führt Nikolaus bis zur Haustür.

»Ach-tung!«, kommandiert Ernesto. »Du nix Faxe macke!« Warnend hebt er den Zeigefinger. »Bleiben hier steh!« Im selben Augenblick ist er in der Nacht verschwunden.

Nach kurzer Zeit hört man es klappern und rütteln. Ernesto ist zurück samt einer Schubkarre, ausgepolstert mit reichlich Stroh.

Er hilft Nikolaus beim Aufsitzen, rennt ins Haus und kommt mit einer brennenden Laterne zurück. Die drückt er Nikolaus in die Hand.

»Zack, zack!«

Schon rumpeln die zwei, hinten Ernesto als Lenker und vorn Nikolaus als Beleuchter und Bremser, die genagelten Stiefel am Boden schleifend, in Serpentinen durch weniger steile Gassen in die Unterstadt. Erst durchs Kirchgässle, dann die Luthergasse entlang in die Paul-Gerhardt-Gasse, von dort über die Münz- und die Lindengasse zur Linde.

Genau da steht, wie der Erzengel Gabriel vor der Himmelspforte, die Pfarrersköchin, die Fäuste in die Hüften gestemmt, direkt vor dem Wirtshaustor.

»Du Allmachtsdackel!«, schreit sie von Weitem, als sie die Fuhre kommen sieht.

»Oh, oh, oh«, stöhnt der Bader, »Frau reklamiert. Ernesto musse macke sich ganz klein.«

»Na, na! Sei ein Mann, Ernesto! Ich steh dir bei. Auf in den Kampf!«

»Nix Kampf«, warnt der Bader, »wenn Frau isse wie Stier, du gucke, wo isse Baum.«

Ernesto setzt die Karre vor der Linde ab und will sich verdrücken.

Ein Schrei lässt ihn bis ins Mark gefrieren: »Dobleibe! Bemsel bleeder! Zack, zack!«

»Ernesto unschuldig, mei Bomberle.«

»Freilich«, höhnt sie, »Männer sind immer unschuldig.«

Nikolaus hebt die Laterne und leuchtet der Erzengelin direkt ins Gesicht: »Wahrlich, gnädige Frau, Ernesto kann nichts dafür. Ich habe ihm das befohlen. Und ich danke schön für Bett und Nachthemd.«

»Tu die Funzel weg!«

»Wir haben aus Finsternis Licht gemacht, und Sie wollen, dass aus Licht Finsternis wird? Jesaja 5, Vers 20.«

»Halt dei Gosch, du Hamballe!«

»Ja doch, gewiss, gnädige Frau. Ihr seid das Licht der Welt. Matthäus 5, Vers 14.«

»Einer ohne Hirn hat no meh Verstand wie so en Dummschwätzer wie du!«

»Halleluja!«

Sie kapituliert ob dieser Sprachgewalt. »Komm, Ärschle!« Sie packt ihren Ernesto am Ohrlappen. »Du gehsch jetzt mit mir heim. Und des Rindviech soll selber gucke, wie's in sein Stall findet.«

Fünftes Kapitel:
Verpappte Hochzeit

Ein weiteres Treffen an der äußeren Stadtmauer. Koloman bleibt stehen und stampft mit dem Fuß auf. Am liebsten würde er aus der Haut fahren oder alles kurz und klein schlagen.

»Zwiderwurzn!« Er kann sich fast nicht mehr beruhigen. »Orschgfries, bleeds!«

Leopold war mit der Mittagspost wieder in Enzheim eingetroffen und nach dem Abendläuten in die Obstwiesen hinterm Schlosstor geeilt, wo er und Siegmund auf ihn warteten.

Wie die Plakataktion verlaufen sei, wollte Leopold als Erstes wissen.

Großer Erfolg, lautete Siegmunds Antwort wahrheitsgemäß.

Doch Leopold spielte sich auf: Davon merke er nichts. Auf dem Weg hierher habe er kein einziges Plakat hängen sehen.

Auf seinen, Kolomans, Hinweis, der Hilfspolizist habe alle abgerissen, brauste Leopold auf und warf mit wüsten Schimpfwörtern um sich.

Siegmund konnte nicht mehr an sich halten. Er lachte dreckig, was er noch nie getan hatte.

Jetzt sah Leopold nur noch rot. Ihr habt gar keine geklebt, schrie er, ihr faules Pack.

Siegmund konterte scharf, viele Leute hätten den Anschlag gelesen. Das tat der Besserwisser mit einer abfälligen Geste ab und bekam, als er, Koloman, die Nase rümpfte und den Kopf schüttelte, einen Tobsuchtsanfall.

Daraufhin rieben die zwei als Knechte getarnten Ausspäher ihrem Anführer unter die Nase, er selber habe sie dazu verdonnert, nichts anderes zu machen als zu beobachten, die Goschn zu halten und die Hände in den Hosentaschen zu lassen. Und jetzt sei's wieder nicht recht.

Kurz und gut, Leopold befahl eine erneute Aktion und rannte wutschnaubend davon.

Siegmund schlug vor, gleich zu beginnen. »Du die Unterstadt, weil ich da wohne und mich viele Leute kennen. Und ich pick in der Oberstadt, weil du dort beim Oberschlaule zuhause bist.«

Koloman eilte heim, holte Picker[29] und Plakate und machte sich sofort an die Arbeit. Anders als beim ersten Mal führt er diesmal den angerührten Matschger nicht in einem Topf mit sich und benützt keinen Pinsel.

Zwar ist er mit der Zunge nicht so fix wie manch ein anderer, mit den Händen jedoch geschickter als die meisten Zeitgenossen. Er ist ein findiger Kopf und ein fingerfertiger Tüftler dazu. Stets denkt er praktisch. Darum hat er sich die Plakate mit einem Gürtel um den Leib geschnallt, weshalb er eines nach dem anderen unter seinem Kittel herausziehen kann. Zwei Klebestriche, und das Plakat sitzt fest.

In Oberschlaules Scheune fand sich eine alte Feldflasche, wie Pilger sie früher benützten, eine mit platt gedrücktem Bauch und umlaufendem langem Lederriemen. Den Verschluss der Flasche hat Koloman kurzerhand durchlöchert. Hängt man sie sich unter die Achsel, lässt sie sich blitzschnell hervorholen. Kappe über dem Verschluss abziehen, Flasche umdrehen, mit dem Verschluss über die Rückseite des Plakats streichen, Plakat andrücken, Kappe drauf, Flasche loslassen, schon baumelt sie unter dem Kittel. Hätte es damals ein amtliches Register für rationelles Arbeiten gegeben, Koloman wäre zweifellos in die Geschichtsbücher eingegangen als Erfinder der Fließbandarbeit und Begründer der Plakatwerbung.

Dermaßen präpariert ist er bei Mondschein durchs Schlosstor gewitscht und im tiefen Schnee durch die Obstwiesen hinun-

---

29 Kleister

ter zum Enzgrund gestapft, immer an der Stadtmauer entlang. Alle paar Schritte hat er seine Erfindung ausprobiert und Pickerl um Pickerl außen an die städtische Befestigungsanlage gepappt. Diese Zettel reißt bis morgen früh keiner ab, das weiß er bestimmt, weil sie erst in ein paar Tagen entdeckt werden.

Eben kommt er von außen ans Enztor. Er unterbricht sein Verschönerungswerk. Der Ärger kocht wieder hoch. Er kann es nicht fassen, wie mit ihm umgesprungen wird.

»So lass i mi net z'sammenputzn«, goscht er vor sich hin. »A guads Papperl[30], des hamma uns eigentlich vadient! « Aber nein, der Sauhund gönnt ihm nicht einmal eine Jausn. Mit knurrendem Magen muss er mitten in der Nacht bei klirrender Kälte Plakate kleben.

Die Aktion, er dreht sich um und schaut an der Mauer entlang, kann sich sehen lassen. Dem Dreckskerl wird er zeigen, dass die Schelte unberechtigt und unverschämt war. »Ich bin ein begnadeter Picker«, murmelt er vor sich hin. Stolz klopft er sich selber auf die Schulter: »Gut gemacht, Koloman.«

Er schaut unter den Kittel. Plakate gibt's noch genug, die Flasche ist erst halb leer. Was jetzt?

Mit dem Ellbogen lehnt er sich an die Stadtmauer und denkt scharf nach. Heute Nacht, beschließt er, wird er vor den Enzheimern ein Zeugnis seiner Klebekunst ablegen, von der noch spätere Generationen schwärmen. Ausschließlich an den Stellen im Städtchen will er Plakate anbringen, wo sich selten jemand hinwagt. Schade nur, dass niemand wissen wird, dass er der Künstler ist, der das Kaff verschönert.

Das Städtchen liegt im tiefsten Schlaf. Während der Schultes von einem großen Sack voller Golddukaten träumt, wälzt sich seine Frau von einer Seite auf die andere und schnarcht. Nikolaus hat einen stinkenden Turban um den Kopf und ruselt, dass es nur so eine Art hat. Und die Pfarrersköchin ist im Traum an ihr Ärschle hingeschlupft, denn sie hat ihren kräusleten Luschd-

30 Mahlzeit

molch zur Strafe an den Ohren gepackt und in ihre Kammer abgeführt.

Somit ist der Weg frei für Koloman. Er schleicht zur Linde. Ein Plakat an die Eingangstür zum Wirtshaus, vier an die Fenster der Gaststube, zwei mit Schrift nach außen, zwei nach innen, damit man beim Biertrinken durch die Scheibe lesen kann, dass es dem König an den Kragen geht. Im Schatten des Hauses traut er sich in den Hof. Es ist noch alles so, wie er es in Erinnerung hat. Rechter Hand die Gästelatrine, linker Hand der Stall, geradeaus die Scheune. Die Lokustür beklebt er von innen, das Scheunentor von außen. Fast wäre er über eine Leiter gestolpert, die neben dem Tor lehnt. Die trägt er vors Haus. Mit einem Pickerl pappt er das Wirtshausschild zu, ein zweites kleistert er acht Fuß über die Eingangstür und drei weitere an der Straßenseite in Höhe des zweiten Stocks, genau da, wo man von den Fenstern aus nicht hinlangen kann.

Wenn ich gerade bei dieser klebrigen Arbeit bin, denkt er sich, könnte man eigentlich, weil es Nacht ist, auch ein paar Zettel ins Geäst der Linde hängen. So kann man die Plakate bei Tag von Weitem sehen und nicht gleich abreißen. Gedacht, getan. Er schmeißt die Leiter in eine Güllegrube. Die Grundlage jeder gesunden Ordnung ist ein großer Misthaufen und eine tiefe Güllegrube, hat sein Feldwebel gesagt. Mit großen Schritten, stets im Schnee, damit sein Tritt nicht durch die leeren Gassen hallt, geht er in die Oberstadt hinauf. Sein Ärger ist verraucht. Die Aktion beginnt, ihm Spaß zu machen.

Unterwegs fällt ihm ein, dass der Jenseits morgen Hochzeit feiert. Um zehn beginnt die Trauung, dann ist die Kirche bis auf den letzten Platz besetzt. Könnte man da nicht ein Zeichen setzen?

Die Kirchentür dürfte nicht abgeschlossen sein. Zumindest war sie das früher nie. Tatsächlich, alles wie vor sechzehn, siebzehn Jahren. Die großen Kirchenfenster lassen genug Licht herein. Man kann sich gut in der Dämmerung zurechtfinden. Er hockt sich in die letzte Bank, schaut sich mit großen Augen um und überlegt. Der Pfarrer kommt durch die Sakristei, kurz bevor die Kirchenglocken verstummen. Und der Schulmeister muss die Glocken läuten, bestimmt helfen ihm dabei ein paar Buben. Mit dem letzten Glockenschlag spielt sich nach seiner Erinnerung das immer gleiche Ritual ab: Der Schulmeister stürmt durch die Kirchturmtür und hetzt mit wehendem Frack auf die Orgelempore hinauf.

Ein Lächeln huscht über Kolomans Gesicht. Morgen wird alles anders und Leben in der Bude sein.

Gestern ging es in Enzheim hektisch zu. Juckt es einen reichen Schnösel wie den Jenseits im kleinen Finger, gerät das ganze Städtchen in Wallung und kocht über, denn viele arme Teufel bewundern oder beneiden die wenigen Reichen.

Im Übrigen ist der Winter eine stille Zeit. Kein Rattern und Knattern, kein Poltern und Dröhnen, kein Klirren und Sirren, kein Hupen und Johlen. Nachts hört man keinen Mucks, tags die Hammerschläge des Schmieds und das Rumpeln der Postkutsche oder der Ochsenkarren und Pferdewagen; ab und zu das Sensen- und Sicheldengeln eines Bauern, der das Frühjahr herbeihämmern will, weil er vom Winter genug hat. Fünfmal täglich lärmten die Kirchenglocken, wenn sie zur Arbeit, zum Essen oder zum Feierabend mahnen. Ansonsten herrscht von Sonnenaufgang bis Sonnenuntergang erhabene Ruhe, vom Pfeifen fideler Vögel und Muhen hungriger Kühe abgesehen.

Es ist nicht nur eine stille Zeit, sondern vor allem eine bedächtige und gemächliche. Man hat in Württemberg zwar davon gehört, dass es im Badischen Eisenbahnen geben soll, auf denen man schneller fahren kann, als der menschlichen Gesundheit zuträglich ist. Der Pfarrer hat neulich über die dümmlichen Aufkleber auf Briefen gepredigt, die Schottland und England in Aufruhr versetzten. Gewiss werde der Versand mit diesen Briefmarken künftig einfacher und billiger, dafür gebe es viel mehr

Post als bisher. Darum brauche jedes Haus bald einen Briefkasten. Doch jedem Brief, warnte Abel, folgten Aufregung, Unruhe und Ärger auf dem Fuß. Dann sei es mit der Beschaulichkeit im Flecken an der Enz schnell vorbei.

Hinzu komme, vollendete Abel sein Schreckensgemälde, dass Frankreich Papiergeld einführen wolle. Jawohl, statt mit kostbaren Gold- und Silbermünzen solle man künftig mit wertlosen Papierfetzen zahlen. Eine Schnapsidee, eine hirnverbrannte und gottlose dazu, höhnte er, denn diese Zettel könne jeder Hanswurst nachmachen. Anfangs habe er sich gefragt, warum ein solcher Unfug in Erwägung gezogen werde, bis ihm aufgegangen sei, dass damit die Herren da oben leichtes Spiel hätten, die seit Jahren grassierende Geldentwertung zu kaschieren und die kleinen Leute um ihr bisschen Hab und Gut zu bescheißen. Brauche die Regierung mehr Geld, lasse sie im Handumdrehen neue Geldzettel drucken, was niemand auffalle. Bisher musste man die Münzen kleiner oder leichter machen oder neue Zahlen auf die Geldstücke prägen, wenn's Geld weniger wert war. Das hätten sogar die Dümmsten gemerkt.

Doch immer mit der Ruhe. Noch ist es nicht so weit. Noch nagen viele Württemberger am Hungertuch oder leben von der Hand in den Mund. Noch gehört der stolze Landstrich um Neckar und Enz zu den ärmeren Gegenden der Alten Welt. Zurzeit leben achtzig von hundert von der Landwirtschaft, schuften als Bauern, Wengerter, Knechte oder Mägde. Die restlichen zwanzig verdienen ihren kärglichen Unterhalt als Handwerker, Händler, Soldaten oder Dienstboten. Gott sei Dank, jubeln die Alten, die in der Angst vor dem Neuen verharren und das moderne Teufelszeug verdammen. Noch ist die alte Ordnung intakt.

Gerade weil das Volk arm ist, gibt es im Winter manch fröhlichen Schmaus. Man versteht zu feiern, wie niemals zuvor. Vor allem vergnügt man sich auf Hochzeiten, Jahrmärkten und Kirchenfesten. Dabei spielt die Musik eine herausragende Rolle. Die Schwaben lieben Melodie und Rhythmus, weil ihnen daraus Seelentrost für ihr hartes Leben entspringt. Darum verehren die schwäbischen Männergesangvereine ihren Musikdirektor

Friedrich Silcher aus dem Remstal bei Stuttgart; alle jauchzen und schluchzen seine Weisen. Sogar ohne Dirigent und Übung in Singstunden wird bei jedem Zusammensein viel gesungen, ob im Wirtshaus, auf Hochzeiten, beim abendlichen Treffen zur Winterszeit in einer Stube oder in einem Stall. Zum Lobe Gottes in der Kirche und in den Bibelstunden auf jeden Fall. Gleich holt einer seine Fiedel heraus und fordert zum Mitbrummen und Mitsummen auf. Anders als in den großen Städten, wo das Klavier geschätzt wird, bevorzugt das Landvolk die Fiedel. In jedem Haus versteht sich einer oder eine auf die ergreifende und erfrischende Kunst, mit Saitenspiel Wogen zu glätten, Tränen zu trocknen und Hoffnung zu wecken. Nur die neue Tanzmusik, die wird auch auf den Dörfern nicht mehr gefiedelt, sondern geblasen.

Am heutigen Donnerstag herrscht in Enzheim Ausnahmezustand. Der Jenseits hat hundertvierzig Leute eingeladen. Verwandte, Nachbarn, Freunde und Bekannte. Gekommen sind hundertsechzig, weil mancher Gast überlegt hat, wen er auf das Einladungsbillett mitreisen lassen könnte. Ein solches Ereignis lässt man sich nicht entgehen.

In der altehrwürdigen Metropole an der Enz gibt es dreierlei Hochzeiten. Die päben, von denen man hungrig und durstig heimkommt. Die öffentlichen, bei denen man sein Essen selber zahlen muss. Und die aushausigen, auf denen man auf Vorrat fressen und saufen kann, kostenlos natürlich. Zweifellos gehört die Jenseitshochzeit zur letzten Kategorie. Alles ist umsonst, sogar die Gaude von früh bis spät.

Es passt zum großen Fest, dass die Funken stieben, noch bevor es begonnen hat. Vor dem Gasthaus zur Linde hat sich der Schultes aufgebaut und speit Feuer. Die Fäuste in die Hüften gestemmt, brüllt er wie ein Stier.

»Dene Rotzbube verles i d Levite, wenn i se verwisch! Dia Frichtle wellet höher scheiße wie ne de Arsch gwachsen isch! An derre Saubagasch schlag i hondert Zaunlatte zsamme!«

Wer bisher noch nicht wusste, dass etwas Verrücktes passiert sein muss, der weiß es jetzt. Der Hausherr brennt lichterloh, seine Wut hat sich zur Weißglut gesteigert, die Flammen schlagen ihm schon aus den Ohren. Als der Oberknecht Karl in der ersten Morgendämmerung das Plakat am Scheunentor entdeckte, war der Lindenwirt noch entspannt. »Mach's weg«, hat er nur gesagt und seinen Eierhaber verspeist. Als aber Ida, die auf Magdas Empfehlung gleich gestern Abend als Schankmagd engagiert wurde, kurz nach acht zu ihrer neuen Dienststelle eilte und die verpappten Fenster ihrem neuen Patron meldete, schäumte der Hausherr sofort über. Und bisher hat er sich nicht abgeregt.

Erst hat er seine gesamte Mannschaft angespitzt, die Leiter herbeizuschaffen. Vergeblich. Der Oberknecht Karl ist zum Nachbarn gerannt und hat sich eine ausgeliehen.

Eben steht er auf dieser und versucht, mit einem Küchenmesser die Papierfetzen am Wirtshausschild abzukratzen, während sich Ida und Paula vor und hinter den Fenstern der Gaststube mühen, die Scheiben zu säubern.

Das Geschrei hat zahlreiche Zuschauer angelockt, Nachbarn und erste Hochzeitsgäste, die seit gestern Mittag extra nichts mehr gegessen haben, um das morgendliche Hochzeitsmahl und die nachfolgenden Genüsse ohne Not vernichten zu können.

»Hättsch dei schöns alts Wirtshausschild net verhunzt, Schultes, no müscht's jetzt net putze.«

»Vor em Morgeesse a sotts Gschäft, des isch's helle Gift fir de ganze Tag.«

»Dei roter Möckl stoht dir fei guat, Schultes. Sottsch Wachtmoischdr bei de Dragoner werre.«

Mit jedem dummen Spruch gerät der Schultes mehr in Harnisch.

Eben schlendert der Knöpfles Paul, Inhaber vom Rebstöckle und eng mit dem Bräutigam verbandelt, die Hauptstraße herab und meint: »Sauglatt! Granatemäßig, des Feschtle! Dass dr Jenseits so en Gäckeler[31] isch on no vor seire Hauchzet d Sau

31 Spaßmacher

rauslosst, des hät i net denkt.«Der Schultes hat ein »rußiger Giftzwerg« auf den Lippen, da kommt ihm die Idee, die Plakataktion als Dauser[32] junger Burschen aus dem Umfeld des Hochzeiters hinzustellen.

Er glotzt, er schluckt, er kratzt sich am Hals und schiebt sich die Kappe ins Genick. Gott sei Dank neigen sich die Reinigungsarbeiten dem Ende zu. Das alles, beschließt er, kommt dem Jenseits auf die Rechnung.

»Komm, du abgebrühter Schrannenfurzer[33].« Er grinst den Wirtskollegen an, legt seinen Arm um dessen Schultern und fährt fort: »Trinkst einen Schnaps mit mir. Dann verträgst du die Klostersupp[34] besser.«

»Sag bloß. Gibt's außer der Supp sonst no äbbes?«

»Kennst doch den Jenseits. Der Sauprotz will heut das größte Feschtle machen, seit die alten Germanen den ersten Feldweg durchs Land getrampelt haben. Natürlich gibt's noch was. Rindfleisch mit Kartoffeln und Meerrettich, saure Gurken und rote Rüben. Und zum Nachtisch Birnenschmarren. Reicht dir das bis um zwölf?«

»Brav, die beste Grundlage für einen gesunden Schlaf in der Kirch.«

Im Wirtssaal sind bereits viele Tische besetzt. Die Männer lassen die Mode der letzten fünfzig Jahre Revue passieren. Alles, was sich einst am Hof und in der Stadt schickte, wird heute präsentiert. Leder-, Tuch- und Stegbundhosen, armselige Kittel und vornehme Gehröcke mit Rockschößen, Seiden- und Stoffwesten, rüschenbesetzte Plisseehemden und bestickte Blauhemden sowie diverse Halsbinden in allen erdenklichen Farben. Das Wichtigste, wie die Schwanzfeder beim Gockeler, ist der Kopfschmuck. Jedem Möckel seinen Deckel. Selbstverständlich behält man den im Wirtshaus auf. Nur in der Kirche nimmt man ihn ab. Wer die

---

32 Streich

33 Stadtrat

34 fette Suppe

Linde betritt, der blickt auf ein Meer von Zylindern, Drei- und Zweispitze, Biber- und Reisehüte, Melonen und Kappen. Hätten die Enzheimer Kunde von den Indianern gehabt, gut möglich, dass ein paar Gischbel[35] sich dem Jenseits zu Ehren Federn in die Ohren gesteckt hätten.

Während die Herren um die Höhe balzen, protzen die Damen in die Breite, bevorzugt mit weichen Stoffen, die zum Anfassen und Anschmiegen verleiten sollen, hauptsächlich Samt, Seide und Satin, auch Gaze, Popeline, Wolle und Barchant. Wenige Kleider sind zu sehen, dafür viele Röcke, Überröcke, Überüberröcke, Überüberüberröcke. Der Rock drüber ist jeweils zwei Fingerbreit kürzer als der drunter, damit sich knapp über dem Boden ein farbenprächtiger Saum zeigt, der weit ausschwingt und gerade noch die Schuhe hervorblitzen lässt. Dazu rüschige Blusen und Hemden, Überziehwestchen und bedruckte Tüchlein um den Hals. Und auf dem Kopf eine Kappe, ein Kopftuch oder ein Krepphut mit Gazebändern.

Mägde zwängen sich durch die Tisch- und Stuhlreihen und servieren Getränke. Man darf wählen, was man möchte.

Auf einem kleinen Podest neben der Tür macht sich ein Mann zum Auftritt fertig. Der Jenseits hat ihn eigens für seine Hochzeit engagiert. Gestern reiste der Musikus an und übernachtete in einer Gästekammer hier in der Linde. Gerade setzt er das Kurbelrad ein, nimmt noch einen Schluck aus seinem Bierkrug, hockt sich breitbeinig hin und kurbelt aus einem Holzkasten, der vorn mit rotem Tuch bespannt ist, ein Liedchen heraus.

Schlagartig herrscht andächtige Stille im Raum, denn die Nachricht von einem handlichen Leierkasten aus dem Schwarzwald hat sich schon herumgesprochen, gehört hat man die Drehorgelmusik noch nicht. Die Melodie ist allen vertraut, der Klang neu und einzigartig! Als hätte der Jenseits die Orgel aus der Kirche hier in diesen Saal gezaubert. Die Leute sind gerührt und begeistert zugleich.

---

35 Eitle

Die ersten Gäste singen mit, während die Mägde die Suppe aus großen Töpfen zu schöpfen beginnen.

»Mädle ruck, ruck, ruck an meine grüne Seite,
i hab di gar zu gern, i kann di leide.
Bist so lieb und gut,
schön wie Milch und Blut;
du musst bei mir bleiben,
mir die Zeit vertreiben.
Mädle ruck, ruck, ruck an meine rechte Seite,
i hab di gar so gern, i kann di leide.«

Eben prostet der Schultes dem Knöpfle zu, da streift Paula an ihm vorbei. Er packt sie an der Schürze und sagt: »Hol den Nikolaus her.«

Wenige Augenblicke später, der Leierkastenmann orgelt gerade eine neue Weise, erscheint Nikolaus, einen großen Turban um die malträtierte Stirn gebunden, unter dem sich der Schmarren wölbt, und setzt sich auf den freien Platz neben den Schultes.

»Kennst das Liedchen?«, fragt der Lindenwirt.

Nikolaus schüttelt den Kopf.

Der Knöpfle mustert den Fremden mit großen Augen. Ihm ist schon zu Ohren gekommen, dass sich der im Stadtrat angekündigte Diener im Städtle aufhalten soll. Gesehen hat er ihn aber noch nicht.

»I ben dr Knöpfle«, stellt er sich vor, »kannsch Paul zu mir sage.« Er reicht Nikolaus die Hand und fragt voller Mitleid: »Hasch dr s Hirn nogschlage?«

Statt einer Antwort wehrt Nikolaus mit der Hand ab. So weit kommt's noch, dass er jedem Rechenschaft ablegt.

»Au wenn dei Dachrenn hee isch, kasch no älleweil soichle[36]«, tröstet der Knöpfle und singt zur Aufheiterung den andächtigen Fünfzeiler zur gerade erklingenden Melodie:

---

36 Wasser lassen

»Wie machen's denn die Schneider?
Ah, so machen sie's:
Sie schneiden's Tuch in vier Eck
und schieben die Hälft in die Hosensäck.
Ja, so machen sie's.«

»Zu jedem Handwerk gibt's einen Vers«, erläutert der Schultes. Er platzt schier vor Stolz, dass in seinem Gasthaus eine Drehorgel aufspielt, eine Weltsensation, die in Stuttgart noch so gut wie unbekannt sein dürfte.

»Und wie machen's die Schreiner?«, will Nikolaus wissen. Auch für ihn ist das Instrument neu, das vom Podest herabklingt. Er lauscht ergriffen, und der Knöpfle singt dazu:

»Wie machen's denn die Schreiner?
Ah, so machen sie's:
Sie hobeln alte Bretter aus
und geben's dann für neue aus.
Ja, so machen sie's.«

An der Mauer des Pfarrhauses, einem alten Fachwerkbau direkt neben der Kirche aus Sandstein, lehnt der neue Knecht vom Oberschlaule. Koloman ist neugierig. Wer kommt zur Hochzeit? Er hat seine besten Kleider an und seine schönste Kappe auf.

Wenn die letzten Glockenschläge verklingen, will er durchs Kirchenportal schlüpfen und sich hinten im Kirchenschiff ein schattiges Plätzchen neben einer Säule suchen und mucksmäuschenstill sein. Was werden wohl die Leute zu seiner Kunst sagen?

Die Häfnerbäuerin naht, an ihrer Seite ein Unbekannter; Koloman hat sie sofort an ihrem schiefen Gang erkannt. Gleich drauf biegt der Ochsenwirt um die Ecke, noch so ein Dambes, der über seine eigenen Füße stolpert. Zwei Schritte dahinter der Schmidlin, der Beckeseckel, wie sie ihn früher nannten, der das *Enzheimer Intelligenz-Blatt* herausgibt. Ihm folgt eine blonde Frau auf dem Fuß, allein, schwarz gekleidet. Hernach der Scharwächter, der klapperdürre Saufaus, mit seiner Agathe und der Christian Finkenberger, der jetzt ein reicher Fuhrmann sein soll.

Wie er so fasziniert der Blonden hinterherstiert, schlägt ihm jemand auf die Schulter.

»Gell, die tät dir g'fallen, Koloman. Du bist doch der Koloman?«

Er hat den Mann nicht kommen sehen und ist zu Tode erschrocken. Mit großen Augen mustert er das Mopsgesicht neben sich. »Herrjemine, der … der …«

»Na, du alter Schlawiner?«

»Jesses na, der Jenseits Franzi. Ich hab g'hört, du hast heut Hochzeit. Stimmt's?«

»Hoho«, der Jenseits haut Koloman erneut auf die Schulter, »du bist gut. Bestimmt stehst deswegen da. Gib's zu. Willst gucken, wer heut alles kommt, gell?« Er gibt ihm die Hand und meint generös: »Kommst halt nachher in die Linde. Bist eingeladen.«

»Dank dir schön.«

»Weißt, ich habe net viel Zeit, sag mir geschwind, was du in deiner alten Heimat zu schaffen hast. Bist du nicht nach der vierten Klass zu deinem Onkel nach Wien? War's net so?«

»Knecht bin ich.«

»Kerle, schwätz koin Schmarre! In der Schul warst du uns allen über. Du und Knecht, das glaubst selber net.«

›So ist es, Jenseits‹, denkt sich Koloman, ›du warst in der Schul der Dümmste.‹ Schmerzlich erinnert er sich an die Zeit, als die Mutter starb und er von einem Tag auf den anderen allein auf der Welt war. Der Onkel ist gekommen und wollte ihn nach Wien holen. Am liebsten hätte er alles kurz und klein geschlagen. Er wollte nicht fort. Er flehte und schrie, es half nichts. Pfarrer Abel hatte kein Erbarmen und entschied, er müsse mit dem Onkel gehen. Gestern hat er es diesem Schwarzkittel heimgezahlt. Der wird heute Augen machen, der scheinheilige Maulaff. Geschieht ihm grad recht. Dass er in Wien nach der Schule zunächst zu den Soldaten ist, später zu den Gendarmen, das geht hier niemand etwas an.

Laut sagt er: »Beim Oberschlaule bin ich Knecht. Kannst ihn fragen.«

»Bei dem Dummschwätzer?!« Der Jenseits denkt einen Augenblick nach. »Kannst bei mir als Oberknecht schaffen, Koloman. Wir reden nachher in der Linde drüber.«

Der Bräutigam hakt Koloman unter. »Komm mit, dann erlebst eine schöne Hochzeit.« Erst beim Betreten der Kirche lässt er seinen alten Schulkameraden los und eilt nach vorn in den Chor, wo die engsten Verwandten auf ihn warten.

Derweil sucht sich Koloman ein lauschiges Plätzchen, von wo aus er sein Werk und die Folgen genießen kann.

Als Erstes fällt ihm die Leiter auf, die an der Kanzel lehnt. Ein Mann steht auf der obersten Sprosse, einen Eimer in der Hand, und feuchtet mit einem nassen Tuch die drei Plakate an, die dort oben hängen. Man könnte die Zettel abkratzen. Offenbar will man die Bilder rund um die Kanzel nicht beschädigen. Deshalb lautet der Auftrag, das Papier einweichen und vorsichtig ablösen. Doch das dauert.

In der Zwischenzeit werden immer neue Plakate entdeckt und Pfarrer Abel gemeldet, der wie eine Furie hin- und herrennt und wirre Befehle erteilt. Offensichtlich hat er Mitglieder des Kirchenkonvents und ein paar ältere Schüler angeheuert, die gröbsten Sauereien zu beseitigen.

»Herr Pfarrer, Herr Pfarrer …!« Ständig neue Schreckensmeldungen. Überall pappen Plakate. Auf den Bänken im Mittelschiff, an den Brüstungen der linken und rechten Empore, an den Bänken auf der Empore, an der Kirchturmtür, an den Strebepfeilern, an etlichen Fenstern im Seitenschiff, über der Tür zur Sakristei, an den Stufen zum Altar. Nur der Altar ist nicht verklebt.

Koloman schaut und erfreut sich am Spektakel. ›Hättest damals dei Gosch g'halte und mich dab'halte‹, höhnt er in sich hinein. ›Scheißele, Herr Pfarrer!‹ Er schlägt die Beine übereinander und lehnt sich in der Bank zurück. ›Pech für dich. Alle Zettel findest jetzt nicht. Wart's ab.‹

Neben ihn setzt sich einer in die Bank. Ist das nicht der Knöpfle? Der Neuankömmling winkt dem Kirchendusler, der mit seiner langen Stange durch die Reihen hinkt, um zu schauen, wo etwaige Dusler und Rusler sitzen. Wahrscheinlich gehen heute die Aufweckdienste schlecht. Wer kann denn bei dem Lärm ans Schlafen denken?

»Zwei Mal ruseln, Wilhelm.«

»Aber du schnarchst doch net, Paul.«

»Wart's ab, Wilhelm, gleich leg ich los.« Der Knöpfle zieht einen Sechser aus der Westentasche und steckt ihn dem Kirchendusler in den Hosensack.

Der hinkende Heinrich strahlt. Immerhin drei Bier verdient, wenn nichts mehr nachkommt.

»Stimmt so, Wilhelm. Dafür lässt du mich in Ruhe meinen Kirchenschlaf genießen! Weißt, wenn die Orgel so schön schmalzt, träumt sich's ganz speziell.«

Heinrich legt zwei Finger an die imaginäre Dienstmütze, die er werktags trägt, und entfernt sich mit einem erleichterten Hüpfer.

In der Kirche summt's und brummt's wie in einem Bienenhaus. Die Kirchenglocken bimmeln weit über die übliche Zeit hinaus.

Schließlich sind die meisten Zettel abgelöst, oder es sitzt jemand drauf, dass man's nicht lesen kann.

›Zu spät, Freunde.‹ Koloman reibt sich die Hände voller Schadenfreude. Alle Leute wissen jetzt, dass es dem König an den Kragen gehen soll.

Eben verklingen die letzten Glockenschläge. Schon fliegt die Tür zum Kirchturm auf, der Schulmeister hetzt durchs Seitenschiff und wetzt über die Wendeltreppe zur Orgelbank hinauf. Gleich strampelt der Schuster los. Gegen Entgelt darf er den Blasebalg treten, damit er seine elf Kinder über die Runden bringen kann. Er legt sich ins Zeug, bis sich die lederne Lunge der Orgel bläht und aus allen Nähten seufzt.

Der Schulmeister zieht das Kornettregister, weil die Orgel dann so schön hiecht[37]. Aber was ist das? Statt schmetternder Klänge nur ein Keuchen und Husten, ein Röcheln und Pfeifen, ein brunnentiefes Aufseufzen, schließlich ein erleichtertes Plopp … Plopp … Plopp … Plopppploppplopp! Aus den großen Orgelpfeifen schießt etwas Weißes bis unter die Decke, segelt durchs Kirchenschiff und trudelt zu Boden. Die Orgel schreit befreit auf. Schon springen die ersten Hochzeitsgäste hoch und fangen die Flieger im Flug.

In der letzten Bank prustet einer los, dann noch einer, bis großes Gelächter das Kirchenschiff erfüllt, während die Männer vom Kirchenkonvent durch die Bankreihen hetzen und die Papiere einsammeln. Nicht wenige Zettel sind jedoch längst in Kitteltaschen verschwunden. Ein Andenken an einen denkwürdigen Hochzeitstag, das man sich hinter den Spiegel überm Spülstein stecken kann.

Beim Verklingen der letzten Orgeltöne öffnet sich die Kirchentür. Von draußen dringt Höllenlärm herein. Die Schießburschen böllern und verdienen sich ihr Schießbier, die Schuler[38] des Bräutigams johlen und juchzen; sie fordern Freibier.

Neugierig und zugleich beklommen tapsen vier Buben zur Tür herein, sie schauen sich mit großen Augen um. An ihren Kittelchen sind Sträußchen angeheftet. Einer schleppt eine schwere Kanne, mit bunten Bändern geschmückt. Ein anderer trägt einen in ein weißes Tuch gebundenen Laib Brot. Ihnen folgen die Kränzeljungfern, vier Mädchen mit bestickten weißen Schürzen und Kränzchen im Haar.

Zwei Herren treten ein, der Pfarrer im Chorhemd und der schwarz gekleidete Bräutigam. Abel schaut grimmig drein, man

37 hallt

38 Schulkameraden

merkt ihm deutlich an, dass er kocht. Ein krummes Wort, und er geht in die Luft. Der Jenseits dagegen scheint konsterniert zu sein. Gegen seine Art blickt er irritiert zu Boden.

Zwei Hochzeitsknechte, mit Degen bewaffnet, sind ihnen auf den Fersen, ein großer und ein kleiner, beide bester Laune. Die Zettelwirtschaft hat sie gaudiert. Sie feixen nach allen Seiten und nicken belustigt in die Bankreihen hinein.

Dagegen ist der Brautvater ernst. Er führt seine Tochter, die in ein schwarzes Kleid gewandet und den Tränen nahe ist. Vor der Türschwelle reißt er sie zurück und deutet auf ihre Füße. Im selben Augenblick erbraust die Orgel in mächtigen Akkorden. Die Hochzeitsgäste recken die Hälse. Mit welchem Fuß betritt die Jungfer die Kirche? Gott sei Dank, es ist der rechte, die bösen Geister sind gebannt. Hörbares Aufatmen bei der Verwandtschaft und allen Gästen. Die Hochzeiterin hält ein Blumensträußchen in der Hand, mit der sie sich beim Vater untergehakt hat. In der anderen trägt sie einen Zinnteller, auf dem ein großes Herz aus Lebkuchen liegt.

Jetzt sind die Hochzeitsmägde an der Reihe. Sie umringen die Brautmutter, die weinend die Kirche betritt, weil das Greinen zu ihren Pflichten am Ehrentag ihrer Tochter gehört.

Vater und Mutter des Bräutigams samt engsten Verwandten bilden den Schluss der Prozession.

Nikolaus sitzt neben dem Schultes im Chor. Von da hat er freie Sicht. In der Tasche verwahrt er den Zettel, den er aus der Luft geangelt hat. Obwohl er jeden Sonntag in die Kirche gehen muss, weil der König der oberste Dienstherr aller Pfarrer ist, durchschaut er diese von vielen Traditionen durchsetzte Hochzeitszeremonie nicht. So etwas hat er noch nie gesehen.

Wieder ertönt die Orgel. Das Brautpaar tritt vor den Altar, an den kleinen Fingern ineinander verhakt. Brautführer und Hochzeitsmägde stellen sich hinter dem Bräutigam auf, die Kränzeljungfern und die Hochzeitsknechte hinter der Braut.

Während der Trauung kreuzen die Hochzeitsknechte ihre Degen über dem Brautpaar. Die Braut hält das Gesangbuch fest unterm rechten Arm geklemmt, zum Schutz gegen böse Geister;

das hat ihr die Mutter eingetrichtert. Um Himmels willen das Buch nicht fallen lassen, hat sie gemahnt, denn das bedeute für die Ehe nichts Gutes.

Pfarrer Abel weiß um die vielen abergläubischen Bräuche. Als er vor Jahren hierher nach Enzheim versetzt wurde, stritten die Brautleute öfters beim Händereichen vor dem Altar. Wessen Hand obenauf ist, behauptete man vor seiner Zeit, habe angeblich künftig das Sagen im Haus. Darum fasst er die Brautleute beim Einsegnen an den Armen und legt ihre Hände so übereinander, dass seine Linke unten ist und seine Rechte oben.

Jetzt treten die Eltern von Braut und Bräutigam hinzu, trinken mit den Trauzeugen Wein aus dem mitgebrachten Krug und brechen das Brot, während die Frischvermählten das süße Lebkuchenherz verdrücken.

Dann wendet sich der Pfarrer der Kanzel zu.

Doch was ist das? Abel schreckt zurück, er bückt sich, nimmt die nächste Stufe, bückt sich wieder. Und das noch etliche Male. Endlich geht der hochrote Kopf des Predigers über der Kanzel auf wie die blutrote Sonne an einem klirrenden Frühlingsmorgen.

Koloman hat gebannt hingeschaut. Er zwingt sich zu einem ernsten Gesicht, auch wenn er vor Lachen schier zerspringen möchte. ›Ja, ja, so ist's, Herr Pfarrer, wenn's anders kommt als man denkt‹. Zufrieden schließt er die Augen und lauscht. ›O Gott, Herr Pfarrer, was nun?‹

Die Antwort folgt schneller als gedacht. Abel packt den unsichtbaren Stier bei den Hörnern und tobt sich aus.

»Schande!« Er schnappt nach Luft. »Frechheit!!« Er schmeißt die Arme in die Höhe, als wolle er den Beistand von oben erflehen. »Auf jeder Stufe pappt so ein liederlicher Zettel, und auf meinem Altarpult ist noch einer!«

Jetzt lässt er Dampf ab. So die Kirche zu verhunzen, das sei kein Lausbubenstreich mehr. Nein, das sei kriminell. Er werde den ungeheuerlichen Vorfall persönlich dem Kommandanten der Gendarmerie melden, nein, dem König höchstselbst. Diese Spitzbuben gehörten ins Zuchthaus nach Ludwigsburg.

Abel kann sich nicht mehr beruhigen. Mit der Hand fährt er ein ums andere Mal über das Pult, als könne er den Zettel wegwischen. Doch weil der festgeklebt ist, kommt er noch mehr in Rage.

»Eine unverschämte Provokation!«, schimpft er. Der König sei sein oberster Dienstherr und als Bischof der oberste Repräsentant der evangelischen Christen in Württemberg. Solche Aktionen in der Kirche seien nicht nur eine Beleidigung des Königs, sondern ein frontaler Angriff auf die heilige Institution der Kirche.

Koloman ist bass erstaunt. ›Nein, nein, Herr Pfarrer‹, hätte er am liebsten gerufen, ›Sie müssen sich nicht hinter dem König verstecken. Dass ich dem König ans Leder muss, ist eine andere Geschichte. Das hier geht gegen Sie, Herr Pfarrer. Wären Sie damals nicht hartherzig gewesen, gäb's heute keine Plakate. Ich müsste nicht dem König nachstellen und wäre heute ein braver württembergischer Untertan.‹

Sogar der sturmerprobte Nikolaus staunt nicht schlecht. Den Kopf in den Nacken gelegt, die Hand am Schmarren auf seiner Stirn, verfolgt er jedes Wort und jede Geste des Wütenden. ›Gut gebrüllt, Löwe‹, bilanziert er in Gedanken das Gehörte mit Genugtuung. ›Aber‹, denkt er sich, ›auch ein Landpfarrer muss sich zügeln. Immerhin feiern wir gerade eine Hochzeit.‹

Als hätte Abel das gehört, hält er unvermittelt inne und atmet mehrmals tief durch. Er senkt die Stimme und spricht nicht mehr von seiner eigenen Wut und Ohnmacht, sondern predigt, als wäre nichts gewesen. Er spricht von der Liebe als Orkan der Gefühle, der zwei junge Menschen durchbebe und für die gemeinsame Zukunft berausche. Die Liebe und der Respekt voreinander seien das beste Startkapital für jede glückliche Ehe.

Sechstes Kapitel:

Österreichisch-preußische Allianz

»Nun, Oberst, kommen Sie voran?«

»Danke der Nachfrage, Erlaucht, alles bestens. Und wie sind Sie mit der Arbeit unserer Trainsoldaten zufrieden?«

Graf Heinrich verrät mit einer jovialen Geste, dass ihm die große Hilfe behagt, die ihm, seiner Familie und seiner Residenz zuteilwird. Er ist auf den Geschmack gekommen. Derart umsorgt, verwöhnt und auf Rosen gebettet hat man ihn seit Ewigkeiten nicht mehr. Darum graut ihm vor dem Tag, an dem das alles zu Ende sein könnte. Folglich sucht er nach einem Weg, diesen Zeitpunkt möglichst weit hinauszuschieben.

»Sie wissen, Oberst, dass Ihre Unternehmungen mein Haus in Verruf bringen könnten.«

»Ich dachte, Erlaucht, wir hätten das bei unserer ersten Begegnung geklärt.«

»Gewiss, Oberst. Aber mich interessiert, was passiert, wenn Ihre Operation scheitert.«

Der preußische Offizier sieht den Grafen mitleidig an. »Kann sie gar nicht.«

»Warum?«

»Wir haben uns rückversichert.«

»Verstehe. Sie haben sich verbündet.«

»Der Feind unseres Feindes kann bisweilen auch uns nützlich sein. Man muss es nur richtig einfädeln.«

»Lassen Sie mich raten, Oberst. Der Württemberger hat viele Freunde. An erster Stelle würde ich den russischen Zaren nennen. Feinde hingegen hat er nur wenige. Da würde ich zuerst auf den Habsburger tippen. Richtig?«

»Sei's drum, Erlaucht, Ihr Haus ist nicht in Gefahr.«

»Das Haus nicht. Mein Ruf aber sehr wohl.«

»Wie das?«

»Gesetzt den Fall, Ihre geheime Mission scheitert …«

»…greift die Rückversicherung.«

»Ich bitte um Nachsicht, Oberst. Was wäre, wenn das Unternehmen ein Fehlschlag würde? Ich selbst habe in preußischen Diensten misslungene Operationen erlebt, sogar von Niederlagen und verlorenen Kriegen gehört.«

»Falls unsere Mission ganz wider Erwarten nicht erfolgreich wäre, würde das niemandem auffallen, denn sie ist streng geheim. Niemand weiß etwas darüber. So wie wir gekommen sind, werden wir auch wieder verschwinden. Wo ist das Problem?«

»Pardon, Oberst, ich habe auf Ihre Bitte hin mein Personal entlassen. Gründe habe ich nicht genannt. Sie können sich denken, dass sich das Volk drunten im Städtchen das Maul zerreißt.«

Der Oberst nickt. Mit Mühe unterdrückt er eine höhnische Grimasse. Er ahnt, was jetzt kommt.

»Ergo finde ich in nächster Zeit hier weder Magd, noch Knecht, noch Diener, weil die Leute davon ausgehen, ich müsste sie nach ein, zwei Monaten erneut entlassen.«

›Stimmt, Herr Graf pfeifen aus dem letzten Loch‹, kommt dem Oberst in den Sinn, nicht jedoch über die Lippen. Vielmehr gibt er sich ahnungslos: »Worauf wollen Sie hinaus, Erlaucht?«

»Nun, mein Haus könnte der preußischen Krone nicht nur dieses eine Mal nützlich sein.«

»Verstehe. Sie wünschen eine Entente?«

»Besser eine Konvention.«

»Auf Lebenszeit, wie ich vermute.«

»Wenn möglich.«

»Ich werde das an höherer Stelle vortragen. Und wie lautet Ihre Offerte, Erlaucht?«

»Mein Schloss wäre zweifellos ein vorzüglicher Stützpunkt für die preußische Armee.«

»Stützpunkt wofür?«

»Ich habe die Landkarte sorgfältig studiert. Enzheim liegt auf halbem Weg zwischen den preußischen Exklaven in Thüringen und den Hohenzollerischen Fürstentümern. Die sind doch durch verwandtschaftliche Bande und Verträge mit den Hohenzollern in Preußen liiert. Das ist allgemein bekannt. Außerdem wäre Neuenburg in der Schweiz besser angebunden, wo Preußen weiteren Besitz hat.«

»Wünschen Sie, dass Ihre Residenz an die preußische Krone übergeht, Erlaucht?«

Graf Heinrich hebt abwehrend die Hände. »O Gott, nein, Herr im eigenen Haus möchte ich bleiben.« Er zögert und wirft seinem Gegenüber einen lauernden Blick zu. »Aber ich könnte mir einen Vertrag vorstellen, der Preußen bestimmte Nutzungsrechte gewährt oder näher zu bezeichnende Erbrechte einräumt. Am besten würde man die Konvention öffentlich verkünden. Dann könnte mir niemand verwehren, durchreisenden preußischen Diplomaten und Soldaten auf meinem Grund und Boden Unterkunft zu gewähren. Und mein Ruf als zahlungskräftiger Schlossherr wäre wieder hergestellt.«

»Kompensationsgeschäft. Ich verstehe.« Der Oberst verzieht keine Miene. Er muss neidlos anerkennen, dass der alte Graf ein schlauer Fuchs ist. Tatsächlich würde ein solcher Vertrag der gräflichen Familie auf Dauer die Unterstützung Preußens sichern. Preußen würde ebenfalls davon profitieren, denn auf dem weiten Weg zu den preußischen Besitzungen rund um den Neuenburger See könnte man hier eine Raststation und ein Zwischenlager einrichten.

»Was ich noch fragen wollte, Oberst, werden Sie von meiner Balustrade aus feuern lassen?

»Wie kommen Sie darauf?«

»Weil Sie die vier angrenzenden Räume für sich reklamiert haben.«

Der Oberst weist das entschieden zurück. »Glauben Sie im Ernst, dass wir mit Haubitzen in die Menschenmenge schießen? Wir sind mit Württemberg nicht im Krieg!«

»Wie wollen Sie vorgehen?«

»Jedenfalls so, dass später niemand weiß, wer hinter der Sache steckt.«

Graf Heinrich atmet sichtlich befreit auf: »Geheimes Kommando. Ich verstehe.« Er stichelt süffisant. »Bum, bum, bum, und zufällig fällt ein König um.«

»Keine Sorge, Durchlaucht«, antwortet der Oberst mit leicht spöttischem Unterton, »Ihr Schloss dient uns nur zu logistischen Zwecken. Wir werden Sie nicht in Misskredit bringen.«

»Sie gestatten, Oberst, dass ich einmal laut denke?«

»Nur zu.«

»Wenn keine Kanonen oder Haubitzen im Spiel sind, bleiben vier Möglichkeiten.«

»Die wären?«

»Vergiften, erdolchen, erschießen.« Der Graf hebt eine Augenbraue und zögert einen Augenblick. »Oder in die Luft jagen. Ein geschmackloses Ende. Sie werden mir doch beipflichten?«

Der Oberst sieht den Schlossherrn verschmitzt an, bleibt die Antwort aber schuldig.

»Sie wollen ihn also erschießen.«

»Wie kommen Sie auf diese Idee?«

»Vergiften oder feige von hinten erdolchen? Wohl nicht.« Graf Heinrich zieht die Stirn kraus. »Wäre eines preußischen Soldaten unwürdig.«

Keine Antwort, nur ein feines Lächeln.

»Dachte ich's mir, Oberst. Sie planen eine Aktion, bei der man Schießpulver und vor allem einen tüchtigen Artilleristen braucht. Wozu sonst ist ein Rittmeister der reitenden Artillerie hier?«

»Je weniger Sie wissen, Erlaucht, umso besser für Sie. Sagten Sie nicht, dass Sie Ihr Haus nicht in Misskredit gebracht wissen wollen?«

Graf Heinrich blickt den jungen Offizier erstaunt an. Diese Replik hätte er ihm nicht zugetraut.

»Alles wird zu Ihrer Zufriedenheit sein, Erlaucht.« Der Oberst wendet sich zum Gehen. »Und seien Sie versichert, dass ich Ihr Anliegen wohlwollend an höherer Stelle vorbringen werde.«

Unterdessen nähert sich drunten in Enzheim das Hochzeitsfest seinem Höhepunkt. Das Mittagessen ist längst verdaut. Hundertsechzig hungrige Mäuler haben die Torten und Kuchen weggeputzt, bis auf wenige Trümmerstücke. Auch die Kartoffelsuppe und die Schlachtplatte samt Salzkartoffeln, Sauerkraut und eingemachten Bohnen sind schon bald nach dem Abendläuten hinabgewürgt.

Ein vielstimmiges Rülpsen, Seufzen, Stöhnen, Japsen und Keuchen erfüllt den geräumigen Wirtshaussaal. Hosenbünde werden gelockert, Hemdkragen gelüftet, Rocktaillen heimlich geweitet. Ermattete Gäste duseln und ruseln in Winkeln und Ecken, auf der Ofenbank, auf dem Flur, auf der Kellertreppe, im Hof. Sogar auf der Latrine hockt einer und träumt das Märchen vom süßen Brei. Heimgehen? Um Gottes willen, wer denkt denn an so etwas. Noch warten viele Köstlichkeiten in Küche und Keller auf fressfreudige Abnehmer. Und jetzt stehen die Brauttänze an.

Der Leierkastenmann, der vom Morgen- bis zum Abendessen die schönsten Lieder georgelt hat, räumt das Podest. Direkt vor ihm geht einer schwer angeschlagen zu Boden und wird angezählt. Er atmet pfeifend und röchelnd, er furzt und rülpst in einem fort. Sieht man genauer hin, kann man ihn gerade noch als Onkel des Bräutigams identifizieren. Zwei Frauen stehen über ihm und fächeln ihm mit einem Leintuch Frischluft zu.

Jetzt kommt Bewegung in den Saal. Eine zweite Flut von Gästen rollt zur Tür herein. Es sind junge Ledige und alte Hagestolze, hungrig wie die Wölfe und auf ein Abenteuer aus. Sie fallen über die Essensreste her und räumen nebenbei Tische und Stühle samt den Ermatteten zur Seite.

Derweil setzen sich sieben Polkamusiker aufs Podest, vier Bauern, ein Maurergeselle, ein Schneider und der Schulmeister, der die Blaskapelle gegründet hat. Bei allen freudigen und traurigen Ereignissen im Ort ist der Lehrer dabei. Als Mesner, Organist, Leichenbestatter, Totengräber, Dirigent des Gesangvereins und Kirchenchors, als Festorganisator, Mitarbeiter am *Enzheimer Intelligenz-Blatt,* als Ratsschreiber und Hochzeitsmusiker. Im Nebenerwerb werkelt er auch noch auf Äckerchen und Weiden, die ihm die Gemeinde als Teil seines Lohnes überlassen hat.

Bis vor wenigen Jahren spielte man mit Fidel, Pfeife, Dudelsack und Hackbrett zu Hopser, Dreher und Reigen auf. Doch seit Kurzem wollen die jungen Leute nur noch Polka tanzen. Sie sind ganz verrückt nach dieser polnischen Musik, zu der man sich anfassen, drücken, anschmiegen darf und wüst herumwetzt. Wie die Sintflut stürzte dieser Seelenbalsam und Liebestrost vom Böhmischen her nach Deutschland herein und riss alles mit sich, was bisher auf Tanzböden üblich war. Die feinen Saiten- und Flötentöne gingen unter, ebenso der höfische Schwof und die zahmen Tanzschritte. Dafür kam eine laute, aufrüttelnde, ranschmeißerische Blechmusik auf, die zu wilden Hopsern und schlenkernden Verrenkungen verführt, von lebenslustigem Gejohle begleitet. Die Älteren konnten nicht genug vor diesen unsittlichen Bocksprüngen warnen. Aber der Lehrer, selber ein junger Mann, hatte den Bogen gleich raus. Er legte die Fidel zur Seite, stellte auf Trompete um und gründete eine Tanzkapelle. Er bläst das erste Blech und gibt den Takt vor. Auf ihn hören eine zweite Trompete, zwei Posaunen, zwei Hörner und eine Basstuba.

Hinten in der Gaststube sind die Witwe Anna Läpple und Koloman Neumaier aus Wien beieinander. Nach der Kirche wurde ihnen zufällig ein Platz am Tisch der einsamen Herzen angewiesen. Sie kamen nebeneinander zu sitzen und machten sich miteinander bekannt. Mittlerweile wissen sie so viel voneinander, dass sie genug Gesprächsstoff für viele Abende haben. Träumt die schöne Anna schon von einem Zueinander?

Jedenfalls fürchtet die attraktive Blonde, dass niemand sie heute zum Tanzen auffordert. Oder sollte das eine weibliche List sein, um den jungen Mann an ihrer Seite zu testen?

Gleich beteuert Koloman, dass er sie nicht im Stich lassen wird. Verwundert fragt er: »Hat noch keiner um deine Hand angehalten?«

»Freile, grad gnug«, räumt die Witwe ein, »die oine sen z bleed gwä, die andere scho dadderich, ond die ibrich hen net mi welle.«

»Sondern?«

»Mei Sach.«

»Ach so. Bist du eine gute Partie?«

»Kennt mr scho sage.«

»Lebst vom Ersparten?«

»Noi, i han en Hof. On was schaffsch du?«

»Nach der Schule habe ich bei meinem Onkel in Wien Sattler und Polsterer gelernt.«

»Au, dees isch fei gut. Bei ons im Städtle isch koiner, wo des ka.«

»Ja, leider, sonst hätte ich bei dem angefragt, ob er einen Gesellen braucht.«

»Hasch obedengt amol wieder dei alte Hoimet sähe welle?«

Koloman sieht Anna nachdenklich an.

»Dodawäg hasch dir a Gschäft als Knecht suche müsse?«

Er nickt betrübt.

»Wenn am Gschirr von de Gäul äbbes hee isch, no müsset mir immer auswärts.« Sie wirft Koloman einen prüfenden Blick zu, denn der scheint bedächtiger zu sein als manch anderer seines Alters. Auch hat er sich den ganzen Tag vom Alkohol ferngehalten.

»Grad isch äbbes hee.«

Er hält ihrem Blick stand, sagt jedoch nichts. In Annas Augen ein weiterer Pluspunkt. Der junge Mann stellt sich nicht als Leichtfuß dar.

»Koloman, wie alt bisch du eigentlich?«

»Siebenundzwanzig.«

»Do guck no, bloß fünf Jährle weniger wie i.«

»Hätte ich nicht gedacht.«

»Isch des deiner Meinung noch scho alt?«

»Nein, nein. Du siehst aus wie ein junges Mädchen.«

»I han aber zwoi kloine Wuserle.«

»Freut mich.«

»Moinsch des ehrlich?« Sie sieht ihn mit großen Augen an. »Dädsch du mi amol obends bsuche ond nach meim heeniche[39] Lederzeug gucke? No kannsch au glei meine Wuserle sehe.«

In diesem Moment hebt ein musikalischer Sturm an. Mit der Unterhaltung ist es vorbei. Siebenfach geblasen dröhnt diese beliebte Melodie durch den Saal:

»Schwesterlein, Schwesterlein,
wann gehen wir nach Haus?
Morgen, wenn die Hähne krähn,
wollen wir nach Hause gehn.
Brüderlein, Brüderlein,
dann gehen wir nach Haus.«

Die drei Brauttänze beginnen. Der erste gehört dem Brautpaar allein. Den zweiten tanzen die Hochzeitsknechte und Hochzeitsmägde, den letzten die Hochzeitseltern mit allen Anverwandten. Jetzt wartet der ganze Saal auf den Auftritt der Hüpfelsänger.

Jedes Städtchen, jedes Dorf hat seine Eigenheiten. Spezielle Sitten und Gebräuche, eigene Kleidung, besondere Ruf- und Locknamen, extra Feiertage, spezifische Speisen, sehenswerte Bauten, originelle Lieder, eigenwillige Gerätschaften und einschlägige Sagen und Legenden. Nur wer das alles kennt, hat ein vollständiges Bild von diesem Ort.

Wie die Polka zu Böhmen, gehört der Hüpfelgesang zu Enzheim. Die ledigen Burschen und Mädchen tragen nach jeweils drei Tänzen lustige oder anzügliche Vierzeiler vor, eine Art Singsang, begleitet von der Kapelle. Nach jedem Vers fassen sich

---

39 kaputten

die Sängerinnen und Sänger an den Händen und hüpfen in die Höhe, was den Beifall der Zuhörer herausfordert.

Zuerst sind die Sänger dran:

»Jetzt han i halt gheiert[40]*,*
jetzt bin i en Ma,
und vo heit in neun Monat
henkt a Windel an mr dra.«

Johlen und Pfeifen zum Dank. Die Sänger verneigen sich und schnappen ein Mädchen, denn im selben Augenblick setzt die Tanzmusik wieder ein.

Nikolaus ist ärgerlich und fassungslos zugleich. Sein Gemütszustand schwankt zwischen Erbitterung und Befremden. Zunächst die Aufregung während des Gottesdienstes. Dann die Plakate in der Linde, von denen er erst im Verlauf des Tages erfahren hat. Er schüttelt den lädierten Kopf. Wie kann sich die Obrigkeit in einem so kleinen Nest derart vorführen lassen? Vermutlich wissen die Häscher längst, wo der König Quartier beziehen wird. Anders ist doch nicht zu erklären, dass ausgerechnet die Linde Ziel der Klebeaktion war.

Wütend ist er auch auf sich selber. Auf die entscheidende Frage weiß er immer noch keine Antwort: Wer sind die Attentäter? Jede freie Minute ist er durchs Städtchen gestreift, hat mit den Leuten geschwätzt und sich umgehört, ob Ausländer hier Unterschlupf gefunden haben oder ob sich Einheimische königsfeindlich verhalten. Nichts, es ist zum Haare raufen. Dabei sind die Saukerle längst hier, da ist er sich ganz sicher. Reisen die mit getürkten Pässen durchs Königreich? Haben die sich mit gefälschten Arbeitspapieren verdingt? Er fährt sich mit der Hand übers Gesicht. Nicht die Nerven verlieren! Eines dürfte klar sein: Versammelt sich das halbe Städtchen in diesem Gasthaus, müssen nach Adam Riese auch ein paar Spitzbuben unter

---

40 geheiratet

den Hochzeitsgästen sein, die in aller Seelenruhe ihre Mordpläne verfolgen.

Zudem ist Nikolaus wegen der Fress- und Sauforgien bestürzt. Bisher wusste er nicht, dass menschliche Gedärme so viel fassen können und die Haut derart flexibel ist. Diese Mischung aus purer Lebensfreude und panischer Angst, morgen vielleicht am Hungertuch nagen zu müssen, ist für ihn schwer verständlich. Auch die vielen abergläubischen Relikte irritieren ihn.

Der Schultes stößt ihn mit dem Ellbogen an und deutet mit dem Kinn auf sechs Jungfern, die sich neben den Musikern aufgestellt haben und nun zum Besten geben:

»Jetzt ben i a Weible,
jetzt han i en Ma,
drum guckt mi meiner Lebtag
koin andrer meh a.«

Die Sängerinnen hüpfen in die Höhe, knicksen und werfen sich ins Getümmel, das inzwischen auf der Tanzfläche herrscht.

»Fritz, wer ist das Paar, das da vor unserer Nase herumspringt? Die beiden haben bisher noch keinen Tanz ausgelassen.«

»Die Blonde, mein lieber Nikolaus, ist die Anna Läpple, eine ehrbare Witwe, drum ist sie in Schwarz. Ihr Mann ist im vorletzten Herbst mit der Sichel erstochen worden. Vom eigenen Oberknecht, stell dir das vor! Wegen Weibergeschichten! Du verstehst?«

»Und der junge Mann?«

Der Schultes kneift einen Moment die Augen zu. »Nikolaus, den kenn ich nicht.« Er wird nachdenklich. Wie kommt ein Wildfremder hierher? Ein auswärtiger Verwandter der Braut? Es lässt ihm keine Ruhe. Er schaut dem Tanzpaar ein paar Takte zu, steht auf und geht zum Jenseits hinüber.

»Guck mal, wer tanzt denn grad mit der schönen Anna?«

»Kennst den Koloman nimmer?«

Koloman? Koloman? Fritz Frank beschattet die Augen und sieht versonnen zu dem jungen Mann hinüber.

»Der Koloman, der nach Wien hat müssen. Weißt noch?«

Dem Lindenwirt dämmert's. Da war so eine ärgerliche Geschichte, gleich zu Anfang, als er Schultheiß geworden ist. Genaueres fällt ihm nicht ein.

»Und wie kommt der jetzt auf deine Hochzeit?«

»Heut Morgen ist er vor der Kirch g'standen und hat g'schaut, wer zur Hochzeit kommt«, erklärt der Jenseits leicht angesäuselt. »Da hab ich den armen Teufel halt eing'laden, weil er ein Schuler von mir ist.«

Der Schultes dankt mit einer jovialen Geste und berichtet Nikolaus: »Das ist der Koloman.«

Nikolaus ist beunruhigt, lässt sich jedoch nichts anmerken. Koloman ist sicherlich ein österreichischer Name. Den hat er zum ersten Mal gehört, als er kaiserlicher Generalmajor in Wien war. Sein eigener Stallbursche hieß so.

»Sag mal Fritz, kommt der Koloman zufällig aus Österreich?«

Der Schultes schaut verdutzt. »Ja, aus Wien. Sag, bist du ein Hellsichtiger?«

Jetzt bimmelt bei Nikolaus die Alarmglocke. »Wie lange ist dieser Koloman bereits in Enzheim?«

»Der Jenseits hat ihn heute Morgen zum ersten Mal gesehen. Warum?«

Die Antwort geht im Lärm unter. Eben hat der Schulmeister Tanzliedchen angekündigt. Die sind gerade für die jungen Leute das Schönste am Abend, weil sie endlich das Polkatanzen lernen wollen. Auch etliche Hagestolze sehnen diese speziellen Lieder herbei. Sie können jetzt zeigen, wie's geht und was sie drauf haben. Die Tanzliedchen sind so etwas wie die Tanzschule im Städtchen.

Der Schulmeister muss die Regeln nicht erklären. Jedermann kennt sie. Im Übrigen lieben es die Leute nicht, dass man stundenlang an sie hinschwätzt wie ein aufgeblasener Studienrat. Man probiert's gleich aus. Fehler werden lachend toleriert, die gehören zum Lernen dazu. Die Schuhe sind noch robust und halten viele Stolperer und Tritte aus. Und vor blauen Flecken fürchtet man sich nicht.

Die Paare nehmen Aufstellung, immer ein Polkakundiger und eine Anfängerin oder umgekehrt. Sie lauschen der Musik und wippen sich im Takt. Die Kapelle spielt die Melodie zweimal vor, grad wie bei den Kirchenliedern. Schon tanzen die Paare der ersten Reihe los, und die in der zweiten singen hinterher: »Wir werden euch schon kriegen!« Darauf antworten die ersten lachend: »Aber langsam, aber langsam.« Die zweiten, während auch sie hinterherstürmen: »Wir werden euch schon kriegen!« Und wieder die Voraustanzenden: »Aber langsam kriegt ihr uns net.«

So wirbeln sie über den Tanzboden, dass die Röcke fliegen, was die Herumsitzenden ergötzt, weil bunt bestickte Kniebänder hervorblitzen.

Pfarrer Abel hat Nikolaus, den Schultes und den Schulmeister zu sich gebeten. Er hat noch nicht verdaut, dass man seine Kirche verhunzt hat. Darum will er sich mit den Herren abschließend beraten, bevor er ins Oberamt fährt, um eine Anzeige zu erstatten.

Diesmal empfängt die Köchin den Gast aus Stuttgart, der heute erstmals ohne Verband ist, mit beleidigtem Naserümpfen. Das gelbgrüne Horn, das auf seiner Stirn gewachsen ist, steht ihm gut. Sie zeigt ihm die kalte Schulter, nimmt keine Notiz von ihm, ja sie übersieht ihn. Nicht einmal die Hand gibt sie ihm. Nikolaus ist das gerade recht. Er kichert in sich hinein und denkt sich: ›Halt dir dein Ärschle warm, wirst ihn noch brauchen können.‹

Bei Kaffee und Kuchen zerbrechen sich die Herren den Kopf, wer für die drei Plakataktionen verantwortlich sein könnte. Ein verärgerter Bürger? Ein skrupelloser Erpresser? Radikaldemokratische Lotterbuben? Ein paar verirrte Anarchisten? Oder eine ausländische Macht? Sie wägen die Alternativen ab und kommen zu folgenden Ergebnissen: Erstens handelt es sich wahrscheinlich nicht um einen Einzeltäter, sondern um politische

Aufwiegler, hinter denen möglicherweise eine fremde Macht steht. Vermutlich sind es ein paar zu allem entschlossene Männer, keinesfalls Frauen, denn die hätten die Kanzel nicht verschandelt. Zweitens verfügen die Strolche über genügend Mittel, so viele Plakate herzustellen und anzubringen. Drittens sind die Spitzbuben schon seit geraumer Zeit hier. Anders lässt sich die zeitaufwendige Kleberei zu nachtschlafender Zeit und zu zwei verschiedenen Terminen nicht erklären. Auswärtige wären dem Nachtwächter aufgefallen. Doch der hat dem Schultes die Hand darauf gegeben, dass er niemand gesehen hat. Viertens verfügen die Schurken über detaillierte Ortskenntnisse. Hätten sie sich sonst in die Kirche und in den Lindenhof getraut? Sie mussten wissen, wo die Leiter steht, die noch nicht gefunden ist.

Nikolaus rutscht ärgerlich auf seinem Stuhl hin und her. Abel sieht es und will gerade etwas sagen, als es klopft.

Der hinkende Heinrich tritt ein, ohne Duslerstange, in der Uniform des Amtsboten, weil er heute für den Schultes schafft und nicht für den Pfarrer.

»Was ist?« Abel ist ungehalten.

Der Mann mit der Dienstmütze sieht den Schultes direkt an und salutiert.

»Jetzt schwätz halt, Heinrich«, ermuntert der Stadtpräsident seinen werktäglichen Helfer.

»An dr Stadtmauer hanget no mai sotte Zettel.«

Abel schlägt die Hände vors Gesicht. Dem Schulmeister fällt der Kiefer herunter, und der Schultes stiert seinen getreuen Heinrich entgeistert an.

»Wo genau?«, will Nikolaus wissen.

»Net inne an dr Mauer! Noi, auße! Vom Schlosstor nondr bis ans Enztor.«

Jetzt ringt sogar der Kammerdiener um Fassung. Mit großen Augen schaut er von einem zum anderen. »Was nun, meine Herren?«

Der Schulmeister streckt auf, als sei er in der Schule. »Meine Herren, ich schlage vor, wir sehen uns das Ganze einmal an.«

»Das Ganze!«, faucht Abel, »Was soll das heißen?«

»Welchen Weg die Halunken gegangen sind.«

»Und was bringt das?« Der Schultes ist ungehalten.

»Der Nachtwächter hat nicht gesehen, wie die Verbrecher durch unsere Stadt geschlichen sind«, verteidigt sich der Lehrer. »Also gibt es offensichtlich Straßen und Gassen, für die wir die absolute Sicherheit nicht garantieren können.«

»Bild! Bild!«, pflichtet ihm Nikolaus bei, »gehen wir.«

»Der König«, wendet Abel ein, »kommt am helllichten Tag, niemals nachts. Es werden viele Leute am Straßenrand stehen. Wer, bitte schön, soll da wo herumschleichen?«

»Trotzdem müssen wir endlich Entscheidungen treffen«, beharrt Nikolaus auf der Ortsbesichtigung. »Als Erstes sollten wir die Straßen prüfen, auf denen du, mein lieber Fritz, den Besuch aus Stuttgart durch deine Stadt führen willst.« Wenn schon die Mordbuben nicht auszumachen sind, denkt er sich dazu, dann muss der Besuch wenigstens so arrangiert werden, dass ein Mordanschlag ins Leere läuft.

Während sie sich warm anziehen, ist der Pfarrer immer noch nicht überzeugt. »Ich weiß nicht, was das bringen soll.«

Nikolaus legt seinen Arm beruhigend um Abels Schultern. »Ich würde mir auch wünschen, dass Sie recht haben, Herr Pfarrer. Genaueres werden wir jedoch erst wissen, wenn wir alle neuralgischen Punkte in Augenschein genommen haben.«

Vor dem Pfarrhaus dreht sich der Gehörnte langsam im Kreis und begutachtet die Burgunderstraße mit hellwachen Sinnen. »Was meinst du, Fritz, kommt der König auf dieser Straße?«

Der Schultes runzelt die Stirn. »Du bist doch Tag und Nacht um den König rum. Wahrscheinlich fährt er mit der Kutsche vor. Oder ist der jemals zu einem offiziellen Termin gewandert?«

Nikolaus misst verstohlen die füllige Gestalt des Lindenwirts. »Er könnte auch hoch zu Ross eintreffen. Hat er schon öfter gemacht.«

»Egal wie«, meint der Schulmeister und zeigt mit ausgestrecktem Arm die Burgunderstraße hinab, »in jedem Fall muss er durchs …« Abrupt dreht er sich um und murmelt vor sich hin: »Halt, durchs Wengerttor wär's auch möglich.« Er macht wieder kehrt und sagt laut und bestimmt: »Der hat den gleichen Weg wie die Postkutsche von Stuttgart. Der kutschiert durchs Schlosstor.«

Abel wirft ein: »So sicher wäre ich nicht. Falls er reitet, könnte er auch durchs Enztor …«

»Nein, nein, Herr Pfarrer«, unterbricht der Schultes und schüttelt energisch den Kopf, »der kommt durchs Schlosstor. Verlassen Sie sich drauf.«

Wie er sich dem Gast aus Stuttgart zuwendet, sieht er, dass dessen Gesichtsbarometer auf Tiefdruck fällt.

»Fehlt was, Nikolaus?«

»Das kann ich mir beim besten Willen nicht vorstellen, Fritz.«

»Was? Dass der König durchs Schlosstor in unsere Stadt einzieht?«

Der Vornehme aus Stuttgart winkt ab. »Viel schlimmer, Fritz, viel schlimmer.«

Abel sieht verdutzt drein. Der Schultes wird gleich ungehalten: »Aberjetza, Nikolaus, was soll das heißen?! Was kannst du dir nicht vorstellen?«

»In Enzheim ist der König in Gefahr.«

Der Schulmeister macht ein langes Gesicht, doch der Schultes giftet: »Schwätz koin Schmarre! Du bist noch net lang hier und kannst das nicht beurteilen.«

»Reg dich nicht auf, Fritz. Tut mir ja leid, aber das sieht man auf den ersten Blick.«

»Was?«

»Dass in euren Straßen und Gassen Attentäter leichtes Spiel haben.«

»Fünf, sechs Männer sind ständig um den König rum«, will der Schultes beruhigen. »Was kann da passieren?«

»Und wenn einer im ersten oder zweiten Stock hinterm Fenster lauert? Was dann, Fritz?«

Abel winkt ab. »Meinen Sie etwa, mit einem Gewehr oder Karabiner?«

Als Nikolaus nickt, schüttelt der Schultes ärgerlich den Kopf. »Bis so ein alter Schießprügel geladen ist, haben das viele Leute gesehen und den Kerl kreuzlahm geprügelt.«

Nikolaus bleibt skeptisch. »Viel gefährlicher als Gewehre sind die neumodischen Pistolen.«

»Komm, komm, davon verstehst du doch nichts.«

Nikolaus zieht missvergnügt die Nasenflügel hoch. »Mein lieber Fritz, du kannst dir gar nicht vorstellen, wie oft der König mit Militärs zu tun hat.«

»Und da bist du jedes Mal dabei?«

Nikolaus sieht ihn überlegen an.

Das Stadtoberhaupt schaut ungläubig und rollt die Augen, während den Schulmeister die Furcht packt, eine Absage des königlichen Besuchs könnte seinen Schwäher[41] völlig aus der Fassung bringen.

»Weißt du, was eine Kavalleriepistole mit Perkussion ist, Fritz?«

Der Schultes glotzt, der Pfarrer gluckst, der Lehrer verdreht die Augen. Die drei Herren sind nach wie vor der felsenfesten Meinung, dass der Wohlgekleidete keinen Schimmer von modernen Schießeisen hat und bloß blufft.

Nikolaus schaut vielsagend in die Runde. »Die neuen Reiterpistolen mit verbesserter Zündung, V-Kimme, Eisenkorn auf dem Lauf und modernem Abzug treffen unglaublich gut.« Er hebt den Zeigefinger. »Auf neunzig Fuß spielend einen Gulden. Bei denen fliegen die Kugeln mit unglaublicher Geschwindigkeit aus dem Lauf.«

»Was Sie alles wissen, Herr Nikolaus.« Abel ist kleinlaut geworden, und der Schultes steht verdattert da und staunt Löcher in die Luft.

»Jetzt stellt euch vor, da lädt einer seelenruhig seine Pistole und steht …«, Nikolaus deutet auf die gegenüberliegenden Häuser und fährt fort, »… dort im ersten oder zweiten Stock hinter dem Vorhang und zielt. Da bin ich … äh … da ist der König tot, bevor jemand merkt, dass geschossen worden ist.«

Der Schultes kriegt einen roten Möckel. Er stellt sich an die Kandel und setzt langsam einen Fuß vor den anderen. Offen-

41 Schwiegervater

bar will er mit seinen Schuhen die Breite der Burgunderstraße ausmessen.

»Spar dir die Mühe, Fritz. Die meisten Staatsstraßen in Württemberg sind zwischen achtzehn und vierundzwanzig Fuß breit.«

»Woher wissen Sie das?« Abel kann's nicht fassen. Ein Kammerdiener, der einem schwäbischen Pfarrer über ist? Kann nicht sein!

»Weil das in der Wegeordnung von 1808 geregelt ist, Herr Pfarrer. Die breitesten Straßen sind die Staatsstraßen, und die sind maximal vierundzwanzig Fuß breit. Alle anderen sind schmäler.«

Dem Schultes quellen die Augen heraus. »Und auf neunzig Fuß kann man genau treffen?« In ihm arbeitet es schwer. Die schönen Pläne, Seite an Seite mit dem König durch Enzheim zu schreiten, sind wohl perdu.

Nikolaus sieht seine Gastgeber voller Mitleid an. Er möchte sie nicht enttäuschen. »Ihr habt doch einen Marktplatz.«

Hoffnung keimt wieder. Der Schultes stürmt mit dem Lehrer voraus, der Vornehme schlingert an Abels Arm hinterher. Am Ochsen vorbei, die Hauptstraße gequert, schon sind sie da.

O weh! Zerknirscht blicken sich Pfarrer, Schultes und Schulmeister um. Zigmal haben sie den Platz vor dem Rathaus gesehen, aber noch nie das gepflasterte Viereck mit den Augen ausgemessen. Sie ahnen, was gleich kommen wird.

Derweil dreht sich Nikolaus staunend im Kreis, auf der Suche nach einem Ausweg, nach einem Notbehelf. Er fühlt sich in der Zwickmühle. Das bezaubernde Gefüge von Altstadthäusern, das er bisher nicht eingehend gewürdigt hat, entzückt ihn. Und die Verehrung, die in den Gassen und von den Fenstern herab dem König gezollt werden dürfte, macht ihn schon jetzt stolz und verlegen. Aber wie auf diesem Platz vor Attentätern sicher sein? Der Besuch aus Stuttgart ist amtlich, vom Hof bestätigt, im *Merkur* angekündigt. Außerdem hat der Schultes immens in ein standesgemäßes Nachtquartier investiert. Soll man die königliche Visite dennoch absagen?

Wie es Nikolaus auch dreht und wendet, jeder Punkt des Platzes, von Gebäuden eng umstanden, liegt ungeschützt im Schussfeld möglicher Attentäter. Endlich schüttelt er betrübt den Kopf und fasst sich ein Herz. »Noch gefährlicher als in den Straßen und Gassen, lieber Fritz, weil man hier inmitten einer großen Menschenmenge eingekeilt und ein lohnendes Ziel für einen höher platzierten Schützen ist.« Verlegen und zugleich befreit, weil er endlich eine Entscheidung getroffen hat, schlägt er dem Schultes auf die Schulter. »Tut mir leid.«

Abel und der Schulmeister verabschieden sich kleinlaut und schleichen mit hängenden Köpfen heim.

Schweigend stapfen Schultes und der Kammerdiener auf Umwegen hinunter zur Linde, wo der Herr Stadtpräsident und Wirtshausbesitzer Fritz Frank stundein, stundaus durchs Haus poltert.

Auf der größten Baumwiese, der Ruglerwiese, die dem Enztor vorgelagert ist und sich zur Enz hin erstreckt, findet im Februar der berühmte Enzheimer Rossmarkt statt. Er ist der erste von insgesamt vier bedeutenden Märkten. Im Mai und August locken die Enzheimer Viehmärkte viele Besucher an, weil es Rindviecher zu bestaunen und zu kaufen gibt und sogar mit Schafen, Ziegen, Schweinen, Zuchtebern und Zuchtstieren gehandelt wird. Auch Bienenzüchter aus dem weiten Umland strömen herbei und bieten alles an, was man rund um die Imkerei braucht. Denn in Württemberg zählen die summenden Honigsammler zum Vieh. Warum? »Dees woiß koi Sau«, pflegt der Schultes zu sagen, wenn man ihn auf dieses Kuriosum anspricht. Der Höhepunkt ist allemal der Krämermarkt am dritten Sonntag im Oktober. Er ist *die* Attraktion im Unterland. Jeder Händler und Handwerker, der sein Geschäft versteht, will dann einen eigenen Stand auf der weitläufigen Festwiese.

Auf dem jährlichen Rossmarkt werden vor allem Pferde prämiert und verkauft. Mit sonstigem Vieh wird nur spärlich gehandelt. Allerdings ist für die Kinder, Knechte und Mägde etwas anderes viel wichtiger: die Stände der Grempler[42] und Handwerker.

Jedoch muss jeder, der auf dem Markt Handel treiben will, zuvor beim hinkenden Heinrich blechen. So sagt man in Enzheim, weil das Kleingeld, die Viertel- und die halben Kreuzer, die Ein-, Drei- und Sechskreuzermünzen, im Gegensatz zum Großgeld aus Silber und Gold, längst nicht mehr aus edlem Metall geprägt wird. Für jedes verkaufte Stück Großvieh zahlen die Bauern einen Kreuzer und für jedes verkaufte Kleinvieh einen halben. Die Händler müssen pro Verkaufsbrett, das drei Fuß lang zu sein hat, einen Kreuzer entrichten, wenn der Stand ein Dach hat, und fünf, wenn er nicht überdacht ist. Damit will die Stadtverwaltung die Tandler anreizen, ihre Waren anständig zu präsentieren und Buden aufzuschlagen. Die Handwerker zahlen durchweg fünf Kreuzer, unabhängig von Länge und Ausstattung ihres Standes oder ihrer Bude.

All diese Details hat Nikolaus erfragt, weil ihm als Hochzeitsgast schlagartig bewusst geworden ist, dass er nicht viel über das Leben und Leiden des Landvolks weiß. Vor allem nichts über die Feste und die wenigen Freuden. Als ihm der Jenseits vom Rossmarkt vorschwärmte, in den er am liebsten hineingefeiert hätte, nahm er sich vor, die Wintertage in Enzheim auch in dieser Hinsicht zu nützen.

Das Cannstatter Volksfest mit der berühmten Fruchtsäule und dem landwirtschaftlichen Hauptfest kennt Nikolaus in- und auswendig. Dort hat er regelmäßig die Sensationen schwäbischen Erfindergeistes bewundert, aber so ein kleines, schnuckeliges Märktle hat er noch nie gesehen. Drum konnte er letzte Nacht vor lauter Aufregung nicht schlafen, zugegeben auch wegen der inneren Unruhe. Von der einen Seite auf die andere hat

42 Kleinwarenhändler

er sich geworfen und unablässig dieselben Fragen gewälzt: Wird sich hier in Enzheim das Schicksal der württembergischen Monarchie entscheiden? Oder gelingt es noch rechtzeitig, die Mordbuben dingfest zu machen?

Auf dem Weg zur Ruglerwiese wischt er solche Gedanken ärgerlich beiseite. In einem überschaubaren Städtchen mit ungefähr tausend Menschen soll es nicht gelingen, ein paar Strolche einzufangen? Lächerlich! Im selben Augenblick fällt ihm ein, dass es höchste Zeit wird, sich mit Haudegen zu beraten. Zwar sind ihm die Dunkelmänner zuwider, die auf Haudegens Geheiß alles ausschnüffeln. Aber schaden kann's nicht, wenn zumindest der Adjutant vertraulich über die brenzlige Lage informiert ist.

Während sich Nikolaus nachdenklich dem Enztor nähert, flitzt ein junger Kerl an ihm vorbei. Ist das nicht der mit dem österreichischen Namen, der Koloman, den er beim Tanzen beobachtet hat? Er will ihm hinterher, will ihn im Auge behalten, doch jemand tritt ihm in den Weg.

»Na, du alter Schuhwichser, willst dir einen Gaul kaufen?« Es ist der Knöpfles Paul. Seine Weinstube hat er bis zum Abend zugesperrt, weil vorher sowieso keiner kommt. Folglich kann er sich bis dahin unbeschwert auf dem Rossmarkt vergnügen.

Nikolaus macht ein erstauntes Gesicht.

»Ah, verstehe, du kannst gar nicht reiten.«

»Besser als du auf jeden Fall.« Nikolaus zieht die Augenbrauen hoch. »Sag, warum nennst du mich einen Schuhwichser?«

»Ha, du bist gut. Bist du der Kammerdiener oder ich?« Er feixt: »Vor lauter Türaufhalten, Schuhwichsen und Kleiderausbürsten kommst nicht zum Reiten, gell?«

Der Kammerdiener wirft den Kopf nach hinten. »In der Tat! Zum Reiten fehlt mir wahrhaftig die Zeit, auch wenn ich zum Schuhwichsen und Kleiderbürsten meine Leute habe.«

»Und was schaffst du?«

»Ich muss die gesamte Dienerschaft beaufsichtigen.«

»Bist du der Kapo?«

»Ganz recht.«

»Und was wuseln da für Leute umeinander?«

»Köchinnen, Konditoren, Bäcker, Zuckerbäcker, Fleischer, Kammerzofen, Kammerjäger, Kellermeister, Mundschenk, Oberkellner, Unterkellner, Kutscher …«

»Ich glaub dir's ja!«

»… Putzerinnen, Wäscherinnen, Friseure, Kuriere, Schreiber, Bibliothekare …«

»Hör auf!« Dem Knöpfle ist schwindelig. »Und wer putzt jetzt die Schuh?«

»Der Dreckbürster ist für die Grundreinigung zuständig. Der Schmierer fettet die Schuhe ein …«

»… und der Glanzbürster poliert sie!« Der Knöpfle ist empört und deutet sich an die Stirn. »Ich glaub, ich spinn!« Grußlos verabschiedet er sich und taucht in der Menschenmenge unter.

Nikolaus lacht hell auf. Das ist in seinem Sinn, weil er nun ungestört durch die Standreihen streifen, die Auslagen bewundern und nebenbei nach dem Österreicher Ausschau halten kann.

Da gibt es Bürsten, Balsambüchsle, Steingut-, Ton-, Porzellan- und Blechgeschirr, Besteck, Mausefallen, mancherlei Spanschachteln und Döschen, Marzipan, Draht, Schaumgold, Badeschwämme, Rebmesser, Aderlasseisele, Alraunliebestrunk, Siegellack, diverse feine Besen und Pinsel (die groben binden die Bauern selber), Blutspäne zum Blutstillen, Laternen und Fackeln für nächtliche Botengänge, verschiedene Fähnlein, Nadelbüchsen, Maßstäbe und Gewichte, Hespel, Spiegel, Schachspiele, Kartenspiele fürs Gaigeln, Ramsen, Binokeln sowie für Einunddreißig und Sechsundsechzig, Ringe, Samt- und Rosengürtel, Ketten und Armbänder, Pantoffeln, Hüte und Kappen, feine Kaffeetassen, seidene Halstüchlein, Tabakpfeifen und Tabakbeutel, Hosenträger, Schuhbändel, Steigbügel, Kupferkessel, Knöpfe aus Blech, Horn oder Silber, Hosenbändel, Schleifen und Schärpen, Fingerhüte, Holzmodeln, Scheren, Krebsaugen, Latwerge in den verschiedensten Geschmacksrichtungen, Schreibfedern samt Federhalter, Papier und Schreibhefte, Miederröcke, hölzerne Klappern und Rätschen, Haarnadeln, Miederstecker, Rosenkränze,

Schuhnägel, Lederhosen, Sensen und Sicheln, Gedenksprüche, Wachskerzen, Uhren jeglicher Art und noch vieles mehr.

Wie er beim Lebzelter über die Vielfalt an Lebkuchen staunt, sieht er am Nachbarstand den Österreicher stehen. Der junge Mann schaut sich den Krimskrams an, aus dem man auswählen darf, wenn man beim Glückshäfner ein Los kauft und im Glückshafen einen der seltenen Glückstreffer erwischt.

»Grüß Gott, Koloman, bisch au do.« Die schöne Blonde, die Nikolaus am Hochzeitsabend aufgefallen ist, steht unverhofft neben dem jungen Mann. Vermutlich hat sie ihn länger beobachtet und nur den richtigen Moment abgepasst, zu dem sie ihn ohne Gesichtsverlust ansprechen kann.

»Was meinst, Anna, soll ich mein Glück versuchen?«

»Freile, mir probieret's. Do sen zwoi halbe Kreuzer.«

Dafür gibt es zwei Lose. Eine Niete und einen Treffer. Sie wählt aus der Auslage ein kariertes Sacktuch und überreicht es Koloman.

Der junge Mann errötet. »Das kann ich nicht annehmen.«

»Freile! Kannsch du! Du musch mir aber verspreche, dass du bald nach meim heeniche Lederzeug gucksch.« Sie streckt ihm die Hand hin. »Schlag ei!«

Er ist immer noch verwirrt, tut ihr dennoch den Gefallen. Worauf sie sich mit einem hingehauchten »Gilt! Kommsch bald!« verabschiedet.

Nikolaus ist jetzt hellwach. Mit wem trifft sich der Österreicher noch?

Doch in all dem Gewurschtel, Gesaiere und Gegackere fällt es ihm schwer, den Überblick zu behalten. Nur mit Mühe kann er die vielen Möckel voneinander unterscheiden vor lauter Molleköpf, Mostköpf und Malefitzköpf.

Er zwängt sich durch das Gewusel, rempelt Leute an, schubst einen älteren Herrn zur Seite, drückt einer Frau versehentlich das Kopftuch über die Augen und erspäht gerade noch, wie Koloman einem Stand zustrebt, der mancherlei Gedrucktes feilbietet. Dort studiert ein junger Mann, der Kleidung nach ebenfalls ein Knecht, gerade die Auslagen. Neben ihn stellt sich

Koloman, stößt ihm den Ellbogen in die Seite und flüstert ihm etwas zu.

Nikolaus weicht zwei kleinen Mädchen aus und drückt sich neben die beiden Tuschler. Gespielt gleichgültig mustert er die Auslagen am Stand, während er die Ohren in Richtung der Nebenstehenden dreht.

Laut, sodass Nikolaus mithören kann, unterhalten sie sich über die vor ihnen liegende Ware. Reutlinger Kalender, Zauberbüchlein, Heftchen über die Kunst der Liebe, Wahrsagebildchen, Bilddrucke, Flugblätter, Scherenschnittbilder, Gertraudenbüchlein, Andachtsbücher, Kathrinenbüchlein[43], Wetterbüchlein[44], Heiligenbildchen und Holgen[45].

Zwischendurch flüstern sie so leise, dass Nikolaus nichts versteht und genervt aufgibt. Auch den anderen hat er schon einmal gesehen. Aber wo? Und mit wem? Stecken die beiden unter einer Decke? Er beruhigt sich schnell wieder. Zwei so harmlose Burschen können unmöglich die gesamten Vorbereitungen, die für ein Attentat notwendig sind, allein treffen, geschweige denn finanzieren. Außerdem sind die Plakate nicht in Enzheim gedruckt worden. Bäckermeister und Zeitungsverleger Schmidlin hat ihm das ehrenwörtlich und glaubhaft versichert. Oder leisten die Kerle Handlangerdienste für eine ausländische Macht?

Über der nächsten Bude prangt ein großes Schild: »Michael Wertheimer, Optikus aus Heilbronn, empfiehlt sich mit seinem gut sortierten optischen Warenlager.«

Nikolaus bleibt stehen: »Und was empfehlen Sie mir?«

Der Optikus nimmt ihm die Brille ab und schaut ihm tief in die Augen. »Sie sehen grottenschlecht, mein Herr.« Er betrachtet die abgenommene Brille mit Abscheu. »Ich empfehle Ihnen dringend eine meiner Konservationsbrillen.«

»Was bringt's?«

---

43 Gebetbüchlein für Flachsbauern und Spinnerinnen

44 Andachtsbücher fürs Verhalten bei bösem Wetter

45 ungefalzte Einblattdrucke

»Ihre Augen werden gestärkt, mein Herr. Bitte nehmen Sie Platz.« Er weist auf einen Stuhl neben seinem Stand, vor dem ein Spiegel steht. »Ich berechne Ihnen hier an Ort und Stelle, welche Brille für Sie die angemessenste ist.«

»Erst möchte ich mich mal umgucken«, wehrt Nikolaus ab, setzt seine Brille wieder auf und wendet sich der Auslage zu: Brillen aus Silber, Neusilber, Stahl und Bronze; Lorgnetten von Silber und Perlmutt, Schildpatt und Horn. Dazu alle Sorten von Vergrößerungsgläsern sowie diverse optische Instrumente.

»Ich übernehme auch schadhafte optische Geräte zur Reparatur und versichere billigste Bedienung.«

Nikolaus dankt mit einer jovialen Geste und entfernt sich. Viele Gedanken schießen ihm durch den Kopf. Ist Koloman wegen der Anna da? Oder ist die Anna etwa in eine Verschwörung verstrickt? Und was hat der andere Bursche mit der Sache zu tun?

›Noch heute Abend oder gleich morgen früh gehe ich zum Postwirt und gebe eine Depesche auf.‹ Er schlägt sich an die Stirn, dass ihm die Leute amüsiert nachschauen. ›Um Gottes willen. Keine Depesche. Die fällt auf. Ein simpler Brief tut's auch.‹

Siebtes Kapitel:
Nichts als Ärger

»Zum Donnerwetter!« Koloman hat sich über seinen Kollegen geärgert, als ihm Siegmund ausgerichtet hat, das nächste Treffen finde gleich nach dem Abendläuten statt.

»Ja, ist der schon wieder da?«

»Beruhige dich, Koloman, der bleibt uns erhalten, bis es losgeht.«

»Und wo ist der Giftzwerg diesmal untergekrochen? Im Ochsen kann er nicht oft logieren. Das fällt sogar einem Blinden auf.«

»Ich weiß net«, hat Siegmund gesagt, »im Ochsen ist er bestimmt net. Da nehm ich Gift drauf. Heut hab ich für meinen Weinhauer Schnaps hintragen müssen und hab nach ihm g'fragt. Seit einer Woche ist er dort nimmer g'sehn worden.«

»Und in der Linde?«

»Die ist nur über die Gass. Da hätt ich ihn längst ausg'macht, net woa?«

»Bleibt noch das Rebstöckle.«

»Nanednana, der Knöpfle ist kan Löffelwirt[46]! Und Logiergäst nimmt er glei gar net auf.«

»Und wo nuckelt der heut?«

Siegmund hat den Kopf geschüttelt. »Geh schleich di, der doch net.« Dann hat er gelacht und gemeint: »Aber du bist neulich gamsig[47] worden.«

---

46 Speisewirt

47 lüstern

Koloman war wie vor den Kopf geschlagen.

»Musst net gaffen. Ich hab selber g'sehn, dass du so a blonds Gestell abg'schleppt hast.«

»Geh mi nid au!«

Siegmund hat gelacht. »Also bis nachher auf d'Nacht.« Und weg war er.

Das war gegen drei. Jetzt bibbert Koloman vor Kälte und ist giftig. Wenn andere ihre Abendjause genießen, muss er in der Dunkelheit darben und bei Eis und Schnee auf diesen Kerl warten. Auch Siegmund ist noch nicht da.

Koloman tritt auf der Stelle, schlägt sich die Arme um den Leib, spreizt die Finger und haucht in die Hände. Weitere Minuten verrinnen. Endlich sieht er zwei Gestalten auf sich zukommen.

Koloman beschleicht eine Ahnung, dass das heute kein erfreuliches Treffen werden könnte. Leopold scheint erregt zu sein. Eine knappe Begrüßung, gleich keift er: »Blöder geht's nimmer!«

»Was passt dir jetzt wieder net?«

»Die ganze Kirch zupappen! Ich glaub, du hast sie nicht mehr alle!«

Koloman schaut Siegmund an, der zuckt entschuldigend die Schultern und hebt genervt die Augenbrauen.

»Net zu glauben!«, giftet Koloman zurück. »Zuerst waren's dir zu wenig Zettel, jetzt sind's zu viel! Wie man's macht, ist's verkehrt. Papp deine Fetzen das nächste Mal selber!« So viel auf einmal hat er lange nicht mehr von sich gegeben. Ihm läuft die Galle über.

»Eine Kirch zum Saustall machen! Das hab ich dich net g'heißen! Wie schaut denn das aus! Die Leut werden uns für deppert halten! Lächerlich hast uns g'macht!«

Koloman winkt erregt ab und schweigt. Doch Siegmund verteidigt seinen Kollegen: »Jedenfalls wissen jetzt alle, dass der Kerl, der sich König heißt, ein Blutsauger ist. Plakat picken braucht's nimmer.«

»Und weißt was über den Hofschranz?«

Siegmund feixt: »Der hat einen Dachschaden.«

»Spinnt er?«, will Leopold wissen.

»Nana, einen Turban hat er. Der Weinhauer hat g'sagt, dass er einen Schmarrn am Hirn hat. Auf den alten Gogga[48] müssen wir net Acht geben. Der rennt den ganzen Tag bloß rum und macht rein gar nix.«

Leopold wendet sich an Koloman: »Und bei dir?«

»A nix Neu's.«

»Gemma ham«, sagt Leopold, »am Sonntag wieder da. Gleiche Stund.« Er macht auf dem Absatz kehrt, besinnt sich jedoch und meint zu Siegmund: »Komm mit, mir ham was zum Reden.«

Siegmund sieht Koloman erstaunt und ratlos an, dreht sich um und ist bald mit Leopold in der Dunkelheit verschwunden.

Koloman bleibt perplex zurück. Was geht hier vor? Will Leopold ihn ausbooten? Oder ihn gar zum Sündenbock stempeln, falls die Aktion schiefgehen sollte?

Alles fing so harmonisch an. Siegmund und er wurden Mitte Oktober letzten Jahres zu ihrer obersten Dienststelle beordert. Ob sie an einer absolut geheimen Mission teilnehmen und viel Geld verdienen wollten, fragte man vorsichtig. Und als sie das bejahten, rückte man mit der Sprache heraus: König Wilhelm von Württemberg stehe politischen Plänen im Wege. Er besuche, wie man aus absolut zuverlässiger Quelle wisse, im kommenden Frühjahr das Städtchen Enzheim an der Enz, wo man problemlos an ihn herankomme. Koloman kenne das Örtchen von Geburt an, und Siegmund stamme aus Siggen, einem Weiler im ehemals vorderösterreichischen Oberschwaben. Die zwei Freunde seien somit der schwäbischen Sprache mächtig und deshalb für diese gefahrlose Aufklärung geradezu prädestiniert, zumal sie mit dem Leben auf dem Land mit all seinen Sitten und Gebräuchen vertraut seien. Ihre Aufgabe bestünde ausschließlich darin, alle verfügbaren Informationen zu sammeln und an einen Kontaktmann weiterzugeben. Die eigentliche Aktion erledigten Spezialisten, die aus Gründen der Tarnung erst kurz vor dem noch zu ermittelnden Termin anreisen würden.

---

48 Narr

Man stellte ihnen Leopold vor, der sie zu gegebener Zeit kontaktieren werde.

So zogen Siegmund und Koloman an Martini in Enzheim auf, verkleidet als Knechte, ausgestattet mit gefälschten Papieren. Der 11. November, dem Heiligen Martin geweiht, ist neben Georgi der wichtigste weltliche Termin im Kalender. Man nennt ihn den Zahl- und Ziehtag, weil zu diesem Zeitpunkt das Personal wechselt. Vor dem Rathaus stehen die scheidenden Handwerksburschen, Knechte und Mägde Schlange. Der Schultes muss, wie in der Gemeindeordnung bestimmt, ihre Pässe unterschreiben, denn ohne das amtliche Dokument darf keiner weiterziehen. Und wer eine Stelle sucht, der stellt sich an Martini vors Rathaus und fragt die Ziehenden, bei welchem Bauern oder Meister sich das Vorstellen lohnen könnte. Gewitzte Haushälter, die neues Personal wollen, gehen am späten Vormittag auf den Rathausplatz. Sie warten nicht, bis ein Arbeitssuchender anklopft, sondern sondieren, an eine Mauer gelehnt oder auf einer Hausstaffel hockend, die ankommenden fremden Gesichter. Wer ist kräftig und kann zupacken? Welches Mädle strahlt Anmut aus und eignet sich als Kindsmagd? Welcher Bursch schaut pfiffig drein?

Der Oberschlaule zählt zu den Gewitztesten im Städtle, darum hat er ja diesen Spitznamen. Er bezog an Martini einen Ausguck nahe dem Rathaus und wollte die Neuankömmlinge mustern. Just in dem Augenblick kamen zwei auf den Marktplatz, die sein Interesse weckten. Ein Kräftiger mit braunen Haaren und ein Blonder mit einem ehrlichen Gesicht.

Er schlenderte auf sie zu und fragte, wie viele Jahre sie schon als Knecht geschafft hätten. Als sie das zufriedenstellend beantworteten, wollte er ihre Arbeitsbüchlein sehen.

Der Oberschlaule las beide Zeugnisse sorgfältig und sagte zum Kräftigen: »So, so, Koloman heißt du.« Er sah kurz auf und blätterte weiter. »Und bist sogar bei uns in Enzheim geboren?«

»Ja, aber ich bin vor siebzehn Jahren fort von hier.«

»Drum.« Er sah dem jungen Mann prüfend ins Gesicht. »Sonst müsst ich dich doch kennen.« Er schaute ins Büchle: »Oh, sogar Baumausschneiden kannst, steht da.«

»Ja, hab ich g'lernt. Mach ich gern.«

Der Bauer steckte das Büchlein ein und hielt ihm die Hand hin. »Schlag ein.« Und den anderen, Siegmund mit dem ehrlichen Gesicht, packte er am Ärmel und zeigte die Hauptstraße hinab. »Dort unten ist eine große Linde. Vor dem Baum steht das Gasthaus zur Linde, und danach kommt ein großes Weingut mit grünen Fensterläden. Das gehört meinem Freund. Der sucht auch einen rechtschaffenen Knecht.«

Die Arbeit beim Oberschlaule machte Koloman nichts aus. Allerdings bereitete ihm die Begegnung mit der alten Heimat anfangs große Seelenpein. Die alten Gefühle flogen ihn wieder an. Der Hass auf den Pfarrer, der ihn damals fortgeschickt hatte, obwohl ein gütiger Nachbar sich erbot, den kleinen Vollwaisen nach dem Tod der Mutter bei sich aufzunehmen. Die kindliche Vertrautheit mit Gassen, Häusern und Plätzen. Die Erinnerung an den früheren Schulmeister Hartmann, der sich um ihn kümmerte, als die Mutter krank wurde. Das Entsetzen über den Tod der Mutter. Die Bestürzung, als der Onkel darauf bestand, dass er nach Wien mitkäme, weil er einen billigen Handlanger für seine Sattlerwerkstatt wollte.

Mit der Zeit stellte sich bei Koloman wieder eine gewisse Vertrautheit mit seinem Geburtsort ein. An manchen Tagen war es ihm, als wäre er nie fort gewesen.

Die Plakataktion in der Kirche findet er nach wie vor gut, obwohl viele Kirchgänger sie als abscheuliches Verbrechen öffentlich anprangern. Dass Abel getobt hat und schier geplatzt ist vor Wut, das hat Koloman sichtlich aufgemuntert. Endlich konnte er den stolzen Schwarzkittel spüren lassen, wie es sich anfühlt, hilflos und ratlos zu sein. Den Ärger gönnt er ihm immer noch von Herzen. Zugleich setzt sich bei Koloman allmählich ein Gedanke fest: Vielleicht sind wir jetzt quitt, und ich kann in Ruhe wieder von vorn anfangen.

Krisensitzung in der Linde. Der Schultes ist am Boden zerstört. Es hat ihm die Sprache verschlagen. Seine schönsten Träume wähnt er zunichte gemacht. Nicht einmal der Rossmarkt, den er sonst in vollen Zügen genießt, hat ihn heuer aufheitern können. Kraftlos lässt er die Flügel hängen. Bleich, missvergnügt, übellaunig und verzagt schleicht er durchs Haus. In der letzten Nacht hat er kein Auge zugedrückt.

»Jetzt schwätz äbbes«, hat ihn seine Minna wiederholt angefleht. Vergeblich. So hat sie ihren Fritz noch nie erlebt.

Dabei kennt sie ihn inzwischen in- und auswendig. Aus reichlicher Erfahrung weiß sie, dass der Haussegen schief hängt, wenn das Problem, an dem er zahnt, nicht bald auf den Tisch kommt. Längst ahnt sie, dass bei der letzten Begegnung mit Abel, Nikolaus und dem Schwiegersohn etwas vorgefallen sein muss. Denn seit jenem Tag ist ihr Göttergatte durch den Wind.

Darum hat sie Magda samt Ehemann und Enkele sowie den Gast aus der Königsstube zum Morgenessen eingeladen mit der Bemerkung, anschließend könne man gemeinsam den sonntäglichen Gottesdienst besuchen und schauen, ob sich der Pfarrer eingekriegt hat.

Gegen die Gewohnheit muss Paula nicht in der Küche decken, sondern in der Linde. Dem Hauspersonal, das in der Küche zurückbleibt, sagt die Bäuerin, es gehe um Familiäres. Nein, erklärt sie ihrer Obermagd, sie werde selber bedienen; Paula könne sich eine Pause gönnen und in aller Ruhe mit den anderen in der Küche frühstücken.

Muffig sitzt der Lindenwirt am Tisch, den Minna ständig umflattert. Kaffee? Milch? Most? Emsig bietet sie dies und das zu trinken an. Sogar Tee hat sie zubereitet. Sie müht sich, ihren Lieben und dem Gast alle Wünsche von den Augen abzulesen. Milchschmarren mit Dörrzwetschgen sowie Haferbrei mit Speck schiebt sie den Schweigsamen ungefragt auf den Teller. Sie redet allen gut zu, ordentlich reinzuhauen.

Trotzdem kommt kein Gespräch in Gang. Wortkarg verdrücken die Männer das sorgsam Zubereitete. Sogar Magda, die ewig Plappernde, sagt entgegen ihrer Gewohnheit keinen

Mucks. Denn ihr kleiner Fritz, wie in Enzheim üblich nach dem Großvater benannt, schreit aus vollem Hals. Das kleine Scheißerle ist leider ein Braller[49]. Sie flößt ihm Kläpperlestee[50] ein. Umsonst, das Butzewaggele beruhigt sich nicht. Doch Magda hat ein ultimatives Mittel parat. Sie bittet ihre Mutter um Likör. Zuhause hat sie Haferbrei mit Zucker und Honig gekocht, ein bisschen Quittengelee hineingerührt und alles in einen Bletz[51] gefüllt. Diesen Nuckel taucht sie jetzt in den Likör und steckt ihn ihrem kleinen Fritz in den Mund, der sich mit einem strahlenden Gesicht bedankt und selig einduselt.

»So äbbes könntesch du au brauche«, neckt Minna den alten Fritz, aber der winkt ärgerlich ab.

»Du schwätzsch heut au net mit jedem.« Minna verliert langsam die Geduld.

Der vornehme Gast will ihr assistieren und gibt seine Zurückhaltung auf. Was den Hausherrn bedrückt, weiß er wohl. Darum will er ihn trösten und zum Reden bringen. »Wird schon werden, Fritz. Wart's ab.«

»Was?« Der Schultes verliert die Beherrschung. Wie im Vulkan das Magma, steigen in ihm kochende Kräfte auf und lösen eine unkontrollierte Eruption aus. Leise und tief setzt ein Grollen ein: »Ja, ja!« Dann lauter, höher und ärgerlicher: »So, so!« Schließlich polternd und weithin hörbar der Ausbruch: »Ja, was glaubsch denn du! 's ganz Johr em Schloss omanandloina on s Maul uffreiße. Dees isch doch koi Gschäft für an ausgwachsene Ma!«

»Oha!« Mit einem solchen Frontalangriff hat Nikolaus nicht gerechnet. »So blöd sind die im Schloss auch wieder nicht«, versucht er sich zu verteidigen.

»Was verschtohsch au du vo dr Landwirtschaft.«

»Einiges.«

---

49 ein ständig schreiender Säugling

50 Tee aus Mohnsamen

51 Stofflappen

»Aberjetza wird's Tag! Was weiß en Zirkusgaul, wie en Ackergaul schaffe muss?«

»Oho!« Nikolaus berappelt sich. »Wenn du der Ackergaul bist und ich der Zirkusgaul, woher weißt du, dass es der Zirkusgaul bequem hat?«

Das bringt den Schultes noch mehr in Rage. Widerspruch hat er bisher, wenn überhaupt, nur von seinen Stadträten hingenommen. »Wenn d Schwalbe em Kuhstall Junge krieget, was werre des no? Küh vielleicht? Noi, des geit emmr no Vegl!« Er holt tief Luft. »Mr woiß doch, wia's em a Schloss zugoht. Dr ganz Dag d Leut ausbäffe. Vo morgens um neine bis obeds om zehne bloß bäbbere, babble, bäffzge ...«

»... ratsche, baatsche, quatsche, tratsche ...«, unterbricht ihn Nikolaus ohne jede Gesichtsregung.

»... brägle, salbadere, raffle«, der Schultes hat das Wort wieder an sich gerissen, »soichle on domm rausschwätze! Isch des au no an Arbet?« Er stutzt eine Sekunde. »Heidenei, du kasch jo Schwäbisch.«

Nikolaus grinst seinen Gastgeber entwaffnend an. »Ich kann Schwäbisch, Preußisch, Österreichisch, Hochdeutsch, Englisch, Französisch und eine Spur Lateinisch und Griechisch.« Offensichtlich hat er sich vom größten Schrecken erholt und amüsiert sich. »Und Elektrisch.«

»Elektrisch?«

»Ja, mein lieber Fritz, demnächst sogar Elektrisch. Die reinste Schufterei. Dazu die Heidenarbeit, sich von morgens bis abends das dumme Geschwätz von Besserwissern anhören zu müssen.«

Der liebe Fritz winkt ärgerlich ab. »Merk dr ois: Kuhscheiße on Butter hend oi Mutter. Des sag i dir!«

»Genau das meine ich.«

»Noi, moinsch du net. Du hasch nemlich no net vrschtande, dass die da obe bloß dr Butter hend ond mir do onde für euch d Kuhscheiße wegputze miasset.«

»Genug gestritten!«, geht die Lindenwirtin energisch dazwischen. Sie gibt ihrem angesäuerten Gemahl ein klares Signal. Als der zu einer Erwiderung ansetzen will, schnauzt sie ihn an: »Jetzet machsch amol dei ogschwäsches Maul zua!« Ruhig wendet sie sich an Nikolaus: »Weiß man endlich, wann der König kommt?«

»Die Sache ist die.« Der Vornehme schluckt und legt seine Gabel zur Seite. »Der exakte Termin kann noch nicht festgelegt werden.«

Der Lindenwirt tut zwar so, als gehe ihn das nichts mehr an. Seine zuckenden Ohrlappen verraten trotzdem, dass er die Löffel spitzt.

»Warum?«, will die Hausfrau wissen und nimmt Nikolaus in den Blick. »Was schmeckt dir net?«

Nikolaus lehnt sich zurück »Auch du, meine liebe Minna, kannst die vielen Plakate nicht mehr als Lausbubenstreiche abtun. Da braut sich etwas zusammen. Was, das weiß ich nicht. Für mich steht indessen fest, dass der König in Gefahr ist, wenn er nach Enzheim kommt.«

»Also koin B'such? Jetzt schwätz!« Die Wirtin lässt sich nicht so leicht abschütteln.

»Doch.«

Augenblicklich kommt Leben in den Schultes. Er sieht Nikolaus von unten her fragend an.

»Wir müssen den Empfang so gestalten, dass der König nicht ins Städtchen herein muss.«

»Ha, du schwätsch fei saudomm raus.« Jetzt verliert Minna die Fassung. »Was soll no des fir an Bsuch sei, wenn mr gar net zu ons komme mog? Wellet ihr Gnicker[52] uns a Briefle schicke, oder wia sott mr des verschdande?«

»Langsam, langsam mit den Pferden.« Nikolaus bleibt ruhig und sachlich. »Wenn Spitzbuben nachts unbehelligt durchs Städtchen streifen und Plakate kleben können, liegt eines klar auf der Hand.« Er macht eine kleine Pause. »Der Feind ist hier längst zuhause.«

»Ha, jetzt komm, am End sind mir die Spitzbube«, sagt Minna mit schneidendem Unterton.

---

52 Geizhälse

»So meine ich das nicht.«

»Wie na?«

»Die Verbrecher haben sich hier eingenistet. Verkleidet als Dienstboten, Handwerksgesellen oder fahrende Händler, was weiß ich. Jedenfalls haben sie jetzt in den engen Straßen und Gassen leichtes Spiel, den König aus dem Hinterhalt zu erschießen. Stellt euch vor, dem König stößt hier etwas zu …«

»… no isch unser Renommee uff ewig beim Teufel«, mischt sich Magda ein.

Nikolaus hebt zustimmend die Hand.

»Wenn ich Sie richtig verstanden habe«, meldet sich der Schulmeister zu Wort, »meinen Sie, wir sollten den König vor dem Schlosstor empfangen. Zum Beispiel auf den Baumwiesen.«

»Zum Beispiel«, räumt Nikolaus ein.

»Jetzt ka i gar nemme«, Minna ist empört, »uff re Bomwies en König begriaße! I glaub, i spenn! Womeglich wellet no a paar Huatsempl, dass mir wia d Vegl uff d Beem nuffhocket.«

Nikolaus lacht, der Schultes verzieht das Gesicht.

»Wir könnten alle Gewehre und Pistolen einsammeln«, schlägt der Schulmeister vor.

Nikolaus schüttelt den Kopf. »Ich glaube nicht, dass das erfolgreich wäre. Erstens gibt es hier viele Waffen. Das habe ich selbst erlebt, und Fritz hat es mir bestätigt. Zweitens müssten wir alle Häuser und Scheunen vom Keller bis unters Dach durchsuchen und würden dennoch nicht alle finden. Die Leute sind einfallsreich, wenn sie anderen ein Schnippchen schlagen wollen.«

»Wenn die Spitzbuben keine Einheimischen sind, ist's ganz einfach.« Magda wiegt ihren kleinen Nuckler im Arm.

»Was?« Der Schultes hat das gefragt, weshalb ihn seine Minna überrascht anschaut.

»Man muss«, gibt Magda pfiffig in die Runde, »bloß aufschreiben, wer neu in unserem Städtle ist.«

»Schwätz koin Mist!«, braust ihr Vater auf und weist sie empört zurecht. »Glaubst du, die kommet zu mir uffs Rathaus und stellet sich vor? Gestatten, Oberhimpfele, Attentäter. Wo kann man hier am besten den König ermorden?«

»Vater«, steht der Schulmeister seiner Frau bei, »so hat's meine Magda nicht gemeint.«

»Aberjetza wird's Tag!«, höhnt der Schultes. »Ist's schon so weit, dass mir der Herr Lehrer sagen muss, was ich wie zu verstehen habe?«

»Vadder!« Magda ist empört. »Der Albert hat nichts Böses g'sagt!« Sie beruhigt sich wieder. »Umhören muss man sich. In der Lichtstub zum Beispiel ...«

»... oder in der Sonntagsschule«, fügt ihr Mann hinzu.

»... oder beim Vorsetz.« Magda wendet sich an Nikolaus: »Sie wissen, was das ist?«

»Bild! Bild! Sonntagsschule kenne ich.«

»Und Lichtstub und Vorsetz?«

Er schüttelt den Kopf. Nicht nur, weil ihm Lichtstub und Vorsetz unbekannt sind, sondern vor allem auch deshalb, weil er aufgrund eigener Erfahrung bezweifelt, dass man die Mordbuben durch bloßes Umhören entlarven kann. Die sind viel zu gerissen. Er hat es ja selber probiert und das Städtchen inzwischen ganz gut kennengelernt. Wenn man blind im Nebel herumstochert, scheucht man die Finsterlinge nicht auf.

»In der Lichtstub«, erklärt Magda, »treffen sich die Frauen zum Ratschen, Stricken, Spinnen und Flicken. Und der Vorsetz ist so was Ähnliches für Männer. Die machen Seile aus Stroh, flechten Körbe, binden Besen oder hocken bloß rum und karteln.«

Der Schultes amtet heute. Er sitzt in schwarzer Langhose aus Manchestertuch mit angenähten breiten Hosenträgern, einem Blauhemd mit gelb gestickten Ähren auf den Achseln und Schnallenschuhen im Sitzungssaal des Rathauses. Der Stadtrat tagt. Einziges Thema: der bevorstehende Besuch des Königs.

Der Stadtpräsident stellt eingangs dar, dass es angesichts der Todesdrohungen schwierig sei, ein Programm zu gestalten, das

Sicherheit und Unversehrtheit des hohen Gastes garantiere. Die Hauptgefahr gehe von den vielen Waffen aus, die im Städtchen offen und geheim gelagert würden.

»Wann soll der Besuch eigentlich sein?«, will der Knöpfle wissen.

»Kommt drauf an«, antwortet der Schultes ausweichend.

Der Wirt vom Rebstöckle lässt nicht locker: »Auf was?«

»Auf was, auf was? Aberjetza, auf unser Programm!«

»Wenn er zur Fasnacht kommt«, meint der Knöpfle treuherzig, »könnt sich jeder Stadtrat als König verkleiden. Die Herren Attentäter sind dann so verwirrt, dass sie schleunigst das Weite suchen.«

»Du brauchst kein Fasnachtshäs, Paul«, lästert der Ledlein, »bei dir sieht man auch so, dass du ein königlicher Gockeler bist.«

Der Schultes ist nicht zu Späßen aufgelegt. Mit einer ärgerlichen Geste wischt er den Unsinn vom Tisch und fragt den Hofbauern vom Enzgrund: »Aberjetza, Hannes, wie siehst du die Sache?«

Der Enzbauer, ein ernster, besonnener Mann, zögert einen Augenblick, bevor er das Kernproblem auf seine eigene, nachdenkliche Weise herauspräpariert: »Solange es in jedem Haus ein paar Schießprügel gibt, können wir nicht erwarten, dass sich unser König hier als Zielscheibe hinstellt. Somit gibt es nur drei Auswege: Wir bitten seine Majestät, nicht zu kommen ...«

»Du spinnst!« Das war der Oberschlaule, der Rettichkopf mit der Schwertgosch.

»A bissle dumm, des derf mr scho sei«, gibt der Schöpflein seinen Senf dazu, weil er in der Sache nichts zu sagen hat. »Aber so riegeldumm wie du isch net amol dr größte Schnapsdackel!«

Der Ziegelbrenner Bierlein springt seinem Freund Hannes sogleich zur Seite. »Du alter Bäffzger solltest wenigstens zuhören. Drei Auswege, hat der Hannes gesagt, aber erst einen hat er aufgezählt. Also halt dei Gosch und horch zu.«

Der Enzbauer setzt seine Überlegungen unbeirrt fort: »Drei Auswege gibt es, denke ich. Den ersten, unseren König zu bitten, nicht zu kommen, habe ich der Vollständigkeit halber aufgezählt. Zweitens könnten wir überprüfen, und zwar Haus für Haus, wer seit Martini neu bei uns ist, woher derjenige stammt und was er bei uns macht. Die dritte Möglichkeit lässt sich ohne große Mühe durchführen: Wir empfangen seine Majestät auf der Ruglerwiese. Alle unsere Feste finden dort statt. Warum nicht auch der feierliche Empfang des Königs?«

Der Elferrat staunt nicht schlecht, nur der Nagelschmied runzelt bedenklich die Stirn. Der Oberschlaule kneift die Lippen zusammen. Der Knöpfle und der Ledlein feixen und albern herum, sind aber froh, dass es einen Ausweg gibt, während der Küfer Schorsch längst unter die Rusler gegangen ist und von einem saftigen Schweinebraten träumt.

Doch Willy Wöbbel, der neue Häfnerbauer, traut sich heute was. Er zieht und zieht an seiner langen Pfeife, bis er die innere Ruhe für seine erste Wortmeldung in diesem erlauchten Gremium hat: »Dank dir schön, Hannes. Wir könnten alle Waffen einsammeln. Aber das wär für die Katz. Selbst wenn wir alle Häuser durchsuchen lassen, gäb's noch viele Verstecke, die wir nie und nimmer finden. In den Scheunen zum Beispiel, in alten Brunnen, im Wald oder anderswo. Ich meine, der Amtsbote und der Scharwächter sollten von Haus zu Haus gehen und aufschreiben, wer drin wohnt und arbeitet.«

Der Schöpflin muss laut auflachen. »Seit wann kann der Scharwächter schreiben?«

Knöpfles Gesicht zerreißt es zu einem süffisanten Lächeln. »Und der Stangenheinrich kann, soviel ich weiß, bloß bis zehn zählen.«

Der Schultes sitzt unschlüssig da und kratzt sich hinterm Ohr. Volkszählung oder Ruglerwiese? In der Sache rudert er nicht gern gegen den Strom. Trifft der Stadtrat die falsche Entscheidung, verrenken sich die Leute die Hälse und tuscheln hinter vorgehaltener Hand: »Unser Schultes hat uns die Suppe eingebrockt. Soll er sie doch selber auslöffeln.«

Zum Glück meldet sich in diesem Augenblick der Bierlein zu Wort: »Feinde unseres Königs sind Widersacher unseres Vaterlandes und damit auch gegen uns. Darum sollten wir zuerst alles dransetzen, die Verbrecher ausfindig zu machen. Es kann nicht sein, dass sie mitten unter uns sind, und wir schauen weg. Wenn sich solche Dreckskerle in unserer Stadt versteckt halten, müssen wir das rauskriegen. Das ist Pflicht und Ehrensache. Erst danach können wir entscheiden, wo wir unseren König empfangen, innerhalb oder außerhalb der Stadtmauern.«

Der Ledlein stößt ins gleiche Horn: »Das ist auch meine Meinung, Johannes. Erst die Spitzbuben an ihren dreckigen Ohrlappen aus ihrem Versteck ziehen und zur Gendarmerie bringen, dann übers Besuchsprogramm entscheiden. Außerdem beantrage ich, dass wir den Schöpflein und den Knöpfle mit der Hauskontrolle beauftragen. Der eine kann lesen und der andere schreiben.«

Der Wirt vom Rebstöckle pfeift leise durch die Zähne. Dass sogar der Ledlein einen Dachsparren offen hat, ist ihm neu. Verdrossen schweigt er.

Der Schultes lässt abstimmen. Die Mehrheit ist für die Befragung von Haus zu Haus. Der Schulmeister hat umgehend eine Liste zu fertigen, damit der Amtsbote und der Scharwächter bald mit der Volkszählung beginnen können.

Befreit atmet der Vorsitzende durch. Die ersten Räte stehen auf und wollen gehen.

»Halt!«, befiehlt der Schultes. »Eine Bekanntmachung noch. Albert, lies vor!«

Die Herren setzen sich wieder, und der Schulmeister trägt die jüngst im Rathaus eingegangene Verordnung vor:

»Mit dem 1. Mai beginnt heuer die Versicherungsaufnahme der Felderzeugnisse gegen Hagelschaden bei der vaterländischen Versicherungsgesellschaft, welche durch die Abänderung einiger bestehender Bestimmungen den Teilnehmern weit größere Vorteile als früher verbürgt. Die Einlage für hundert Gulden Ertragswert von Wein, Hopfen, Flachs, Hanf, Ölgewächse und Obst beträgt einen Gulden und dreißig Kreuzer, für alle anderen Felderzeugnisse einen Gulden. Als Anwälte für Enzheim sind von der Königlichen Versicherungsgesellschaft aufgestellt: Fritz

Frank, Schultheiß; Otto Schäfer, Postwirt; Andreas Schmidlin, Bäcker und Zeitungsverleger.«

Keiner hat etwas verstanden. Aber das schadet nichts. Denn der Amtsbote muss den Seich in den nächsten Tagen zweimal ausschellen, und das *Enzheimer Intelligenz-Blatt* wird ihn sogar abdrucken. Dreifach genäht hält besser. Bei allem, was mit Geld zu tun hat, verfährt der Schultes nach diesem Grundsatz. Denn er hat in diesen Dingen öfters Lehrgeld zahlen müssen. Wenn's was kosten soll, klappen die Herren Bauern und Handwerker gern die Ohren zu. Aber wenn sie die Geldkatz zücken müssen, regen sie sich mächtig auf.

Sie sitzen in dem frisch renovierten Raum hinter der Balustrade des Schlosses, der Oberst, der Einarmige mit dem Faschinenmesser und Leopold. Sie sprechen über den Württemberger und ziehen den Namen des viel gepriesenen Mannes auf unterschiedliche Weise in den Dreck. Kein Wunder, jeder Hass wurzelt in einem anderen Boden.

»Ja, ja«, sagt der Oberst abschätzig, »erst haben sich die Württemberger über Generationen in Preußen den militärischen Schliff geholt. Jetzt paktieren sie gegen uns, obwohl sie mit dem preußischen Herrscherhaus eng verwandt sind. Vergessen wir nicht, dass Friedrich der Große seinen Großneffen, den dicken Friedrich, den Vater des jetzigen Württembergers, huldvollst in seinen engsten Stab aufgenommen hat. Und nun das.«

»In unseren Augen ist er wortbrüchig und fahnenflüchtig dazu, der saubere Herr.« Leopold, in Wahrheit ein Artillerieingenieur im Range eines Hauptmanns der kaiserlich-königlichen Armee, ausgebildet in einer Pulverfabrik bei Laibach, lässt an seiner Verachtung für König Wilhelm von Württemberg keinen Zweifel aufkommen. »Unser Kaiser Franz war sein Onkel, vermählt mit einer Schwester von Wilhelms Vater. Mehrfach hat unser Kaiser seinem Neffen aus der Patsche geholfen. Feldmarschall Radetzky hat ihm sogar das Kommando über einige österreichische Armeekorps anvertraut. Und wie hat er's uns gedankt?« Eine wegwerfende Geste. »Jetzt arbeitet er gegen uns, dieser Schuft! Unfassbar!«

Der Einarmige zischt: »Eine württembergische Kugel hat mich zum Krüppel gemacht. An Napoleons Seite ist dieser Hundsfott gegen uns marschiert. Erst im letzten Augenblick, als jeder das Ende des Franzosenkaisers erkennen konnte, hat er die Seiten gewechselt. Und heute spielt er sich als Bewahrer des napoleonischen Erbes auf. Ich hasse diese Kanaille!«

Ein paar Minuten sitzen sie da und kocheln ihren Hass auf. Dann entsteht eine Bewegung, als habe ein Hoboist zur Schlacht geblasen.

»Meine Herren, ich darf bitten. Betrachten wir die Chose von oben.« Der Oberst steht auf und öffnet eine Tür zur vereisten Balustrade. Schneeverweht bis an den Horizont ist die weite Landschaft, die sich ihnen in ihrer ganzen Pracht präsentiert. Unter ihnen schmiegt sich das Städtchen den Hang herauf, dahinter schlängelt sich, wie eine Kobra auf Beutezug, die Enz, danach weiße Äcker und Felder, schließlich am bläulichen Horizont die sanften Hügel des Strombergs.

Aus den Schornsteinen im Tal steigt grauer Qualm. In den Gassen wirbeln Menschen. Soeben passiert die Postkutsche das Schlosstor. Hinter dem Enztor, wo Töpfermeister und Ziegelbrenner Johannes Bierlein seine Ziegelei hat, ziehen zwei Ochsen einen beladenen Leiterwagen.

»Da haben wir unser Problem, meine Herren«, erläutert der Oberst und deutet auf das Ochsengespann. »Für einen Büchsenschuss von hier oben ist der untere Teil des Ortes außer Reichweite.«

Leopold orakelt. »Darum werden wir ihn nicht mit der Büchse erlegen.«

»Sondern?« Der Einarmige kneift die Augen zusammen.

»Wir pusten ihn in die Luft,« sagt Artillerieingenieur Leopold lauernd. »Pfft! Weg ist er. Servus, adieu!«

»Dazu«, wendet der Oberst ein und hebt Finger und Stimme, »müssen Sie erst an ihn rankommen.«

Leopold hält die linke Handfläche hoch und bewegt sie hin und her, als wische er etwas von der Tafel ab. »Man könnte das Plätzchen, an dem sich der Lumpenhund huldigen lässt, ein wenig mit Pulver garnieren.«

Der Rittmeister, der die Trainsoldaten kommandiert, ist erstaunt. »Und Sie wissen schon, wo das sein wird?«

»Noch nicht, aber wir arbeiten dran.«

»Nein, nein, wir bleiben bei unserer Entscheidung.« Der Gardeoffizier macht eine entschlossene Geste. »Wir setzen unsere neuen Perkussionsgewehre ein.«

»Reichweite?«

»Maximal zweitausendeinhundert Fuß.«

»Erstaunlich.« Der Österreicher ist beeindruckt. »Haben Sie bereits Erfahrung damit?«

»Wir sind noch in der Erprobung.«

»Darf man Details wissen?«

»Leicht, knapp fünf Fuß lang, Zylinderverschluss, schnelles Nachladen.« Der preußische Oberst wirft sich in die Brust, als habe er das neue Schießeisen selber erfunden. »Der größte Vorteil …«, sagt er triumphierend und macht eine kleine Pause, »… man muss es nicht mehr im Knien oder Stehen laden. Das geht jetzt auch im Liegen.«

Der Artillerieingenieur will weitere Einzelheiten wissen. »Ein Hinterlader?«

»Gewiss«, der Oberst betrachtet den Feuerwerker mit distanzierter Skepsis. Mehr Informationen will er keinesfalls preisgeben. »Jetzt fehlt nur noch ein stilles Plätzchen da unten, von wo wir die Kanaille ins Visier nehmen können.«

»Irgendwelche Vorstellungen?«

Der Trainoffizier wirft dem Oberst einen fragenden Blick zu, als wolle er sichergehen, dass er nicht zu viel ausplaudert. »Entweder ein Haus am Marktplatz oder einer der fünf Türme.«

»Fünf?« Der Österreicher runzelt die Stirn und schaut irritiert über die Brüstung.

»Vier Türme in der Stadtmauer …«, der Oberst macht eine kleine Pause, sondiert die Häuser unter sich und zeigt mit dem Finger in die Stadtmitte: »… und der Kirchturm.«

Leopold pfeift anerkennend durch die Zähne. »Der Kirchturm«, wiederholt er nachdenklich, als habe er einen Fehler gemacht. Das hätte ihm früher einfallen können.

»An was haben denn Sie gedacht?« Der Trainsoldat blickt dem Österreicher prüfend ins Gesicht.

»Rund um den Marktplatz wär's für ein schönes Feuerwerk am besten. Dort sind die Häuser so dicht beieinander, dass die Explosion große Wirkung hätte. Doch keines steht derzeit leer. Und einen armen Teufel mit Gewalt aus seiner Wohnung vertreiben, damit wir unsere Knallbonbons sorgfältig installieren können, das würde Unruhe schaffen. Darum versuchen wir es mit einer List. Geht unser Plan auf, wird man um das Leben des Verräters fürchten und ihn außerhalb der Stadtmauern empfangen. Dann haben wir exzellente Bedingungen.«

Die Herren frieren und ziehen sich wieder in das angrenzende Gemach zurück. Sie vereinbaren, sich künftig besser abzustimmen. Man werde getrennt marschieren, jedoch koordiniert zuschlagen. Während die Österreicher auf eine Höllenmaschine setzen, wollen die Preußen ihren neuen Gewehren vertrauen.

Achtes Kapitel:

Hoffnungen keimen

Sind die Felder eingeschneit, haben die Enzheimerinnen und Enzheimer endlich Zeit, an den Abenden gemütlich in einer Lichtstub oder einem Vorsetz zusammenzusitzen und allerlei Arbeiten zu erledigen.

Während die Lichtstub anderswo Spinnstub, Nachtkarz, Kunkelstub oder Schwätzbänkle heißt, meist nur für junge, unverheiratete Mädchen geöffnet ist und darum zuweilen auch Mädlesstub genannt wird, kommen in Enzheim Mädchen und verehelichte Frauen jeglichen Alters zusammen. Sogar junge Burschen und verheiratete Männer duldet man hier, doch nur dann, wenn sie eine Musik mitbringen oder aus einem Buch vorlesen.

Von einer Lichtstub profitieren alle, weil es im Städtle mehrere solcher abendlichen Treffpunkte gibt. Man spart Licht und Heizung, muss aber dem Eigner der Wärmstube fünf Kienspäne, drei Holzscheiter oder eine Kerze stiften. Jede Besucherin ist willkommen, wenn sie ihr Arbeitszeug mitbringt und ein Versucherle aus dem Backofen dazu. Socken werden gestopft, Wäsche geflickt, Tischdecken bestickt, Tücher gehäkelt, Deckchen geklöppelt, Fäustlinge und Mützchen gestrickt. Hanf und Wolle werden gesponnen, Bindfäden gezwirbelt, Schnürsenkel gezwirnt, prächtiger Kopfschmuck gefertigt und vor allem Aussteuer genäht. Man bringt sich gegenseitig Handarbeiten und hausfrauliche Fertigkeiten bei, lernt neue Lieder, erzählt gruselige Geschichten von liederlichen Gespenstern und holden Feen, trinkt zusammen Kaffee und unterhält sich glänzend. Man schwätzt und singt, hechelt den neuesten Klatsch durch und bekommt kostenlose Ratschläge. Ein Thema darf dabei nie fehlen: die Männer im Allgemeinen und bestimmte im Besonderen.

Ähnlich geht es beim Vorsetz der Männer zu. Sie treffen sich in einer Scheune, einem Stall oder einer Werkstatt. Am liebsten da, wo eine Dreh- oder Hobelbank steht und Werkzeuge vorhanden sind. Sie drechseln, fräsen, hämmern, hobeln, leimen, nageln, raspeln, sägen, schleifen, schneiden und schrauben. Sie binden Besen, flechten Körbe, drehen Seile, spitzen Weinbergpfähle an, reparieren Sicheln, Sensen, Rechen und Eggen, schärfen Hauen und Pflugscharen, bauen Vogelscheuchen, basteln Windrädchen für ihre Buben, leimen Puppenstuben für ihre Mädchen, erfinden skurrile Geräte für Küche, Scheune und Stall, tüfteln an hirnrissigen Flugapparaten oder schrauben im kreativen Rausch einfallsreiche Kunstobjekte zusammen, die sie hinters Haus in den Garten stellen. Furzkästen sagen die Nichtskönner und Spießer unter den Enzheimern verächtlich dazu.

»Wäre gelacht«, hatte Magda neulich nach dem Frühstück zu ihren Eltern und ihrem Mann gesagt, »wenn wir net rauskriegen täten, wer die Saukerle sind, die unseren König meucheln möchten.«

Sie haben sich zusammengesetzt, Paula hinzugeholt und sie unter dem Siegel strengster Verschwiegenheit in die Sache eingeweiht. Dann haben sie ausgemacht, wer wann wo eine der Lichtstuben und Vorsetze aufsucht, die demnächst stattfinden. Dort will man die Sprache auf die Plakate bringen und arglos in die Runde hineinfragen, wer dafür verantwortlich sein könnte. »Da schlüpft keiner durch die Maschen«, hat Magda gesagt. Und der Schultes hat hinzugefügt, es müsste mit dem Teufel zugehen, wenn man nicht ein paar Fingerzeige auf die Schurken bekäme.

So weit die Theorie. Doch was sich in Gedanken und Plänen glänzend präsentiert, bewährt sich in der Praxis leider oft nicht. So auch in diesem Fall.

Magda besucht die Versammlung bei der Häfnerbäuerin und kommt mit einem gehäkelten Mützchen für ihr Butzewaggele heim. Paula flickt im Oberhof ihre Wäsche. Minna strickt für das zweite Enkele, das bald das Licht der Welt erblickt, ein warmes

Jäckchen. Der Schulmeister baut bei Schreinermeister Huber zwei Nistkästen.

Auskünfte über neue Gesichter in Enzheim haben sie nicht heimgebracht. Auffällig, sodass man ihn verdächtigen könnte, zu dem gefährlichen Schlangen- und Otterngezücht zu gehören, ist niemand.

Der Schultes ist niedergeschlagen. Darum will er es wissen. Er packt Würste, Schinken und Gaigelkarten ein, obwohl es in jedem Haus solche Spielkarten gibt, lädt Nikolaus drei Hauen auf und schultert selber vier. Sie schlurfen hinüber zum Hufschmied, der seine Werkstatt in der benachbarten Wagnergasse hat. Zwölf Männer sind da. Erst werden die mitgebrachten Geräte und Werkzeuge repariert oder geschärft. Dann gibt's Brot mit Wurst und Schinken auf die Hand, dazu Most. Zum Schluss wird gegaigelt, in Dreier- und Viererpartien. Natürlich mit schwäbischen Karten, dem Ulmer Blatt, also mit vier Farben – Eichel, Schippen, Herz und Schellen – zu je sechs Karten.

Zuerst schaut Nikolaus nur zu. Bald hat er den Bogen raus und haut die Karten mit wachsender Begeisterung auf den Tisch. Er hat schnell kapiert, dass dieses Kartenspiel fürs gesamte Dasein der Schwaben steht. Es versinnbildlicht ihr Handeln, Denken, Fühlen, Sprechen und ihren Glauben, es symbolisiert ihre Identität.

Leib und Seele kommen, wie er weiß, für seine Landsleute an erster Stelle, und zwar in dieser Reihenfolge. Die *Sau* (elf Augen) liefert einen guten Braten und nahrhafte Würste; mit Kartoffeln, Kraut und einem ordentlichen Schluck Bier oder Wein gibt sie der leiblichen Existenz eine solide Grundlage. *Die Zehner* (zehn Augen) steht für die Zehn Gebote, für ein gottgefälliges Leben und den Seelenfrieden. Dagegen ist der *König*, der oberste Repräsentant der weltlichen Ordnung, bloß noch vier Augen wert. Jedes Mal, wenn der Schmied diese Karte ausspielt, klopft er mit den Fingerknöcheln auf den Tisch und schreit, er müsse jetzt den Wilhelm wegschmeißen. Nikolaus nimmt die Karte genauer unter die Lupe und bricht in schallendes Gelächter aus. Tatsächlich, König Wilhelm von Württemberg ist darauf abgebildet. Der

Ober (drei Augen) stellt einen württembergischen Großkopfeten dar. Ihm folgt in der Rangordnung der *Unter* (zwei Augen), ein Möchtegern, ein Aufgeblasener, der überall in der ersten Reihe sitzen will, obwohl er mit einem unterirdischen Verstand geschlagen ist. Schließlich, am Schluss der Befehlskette, wo viele Möglichkeiten zur Neige gehen, ist der *Nixer*, der meist nichts gilt, weil niemand ein Auge auf ihn hat. Wie im richtigen Leben kann es jedoch passieren, dass er sich Respekt verschafft, wenn er zur Trumpffarbe wird. Reigschmeckte sagen Siebener zum Nixer, weil sie noch in der Hoffnung leben, dass dem Nixer zumindest gedanklich noch viele Sechser, Fünfer, Vierer, Dreier und Einer folgen, die jedoch bei Lichte besehen alle nichts wert sind und darum im schwäbischen Kartenspiel fehlen.

Während sich Nikolaus in eine wahre Spielwut hineinsteigert und immer fideler wird, schaukelt sich das Nestkegele vom Hufschmied auf dem Gautscharoß[53] selber in den Schlaf. Bevor es vom Gäule fällt, schmeißt der Schmied die Karten hin und trägt den Eingeduselten zu seiner Frau in die Kammer hinauf.

Als er wiederkommt, ist die Spiellaune verflogen. Die Heimwerker setzen sich in die Runde und schlotzen plaudernd noch den einen oder anderen Schoppen. Sie haben's vom Wetter, von den Mäusen mit den verheulten Augen, die im Schloss des Herrn Grafen darben müssen, von der Pfarrersköchin, die ihr Ärschle noch nicht gekriegt hat, und von den wirtschaftlichen Aussichten im neuen Jahr.

Das ist nach einigem Hin und Her für den Schultes das Stichwort, sich nach der Lage auf dem Arbeitsmarkt zu erkundigen. Er orakelt: »Wer sich Hoffnungen fürs neue Jahr macht, stellt Leute ein.«

»An die siebzig, achtzig neue Gesichter sind seit Martini im Städtle. Also wird es wohl aufwärts gehen«, meint der Buder, der sich vor ein paar Jahren als Stockmacher selbstständig gemacht hat. »Ich komme aber noch allein zurecht.«

---

53 Schaukelpferd

Auch er brauche niemand, bekennt der Schmied, das bisschen Arbeit reiche gerade für ihn. »Dafür hat der Johann gleich zwei eingestellt. Bei dem geht's wegen der neuen Weinsorten jedes Jahr noch ein Stäffele nauf.«

»Welcher Johann?«, fragt der Schultes.

»Dein Nachbar über die Gass.« Der Schmied spottet: »Einen Lole hat er sich eingefangen. Jeden Morgen muss er ihn schütteln, sonst kommt der nicht zu sich, sagt der Johann. Dagegen ist der andere ein Käpsele, ein Kerle aus dem Österreichischen.«

»Woher weißt du das?«

»Weil er irgendwie österreichisch schwätzt. Wo hast den her, hab ich den Johann g'fragt. Von Oberschwaben gebürtig, hat er g'sagt, das früher österreichisch war.«

Nikolaus guckt den Schultes nachdenklich an. Sie schultern die sieben Hauen und gehen wortlos heim.

Nikolaus muss bei Tagesanbruch aufstehen. Das hat er sich selber eingebrockt, weil er die geschärften Hauen im Wengert ausprobieren will. Paula hat ihn wachgerüttelt. Der Schweizer, nach Größe und Figur ihm etwa gleich, hat ihm ein paar alte Sachen geliehen. Eine abgeschabte Kniehose mit Knieriemen, ein gestopftes und mit Flicken besetztes Leinenhemd, einen abgewetzten Zwilchkittel, einen blauen Schurz und eine speckige Schildkappe. Dann nahm der Gast aus der Landeshauptstadt zum ersten Mal in seinem Leben das Morgenessen inmitten des ganzen Hausgesindes in der Küche ein.

Alsbald ist er, kraftstrotzend und frohgemut, mit dem Schultes losgestapft, die geschärfte Haue über der Schulter, die Mütze gegen die tief stehende Wintersonne ins Gesicht gezogen.

Bis zum Nachtwächterturm kann er noch gut mithalten. Sie erreichen die vielen Stäffele, die zum Schlossberg hinaufführen.

Während er nach wenigen Tritten wie ein Brauereigaul schwitzt und schnaufen muss, hechelt der Schultes wie ein Mops.

Schließlich, bei beiden pfeift die Lunge wie bei einem Dampfross schon zu den Ohren hinaus, krebseln sie die letzten Stufen zur prächtigen Trollingerlage hinauf, die gleich unterhalb des Schlosses liegt, genau nach Süden.

Der Schultes hat einen großen Bletz in der Hosentasche, den legt er auf die Trockenmauer. Sie hocken sich drauf, mit weichen Knien und außer Atem, wischen sich den Schweiß im Genick und im Gesicht und dampfen sich aus.

Nikolaus schaut und schaut. Einmalig, diese Aussicht. Der Schultes schweigt und genießt. Hier ist er oft gesessen, hat sich ausgeruht, die Sonne verschmeckt und die metallisch schimmernden Eidechsen nicht aus den Augen gelassen, wie sie auf warmen Steinen ihre Lebensgeister aufheizen und beim kleinsten Schatten oder leisesten Geräusch blitzschnell in Mauerritzen huschen.

Ein heiseres Krächzen, Pfeifen, Schmatzen und Schnurren ist in der Luft. Stare ärgern sich über die Störenfriede und stoßen im Sturzflug auf sie hinab. Eine Singdrossel zetert und protestiert.

Der Schultes blinzelt zum Himmel hinauf. Von Westen her nähern sich weiße Linsen, dann ganze Wolkenfelder.

»Das Wetter ändert sich«, prophezeit er, »bald ist Frühling. Wird langsam Zeit.«

Nikolaus hängt seinen Gedanken nach. Bei Lichte besehen hat er vom Winter noch nicht so viel gehabt, wie er sich erhofft hatte. Schade. Hier oben ist das Weiße schon ausgeapert und hat Schneeglöckchen Platz gemacht. Gelbe Winterlinge und die ersten Gänseblümchen sehnen am Fuß der Mauer den Frühling herbei.

»Von da oben«, der Schultes stößt seinen Nebensitzer mit dem Ellbogen an, »siehst du tadellos, wo wir den König ohne Gefahr begrüßen könnten.«

»Mhm.« Mehr gibt der Gast aus Stuttgart nicht von sich, weil es in seinem Kopf tickt.

»Du weißt, was ich meine?«

»Bild! Bild!«

»Eigentlich gibt's nur zwei halbwegs sichere Plätze.« Der Schultes weist mit langem Arm nach rechts. »Entweder auf den Baumwiesen vor dem Schlosstor.« Jetzt zeigt er geradeaus. »Oder unterhalb vom Enztor.« Und weil Nikolaus schweigt, deutet er mit dem linken Daumen enzabwärts. »Im Westen, hinterm Wengerttor, sind bloß Äcker. Außerdem wär's die falsche Richtung. Der König kommt von Osten, von Ludwigsburg her. Da müsst er ja ums ganze Städtle rumfahren.«

»Ja, Fritz.« Nikolaus nickt. »Am besten tät's mir auf den Enzwiesen gefallen. Für die Leute wär's auch der schnellste Weg. Durchs Enztor, schon sind sie da.« Er beschattet die Augen mit der Hand. »Wenn ich's recht sehe«, er kneift die Lider zu schmalen Schlitzen zusammen, »sind dort keine Bäume?«

»Stimmt.« Der Schultes schwätzt mit Händen und Füßen. »Aber abschüssig ist's.« Er hebt warnend den Finger. »Gleich nach dem Enztor geht's auf der Ruglerwiese bergab.« Mit den Händen formt er einen Abhang. »Bis hinunter zur Flößerlände.«

Nikolaus kommt ins Sinnieren. »Eine kleine Bühne drunten bei der Flößerlände«, er lehnt sich ans Mäuerle und faltet die Hände im Nacken, »dann wär's perfekt.«

In diesem Augenblick tapst es hinter ihnen. Sie drehen sich gleichzeitig um. Ein junger Mann kommt die Stäffele herunter.

»Das ist der Dubbeler«, flüstert der Schultes, »der Jüngste vom Grafen Heinrich.« Er macht eine Kreisbewegung vor der Stirn, als wolle er einen Schwarm Mücken fangen.

Der Dubbeler ist im Städtchen beliebt. Er genießt Narrenfreiheit, denn er hat einen Schlag weg, wie die Enzheimer sagen. Eigentlich heißt er Prinz Albrecht zu Enzheim.

»Musch Weckle kaufe für dein Vadder?«

»Noi, noi, Schultes, mir hen onsern oigene Beck«, gibt der Dubbeler eher brav und redlich als großspurig zurück.

»Aberjetza! I han denkt, ihr hend koi Personal meh.«

»Awa, Schultes, Personal grad gnuag. Un no an Haufe Gäschd dazu.«

Dem Schultes fällt der Kiefer runter, und bei Nikolaus rastet endgültig ein Gedanke ein.

»Ade, Schultes, i muas gange.« Der Dubbeler steigt vorsichtig die Treppen hinab, denn sie sind an manchen Stellen noch vereist.

Nikolaus wendet sich seinem Nebensitzer zu. »Da stimmt doch etwas nicht?«

»Scheint so. Soll ich einen Besuch beim Grafen machen?«

»Nein, Fritz. Keine schlafenden Hunde wecken. Bitte lass mich das machen.«

Der Schultes schaut Nikolaus reserviert an. Es kribbelt ihn in den Fingern. Ein einziges Mal kräftig dreinschlagen dürfen, gleich wär's ihm wohler. Viel länger kann er nicht tatenlos zuschauen, wie Gauner, Halunken und Schurken den heiß ersehnten Besuch des Königs zunichtemachen, der ihm und seinem Städtchen viel Ehre bringen soll.

»Auch bei Hofe kennt man Mittel und Wege, mein lieber Fritz. So blöd, wie du denkst, sind die da oben nicht.«

Der Schultes überhört den sanften Verweis. »Auf geht's, Nikolaus! Mir isch kalt!«

Sie raffen sich auf. Der Bletz wird wieder eingesteckt. Sie schultern die scharfen Hauen und steigen zur obersten Schranne hinauf.

Der Südhang des Schlossbergs eignet sich vorzüglich für den Weinbau. Freilich kostet die Kultivierung der Reben viel Kraft und Schweiß, besonders wegen der schmalen, abschüssigen Schrannen und der steilen Lage. Kreuzlahm wird man dabei. Erst die wackligen Stufen, bis man droben ist. Zudem die vielen Stäffele im Weinberg selber. Ständig treppauf, treppab. Da ist man müd, bevor die Arbeit losgeht: Hacken, Pfählen, Binden, wieder Hacken, Schneiden, nochmals Hacken, Ausgeizen, abermals Hacken und Lesen. Von Februar bis November muss man sich schinden, schließlich im Spätherbst die Pfähle aus dem Boden ziehen und die Reben mit Stroh und Erde zudecken. Darum steht noch vor den ersten warmen Tagen im zeitigen Frühjahr das Pfählen an, damit man die Reben ausgraben und aufrichten kann, bevor sie im Boden austreiben.

Christian, der Zweitälteste des Schultes, hat beim Onkel in Oberriexingen die neueste Kunst des sortenreinen Weinbaus erlernt und ist erst letzten Herbst auf den elterlichen Hof zurückgekehrt. Er wolle die Pfähle künftig über Winter stehen lassen, hat er gestern angekündigt.

Dann werden sie schneller morsch, hielt der Schultes dagegen, neue kosten fünf Kreuzer das Stück.

Lieber öfters neue, als sie jeden Herbst herausziehen und im Frühjahr wieder in den Boden schlagen müssen, beharrte der Junior: »Dees onaidich Saug'schäft ka mr sich spare.« Es sei schlimm genug, dass man die Reben jedes Jahr aufrichten, anbinden, schneiden, die Schrannen mehrmals hacken und die Trockenmauern ausbessern müsse. Knurrend hat sich sein Vater gefügt.

Fritz und Nikolaus schwingen brüderlich vereint ihre Hauen und hacken Löcher in den harten Boden. Bald schwitzen sie, trotz der Kälte. Dem höfischen Sendboten, der ungeübt und ein paar Jährchen älter ist als sein bäuerlicher Gastgeber, beginnen die Kräfte zu schwinden. Aber er reißt sich zusammen, er will nicht schlappmachen. Eine Stunde später japst sogar der Jüngere. Als die Mittagsglocke zum Essen bimmelt, schmeißt der Schultes seine Haue hin. »Langt für heut!« Stolz betrachtet er die Reihen ellentiefer Kuhlen. »Morgen kann der Christian kommen und mit dem Karl pfählen.«

Mit zittrigen Knien kraxeln sie talwärts, die Haue als Halt, stützen sich ab, klammern sich bänglich hier an einem Stein fest, dort an einem Grasbüschel, da an einem Ast, dauernd in der Angst, gleich könnten sie auf einer Eisplatte ausrutschen und mit dem Kopf voraus die Stäffele bäuchlings hinabhoppeln.

Doch, o Wunder, sie kommen heil hinunter, atmen erleichtert auf, zotteln unter dem Nachtwächterturm durch und …

»O verreck!« Rums! Platsch! Der Schultes ist der Länge nach hingeschlagen. Wie ein Pfannkuchen, der sich in der Luft dreht, bevor er in die Pfanne klatscht, ist der Stadtpräsident nach einem mörderischen Überschlag aufs Pflaster geknallt.

»O weh!« Nikolaus ist der Schreck in die Glieder gefahren. »Bist du noch heil, Fritz?«

Nach ein paar Schrecksekunden linst der Gefallene, am Boden liegend, zu dem Stehenden auf: »Glaubst du an die Auferstehung?«

»Kommt drauf an.«

»Auf was?«

»Ob du so lange liegen bleiben willst.«

Der Schultes entscheidet sich fürs Aufrappeln. Nikolaus will ihm auf die Beine helfen. Ein Schmerzensschrei. Der Gefallene hockt am Boden und jammert. »O verreck! Aberjetza isch älles hee.«

Eine Frau kommt gelaufen. Sie hat das Malheur durchs Fenster beobachtet und packt mit an. Zu zweit stellen sie den Schultes wieder auf die Beine. Nikolaus klopft ihm Hose und Kittel sauber und drückt ihm die Kappe aufs störrische Haupthaar.

»Und jetzt?« Nikolaus ist ratlos.

Die Frau ist praktisch veranlagt. »Zum Bader!« Sie fordert Nikolaus auf, zur Hand zu gehen. »Isch net weit.«

Sie nehmen den Malträtierten in die Mitte und schleppen ihn zur Verwunderung und Gaude etlicher Passanten dorthin.

»Isch r bsoffe, unser Schultes?«, fragt einer süffisant.

Ernesto ist zuhause. Er sitzt in seiner geräumigen Folterkammer. Sofort nimmt er sich des Stöhnenden an, tastet den schmerzenden Rücken ab und schlägt in einem großen Kräuterbuch nach.

»Ernesto ist unser Bader«, erläutert die Frau, »er macht alle kranken Rindviecher gesund, die vier- und zweibeinigen, und er ist unser Leichenbeschauer.«

Der Schultes zieht die Stirn kraus. Rindviecher? Leichenbeschauer? Doch er schweigt und beißt die Zähne zusammen.

Die Frau verabschiedet sich.

»Dank dir schön, Erika«, ruft ihr der Schultes hinterher. »Ich bring dir morgen ein Fläschle Wein vorbei.«

Nikolaus schaut sich mit großen Augen in dem streng und undefinierbar riechenden Sammelsurium um.

An einer Wand stehen drei Regale, bis oben hin gefüllt mit Gläsern, Dosen und Flaschen. Er studiert die Aufschriften. Im ersten Regal sind es abenteuerliche Chemikalien und Mineralien: Silbernitrat, Blaues Vitriol, Spiritus Mindereri, Terpentin, Kalk, Schwefel, Salmiak, Quecksilber, Weinstein, blauer Schiefer und anderes mehr. Was das Kräuterregal bietet, ist ihm eher vertraut: Lindenblüten, Anis, Malvenblüten, Malvenblätter und Malvenwurzeln, Eisenkraut, Beinwell, Minze, Enzianwurzeln, Kamillenblüten, Eukalyptus, Lavendelblüten, Fenchel, Salbeiblätter, Melisse, Johanniskraut, Süßholz und Thymian. Im letzten Regal gibt es Olivenöl, Franzbranntwein, Senf, Kampfer, Essig, Kaffee, Tee, Honig, Zucker und Brechsalz.

»Schultes, du habe Geschoss[54]«, erklärt Ernesto.

Der Patient muss sich langsam auf eine Pritsche niederlassen und sich dann bäuchlings hinlegen.

Der Bader massiert ihm den Rücken und steckt ihm einige Wacholderbeeren in den Mund. »Gut kaue, Schultes!« Routiniert zerdrückt er eine Handvoll dieser heilträchtigen, blauen Beeren in einer Schale, gibt Olivenöl dazu und massiert die Paste in die schmerzende Stelle ein. Schließlich tränkt er ein Tuch mit Franzbranntwein, Kampfer und Lavendel und legt dieses dem Patienten auf den Rücken.

»Halbe Stunde liege bleibe, Schultes!«, verordnet Ernesto mit erhobenem Zeigefinger. »Nix Faxe macke!« Er wendet sich dem Begleiter des Patienten zu.

»Na, Nikolausi, du wolle Bad nehme? Isse gemackt zack, zack.« Der kleine, dicke Italiener deutet auf einen Badezuber. Daneben liegen auf einer Holzbank verschiedene Aderlasseisele, große und kleine Schröpfgläser, eine Klistierspritze und etliche Furcht einflößende Geräte.

Nikolaus winkt den heilkundigen Bartscherer in eine ruhige Ecke und plaudert mit ihm über Gott und die Welt. Ganz nebenbei fragt er ihn auch über die Einstellung der Enzheimer zu ihrem König aus.

Ernesto weiß nur Gutes zu berichten. »Alle Leute liebe König. Ich genau wisse, kanns mir glaube.« Auch rund um den Weinmarkt wohnten nur königstreue Leute, versichert er auf Nachfrage. Ja, bestätigt er, dort sei auch ein Zweitklässler na-

---

54 Hexenschuss

mens Wilhelm zuhause, ein kräftiger Bursche, der andere Kinder in den Schnee schmeiße.

»Warum du wolle wisse?«, fragt Ernesto.

Glücklicherweise meldet sich genau in diesem Augenblick der Schultes zu Wort: »Do hasch aschdändich Dusel ghett, Bader, dass i heit komme be, sonschd müasch am Hongertuach nage.«

Der Herr Bürgermeister klopft also schon wieder Sprüche. »Hasch me henda wiedr zuaspachdelt?«, fragt er den italienischen Heilkundigen.

Ernesto legt dem Patienten einen Verband an und wird umgehend mit einem halben Gulden entlohnt.

Nikolaus hakt den Schultes unter. Sie eiern die Hauptstraße hinunter und erreichen glücklich die Linde. Dort stolpern sie erschöpft, verdreckt und halb verhungert in die Gaststube und finden zu ihrer Überraschung die Wirtin ins Gespräch vertieft. Ihr gegenüber sitzt ein goldbetresster Offizier. Er hat es sich auf dem heiligen Stuhl des Stadtoberhaupts bequem gemacht.

Der Schultes zieht die Nase kraus und ist verstimmt. Nikolaus prustet los, geht auf den Goldfasan zu und befiehlt ihm, auf der Stelle den Thron des Herrn Bürgermeisters zu räumen. Gleichzeitig setzt er ein maliziöses Lächeln auf und bedeutet dem hochrangigen Soldaten mit den Augen, nicht aus der Rolle zu fallen. »Nun, Haudegen, wie geht es seiner Majestät?«

Haudegen verschluckt sich. »Das«, er hüstelt, »könnte ich auch Sie fragen, Ma…«

Nikolaus tritt ihm vors Schienbein.

»… Verzeihung, Verzeihung …«, der Ankömmling ist verwirrt, »man weiß überhaupt nicht mehr …«

»Haudegen? Haudegen!« Nikolaus schneidet ihm mit einer knappen Geste das Wort ab, aus Sorge, der Verwirrte könnte Unheil anrichten. Das Bier, das ihm die Schankmagd in diesem Augenblick reicht, leert er in einem Zug, im Stehen natürlich. Er wischt sich mit dem Handrücken die Lippen und verabschiedet sich. »Dableiben und Mund halten«, droht er mit erhobenem Zeigefinger, »ich komme gleich wieder.«

Während sich der Schultes in der Küche Gesicht und Hände wäscht, macht sich Nikolaus in seiner Stube im ersten Stock frisch und zieht andere Kleider an.

Die drei Herren nehmen vor dem Ausschank Platz, am persönlichen Stammtisch des Herrn Stadtpräsidenten, doch nun in der richtigen Rangordnung. Der Offizier zur Linken, der Schultes in der Mitte auf besagtem Stuhl mit Armlehnen, Nikolaus zur Rechten.

Ida serviert das Mittagessen.

»Ah, wie das duftet.« Nikolaus ist entzückt. »Krautwickel. Ausgezeichnet. Habe ich seit meiner Kindheit nicht mehr gegessen.«

Sie verspeisen köstliche Kohlrouladen mit Speck und Salzkartoffeln. Zum Nachtisch gibt es Mohnstrudel mit Kaffee.

»Haudegen …«

Der Angesprochene ersteift augenblicklich und schlägt die Hacken unterm Tisch zusammen.

Nikolaus warnt ihn mit erhobenem Zeigefinger: »Wenn Sie sich nicht zu benehmen wissen, petz ich's dem König. Dann müssen Sie jeden Tag auf dem Hohenasperg strammstehen.«

Es klingt so überzeugend, dass der Offizier prompt erbleicht und vor Verlegenheit hüstelt. Der Schultes staunt, wie handzahm so ein hohes Tier sein kann.

»Kommen Sie, kommen Sie, Haudegen«, drängelt Nikolaus, »wir gehen ein Stückchen spazieren.«

Die beiden Stuttgarter schlendern zum Enztor hinaus, wo Nikolaus den Adjutanten knapp und präzise über die Lage informiert und drei brandeilige Geheimaufträge erteilt. Erstens: Wer ist Koloman Neumaier? Zweitens: Wieso spricht der neue Knecht vom Winzer-Johann österreichisch? Und drittens: Was geht im Schloss des Grafen zu Enzheim vor?

Endlich! Durchs Küchenfenster sieht sie ihn kommen. Jetzt muss alles schnell gehen. Lange genug hat sie sich auf diesen Augenblick vorbereitet. Seit sie auf der Hochzeit vom Jenseits den schlanken jungen Mann mit dem weichen Gesicht und den rehbraunen Augen kennengelernt hat, geht er ihr nicht mehr aus dem Sinn. Denn er ist anders als die jungen Kerle im Städtle. Kein Süffler, kein Flaus[55], kein lommeliger Bursche, kein letzer[56] Bruder, kein verdappter[57] Gockel, kein überzwercher Hommeler und erst recht kein bäbbiger Striez[58]. Zwar ist Koloman ein Reigschmeckter, weshalb sich der eine oder andere Neider das Maul zerreißen wird, doch das lässt sie kalt. Auch schwarze Kühe geben weiße Milch. Deshalb wird man sich schnell an den neuen Bauern auf dem Läpplehof gewöhnen, zumal er gelernter Sattler und Polsterer ist.

Abend für Abend hat sie gebrütet, wie sie es anstellen muss, dass er sie nicht mehr aus dem Kopf kriegt. Von Handarbeiten versteht sie eine Menge, aber diese Kunst reißt keinen Mann vom Hocker. Singen liegt ihr nicht, und zum Fiedeln hat sie keine Lust. Dafür nimmt sie es im Kochen und Backen mit den besten Küchenmeistern und Konditoren auf. Geht die Liebe nicht durch den Magen?

Also hat sie hin und her überlegt, mit was sie ihn am schnellsten bezirzen könnte. Einen scheuen Bock muss man mit dem ersten Schuss erlegen, sonst verduftet er auf Nimmerwiedersehen, hat ihr Vater oft genug gepredigt.

Es muss etwas sein, das ihre Qualitäten ohne viele Worte im Nu offenbart. Dazuhin muss man es ein paar Tage im Voraus für diesen einen Moment vorbereiten können, ohne dass es an Aroma und Wirkung verliert. Am besten ein paar Köstlichkeiten, die ihn auf den Geschmack nach mehr bringen.

---

55 Angeber

56 unaufrichtig

57 schreckhafter, ängstlicher

58 klebriger, unseriöser Mensch

Sie hat Mehl und Zucker fein gesiebt, geröstete Mandeln gehackt, dann Eier, Pomeranzenschale, Zitronat, Kardamom, Nelken und Zimt bei der Schulmeisterin besorgt. Daraus sind köstliche weiße Nürnberger Lebkuchen entstanden, verziert mit roten Herzchen. Und während sie den Zuckerguss gerührt hat, ist sie auf hinterlistige Einfälle gekommen.

Gerade sieht sie Koloman auf ihr Haus zusteuern, gleich verschwindet sie flugs in ihrer Kammer im ersten Stock, zieht ihr kornblumenblaues Kleid mit dem kaputten roten Gürtel an, das herrlich zu ihren blonden Haaren passt, kämmt sich und tupft sich französisches Parfum hinter die Ohren und in ihren Ausschnitt.

Frieda ruft, Besuch sei da.

»Gleich, gleich«, flötet sie zurück, »ich such grad was.« Sie tänzelt die Treppe herab und mimt die atemlos Überraschte: »Ja was, Koloman, du? Des hätt i net denkt, dass du mi au amol bsuechsch.«

»Komme ich ungeschickt?«

»Noi, noi! Gut, dass do bisch.«

Er staunt sie mit offenem Mund an.

»Grad heut han i denkt, s wär an der Zeit, dass i nemme en dem schwarze Zeig romlaufe muas.«

»Das Blau steht dir gut.«

»Moinsch? Mei erschter Ma isch scho anderthalbe Johr tot.« Sie wendet sich mit treuherzigem Augenaufschlag an ihn: »Isch des net orecht, wann i jetza wiedr gfarbte Kloidr oziage mecht?«

»Nein, Anna, du hast das Recht dazu.«

»Gell, des moin i au. Willsch äbbes zum Esse?«

»Eigentlich wollte ich bloß sehen, ob ich dein kaputtes Lederzeug reparieren kann, wie ich's versprochen habe.«

»Ond no?«

»Nehm ich's mit und bring's dir, wenn ich es repariert habe.«

Sie zieht eine klägliche Schnute. »Mit em Lederzeig vo de Gäul ka mr des scho mache.« Gleich eine beschwörende Bitte hinterher: »Könnscht mei oiges Sach nedda do bei mir mache? Woisch, i brauch's jetza naidich, wo i koine schwarze Kloidle meh oziag.« Sie macht den roten Gürtel von ihrem Kleid ab und zeigt ihn Koloman.

»Ha, der ist gleich repariert.«

»Freile, des moin i au.« Sie bittet ihn, heimzulaufen und das nötige Werkzeug zu holen. Derweil werde sie für ihn etwas Schnelles zubereiten. Dann könnten sie gemeinsam essen und noch ein bisschen plaudern.

Erst sucht er vielerlei Ausflüchte, doch sie redet ihm gut zu, fleht ihn an und steckt ihm mit einem Mal eine Pfeffernuss in den Mund. »Die han i oiges fir di bache. Jetz sau halt on hol des Zeig.«

Er beißt, er kaut, er schluckt. »Au, die ist gut.«

Ja, denkt sie, das ist tatsächlich eine besondere Nuss. Laut sagt sie: »Do han i Ohrewusler neidoa. Schbiersch's net?«

Er erschrickt. Es knackt zwischen seinen Zähnen.

Sie kichert: »In dene Pfeffernüss sen a paar Pfefferkernle drin.«

Eine Schutzbehauptung, denn Krabbeltierchen sind wirklich drin. Vertrocknete natürlich, fein gehackt und in den Teig geknetet. Altes Rezept aus ihrer Heimat. Die Ohrenzwicker oder Ohrenwusler, wie sie hierzulande heißen, erwachen nach volkstümlicher Heilkunde beim Backen zu neuem Leben und zwicken zum Dank den, der das süße Naschwerk verspeist, so lange ins Ohr, bis er den Namen der Bäckerin nicht mehr los wird. A Fuchs mit Hendschich[59] fangt koine Heahner, hat die Großmutter gemahnt.

Sie zieht noch ein paar Pfeffernüsse aus der Kitteltasche, gibt ihm eine direkt in den Mund und drückt ihm die restlichen in die Hand. »Was willsch zom Obedesse? Äbbes Siaß odr äbbes Räs[60]«

Er steht da und kaut, verlegen, bedeppert, schüchtern und irgendwie überwältigt.

---

59 Handschuhe

60 Herzhaftes

Sie strahlt ihn liebevoll an. »Freile! I sieh scho, du brauchsch äbbes Siaß.« Sie treibt ihn an: »Mach nore. Gell, kommsch glei wiedr, bald isch nemlich s Obedesse fertig.«

Während Koloman seine Kammer beim Oberschlaule aufsucht, muss Frieda, die Kindsmagd, in der guten Stube decken. Anna begibt sich in die Küche und backt Ohrfeigen. Dazu rührt sie einen Pfannkuchenteig an, lässt ihn in der Pfanne goldgelb werden, bestreicht die eine Hälfte mit Preiselbeergelee, streut Zucker, Zimt und Zibeben drüber, schlägt die andere Hälfte über und …

Koloman ist zurück, außer Atem. Sein Werkzeug hat er in ein Tuch eingeschlagen.

»Jetza! Wie schmecket dir meine Nüss?«

»Saugut!«

Koloman ist von den Pfeffernüssen begeistert. Offensichtlich sind die Ohrenzwicker zum Leben erwacht und wuseln durch sein Hirn.

»Des freit mi. Jetza dend mir zerschd esse. Nochher kaasch mein Girtl wiedr ganz mache.«

Sie führt ihn in ihre Wohnstube und lauert, denn sie weiß, dass der Gast gleich die Augen verdrehen wird. Und da ist's schon passiert. Koloman hält sich am Türpfosten fest und kommt nicht aus dem Staunen heraus. Fast nimmt es ihm den Atem, so behaglich, andersartig und schön ist dieses Zimmer. Kasten, Truhe, Buffet, Tisch, Polsterstühle, Schäslo[61], Standuhr, Lampe, ein paar gerahmte Bilder an der Wand. Und auf dem Tisch ist – eins, zwei, drei, vier, fünf ! – für fünf Personen gedeckt. Ihm dämmert's. Jetzt gehörst der Katz.

»Hock de na. I muas gschwend nomol in d Kich.«

Während er Platz nimmt, eilt sie in die Küche, schickt Frieda samt den Kindern in die gute Stube und bestreut die Ohrfeigen mit Puderzucker. Das süße Backwerk serviert sie zusammen mit aromatischem, leicht säuerlichem Quittenkompott.

---

61 Sofa

Lange Brautschaften, wie sie unter den Großstädtern und Gebildeten vorkommen, sind auf dem Land nicht üblich. Zwei bis sechs Wochen nach dem Kennenlernen wird geheiratet. Ein Vierteljahr verstreichen lassen? Hehehe, das ist nicht die feine Art. Macht sich da ein Gockeler schon aus dem Staub? Und ist eine Beziehung erst einmal bekannt, gibt es kein Zurück mehr.

All das hat die schöne Anna vorausberechnet. Darum sitzt Frieda mit am Tisch. Sie soll überall herumerzählen, dass Koloman da gewesen und von der Hausherrin herzlich empfangen worden ist.

Und ein weiterer Vorteil dieses Arrangements liegt auf der Hand. Der Auserwählte lernt die Kinder kennen, denen er künftig den Vater ersetzen muss, wenn er deren Mutter freit, was sie will und er zu ahnen beginnt. Doch die vierjährige Marie und der zweijährige Johann machen es dem fremden Mann leicht. Sie plappern munter drauflos und erzählen vom Schneemann, den sie mit Frieda im Garten gebaut haben.

Nach dem Essen müssen die Kinder ins Bett. Willig folgen sie Frieda in ihre Kammer im ersten Stock. Derweil stellt Anna zwei Pokale auf den Tisch und schenkt Koloman und sich funkelnden Trollinger ein. Sie prosten sich zu, sie plaudern und erzählen von ihrer Jugend, tauschen Nettigkeiten aus, während Koloman nebenher den Gürtel näht.

Sie trinken Kaffee und genießen den Nusskuchen, mit Cognac saftig und lange haltbar gemacht. Und schon fliegen vertraute Blicke hin und her.

Koloman zwickt es im Ohr. Wie er hinlangt, zappelt ein Ohrewusler zwischen seinen Fingern. »Wo kommt auch der her?!«

Anna lächelt vielsagend. Alles riecht nach Musik. Heiliger Bimbam! Sie bekommt Hitzewallungen, in ihm quellen die Gefühle. Rührung und Leidenschaft steigern sich zu Taumel und Wollust. Den Entrückten will es scheinen, als schwebten sie im Polkatakt durch Raum und Zeit. Ein Gurren und Schäkern, ein Flöten und Schmeicheln liegt in der Luft. Sie verdreht ihm den Kopf. Er schmachtet sie an. Läuten schon die Hochzeitsglocken? Soeben streckt er die Hand nach ihr aus …

Die Tür geht auf.

»Deine Kenderle schlofet selig«, sagt Frieda, »on i gang jetza au ens Neschd. Gut Nacht.«

Hastig packt Koloman sein Werkzeug zusammen, doch Anna legt ihre weiche, warme Hand auf seine Rechte. »Sauschad, dass d scho gange muasch.«

Frieda, die Türklinke in der Hand, fallen die Augen aus dem Kopf.

Anna lockt mit verschleiertem Blick: »Mei Lieber, lass des Zeig do. Muasch morge Obed no mei anders Ledersach flicke.«

Frieda verschlägt es den Atem. Errötend entschwindet sie in ihre Kammer.

An der Haustür streichelt Anna ihrem Koloman die Wangen und drückt ihm eine Spanschachtel in die Hand, gefüllt mit herzigen Lebkuchen, kleinen Baisers, Pfeffernüssen voller Ohrewusler und Springerle mit Liebesbildchen drauf. Sie schaut ihm tief in die Augen, denn sie weiß, dass er heute Abend am Boden der Schachtel einen Zettel finden wird, der ihn nicht mehr schlafen lässt:

»Wann's dir isch,
wie's mir isch,
no geht der Spaß a,
no werr i dei Weible
on du wirsch mei Ma.«

Einige Zeit später. Seit Tagen taut es. Hellgraue Wolken hängen über dem Enztal, die Luft ist diesig. Spatzen zetern penetrant. Schwalben zischen mit offenem Schnabel durch einen Mückenschwarm.

Der 1. März, heuer ein Mittwoch, ist traditionell ein lauter Tag. Über Enzheim geht ein Höllenspektakel nieder, als entlade sich ein Orkan. Knallen, Dröhnen, Krachen, Brüllen. Nicht der

Amtsbote und der Scharwächter machen solchen Lärm. Vielmehr sind es die zwanzigjährigen Burschen, die vielleicht noch dieses Frühjahr einrücken müssen, weil Württemberg vor einem Vierteljahrhundert die Wehrpflicht eingeführt hat.

An den beiden letzten Mittwochen lag auf dem Rathaus eine Liste aus, in die musste sich jeder, der 1823 geboren ist, selbst eintragen oder vom Vater, beziehungsweise – bei Waisen – vom Vormund, einschreiben lassen, wenn der Junior verhindert war. Jeder, wirklich jeder, egal ob reich oder arm, ob Erbe eines Hofes oder Knecht. Wer sich nicht erfassen lässt, der muss Reisepass und Wanderbuch abgeben. Er verliert sogar das Recht, im Königreich Württemberg zu wohnen, wird verhaftet und auf jeden Fall, ohne Losverfahren, zu den Soldaten gepresst.

Begleitet von Pistolenschüssen, abgefeuert von Schulkameraden und Verwandten, randalieren die jungen Spunde durch die Gassen und sammeln sich vor dem Rathaus. Unterwegs fließt viel Branntwein, sodass viele angesäuselt, manche sturzbetrunken vor der Kommission erscheinen. Im Ratssaal steht ein Sack. Da drin sind durchnummerierte kleine Holzkugeln. In allen Orten von der Größe Enzheims sind es stets fünfhundert. Jedem Burschen werden die Augen verbunden. Dann muss er aus dem Sack eine Loskugel ziehen, was Schultes und Schulmeister protokollieren. Letzterer ist heute vom Schuldienst befreit. Der neue Provisor versorgt darum alle acht Klassen auf zwei Stockwerken. Ein geordneter Unterricht kommt dabei gewiss nicht zustande.

Ist die Zahl auf der Holzkugel niedrig, kommt man zu den Soldaten, ist sie hoch, besteht die Möglichkeit, dass man außen vor bleibt. Die Höchstzahl, bis zu der man den bunten Rock tragen muss, ist vom Kriegsministerium vorab festgelegt worden. Wenn ein Gezogener nicht zum Militär will und reich ist, muss er jetzt vierhundert Gulden bar auf den Tisch legen und sich loskaufen.

Anderntags marschieren die Gelosten und nicht Freigekauften im Rudel in die Oberamtsstadt. Dort werden sie vom Regimentsarzt befragt, beklopft, vermessen, visitiert, kurz und gut: gemustert. Wer schlecht sieht, gehört zum Bafel[62], der dem Gespött anheimfällt. Wer keine Vorderzähne hat, kann keine Schwarzpulvertütchen aufbeißen und darf gehen. Ebenso die mit den krummen Zehen und verwachsenen Füßen. Sie zählen zum Pfusch, wie man hier sagt, weil sie nicht marschieren können. Den Übrigen setzt der Feldwebel eine Kappe mit farbigen Bändern auf. Im noch ungewohnten Gleichschritt ziehen die Geschmückten wieder in ihr Städtchen ein. Und am nächsten Sonntag sitzen sie in der Kirche in der ersten Reihe und haben schon weiße Soldatenhosen an.

Vier Wochen später wird eingerückt. Schultes, Gemeinderäte und Angehörige begleiten die Rekruten bis zur Markungsgrenze und geben ihnen Brot, Schinken, Zwiebeln, Winterrettiche, Most und Geld mit auf den Weg.

Während also in den Gassen und vor dem Rathaus Leute lärmen und die Burschen im Ratssaal losen, wer Rekrut werden muss, beginnen der Amtsbüttel und der Scharwächter am Enztor mit der Volkszählung.

Der hinkende Heinrich trägt einen blauen Rock mit roten Litzen und eine schwarze Schirmmütze mit rotem Band, weil heute Werktag ist. Mit zwanzig wurde er Soldat und drei Jahre später am Knie verwundet. Seitdem dient er dem Schultes als Büttel, Bote und Berichterstatter. Er schellt die Bekanntmachungen aus, besorgt die Amtspost, bestellt Säumige und Schuldner aufs Rathaus, treibt Abgaben und Gebühren ein, erledigt alle anfallenden Botengänge und ermittelt auf Weisung von Schultes und Stadtrat alles, was die Verwaltung wissen will. In seiner Freizeit bestellt er einen Krautgarten und pflegt eine Baumwiese. Auf ihr rupft er Gras für seine Stallhasen. Die Äpfel und Birnen mostet er ausnahmslos.

Sein Kompagnon heißt eigentlich Gottlob Vorderlader. Gerufen wird er ›Scharwächter‹. Er war ebenfalls Soldat und hat die napoleonischen Feldzüge mitgemacht. Dann wurde er beim

---

62 Ausschuss

Militär ausgemustert. Seitdem ist er Feld- und Wengertschütz sowie Hilfspolizist in einem. Er muss Obstbäume und Weinberge vor der Ernte bewachen, sich um die Sicherheit im Städtchen kümmern und auf den Jahrmärkten nach dem Rechten sehen. Als Scharwächter ist er bei allen Kriminalfällen der verlängerte Arm der Gendarmerie. Er muss Spitzbuben bewachen, Schwindler, Betrüger und Verbrecher verhaften und Verstöße gegen die Gemeindeordnung ahnden. Im Suff hat er sich gelegentlich Feuergefechte mit Vogelscheuchen und Rebstöcken geliefert, hat ausgiebig auf Misthäufen gewargelt und in der Gülle gebadet. Darum schreien ihm die Kinder »Wen-gert-schütz! Gendarmen-witz! Schnaps-hau-bitz!« nach, und die jungen Männer treiben allen möglichen Schabernack mit ihm. Allmonatlich schicken sie ihn in den April. Mal schmeißen sie seine Stiefel auf ein Scheunendach, wenn er in einer Ecke seinen Rausch ausschläft. Mal stehlen sie ihm Amtskittel und Dienstmütze und errichten damit mitten auf dem Marktplatz eine Vogelscheuche. Seit anderthalb Jahren ist er zwar trocken, trotzdem nicht heller im Kopf geworden.

Gleich im ersten Haus offenbart sich den beiden Dienstmännern, wie unklar ihr Auftrag ist. Schreinermeister Jäger hat zwar Verständnis für die amtliche Erhebung, schließlich wurde sie vom Stadtrat angeordnet und vom Amtsboten zweimal ausgeschellt. Doch wie sich die zwei anstellen, hält er für konfus.

»Wer bisch du?«, fragt der Amtsbote, und zwar in seinem besten Hochdeutsch, weil er in hoheitlicher Mission unterwegs ist.

»Han ich vergesse.« Auch Schreinermeister Jäger versucht zur eigenen Gaude, nach der Schrift zu sprechen.

Der Scharwächter, heute mit einer alten Flinte bewaffnet, weil er vielleicht einen Spitzbuben verhaften muss, tritt zwei Schritte vor. »Franz, mir send heut im Dienscht. Wenn du uns net sagsch, wer du bisch, no isch des Widerstand gegen die Staatsgewalt.«

»Mit de große Hond soiche welle«, lästert der Tischler, »aber dr Fuaß net nuffbrenge.«

Der Scharwächter droht mit der Flinte. »No oi gotzigs Wertle, on du bisch gwä!«

Der Schreiner hebt lachend die Hände. Er tut so, als denke er scharf nach und schlägt sich mit der Hand an die Stirn. »Jetzt weiß ich's wieder.« Er deutet auf seine bemalte Hauswand. Neben einem großen Hobel, dem Zeichen seiner Zunft, steht: *Schreinerei Jäger, gegr. 1786*. »Da könnt ihr's abschreibe.«

Der Scharwächter zeigt sich unbeeindruckt. Barsch setzt er seine Fragerei fort: »Wie viele Leut wohnet in deim Haus?«

»Neun.«

»Wer isch neu seit dem 1. November?«

»Drei.«

»Kaasch du net Deutsch?« Heinrich ist ungehalten: »Wer, hat der Gottlob gfragt, net wie viel!«

»Soll i die drei nach em Alphabet aufzähle oder nach em Geburtsdatum? Wie hättet ihr's gern?«

Die beiden Amtsdiener ziehen sich zur Beratung zurück. Auf dem Formular, das der Schulmeister gefertigt und ihnen erläutert hat, gibt es vier Spalten: *Familienname?*, *Personen insgesamt?*, *seit 1. November neu?*, *Name und Herkunft des Neuen?* Was hat der Schulmeister gesagt? Es klang so simpel, dass sie sich nicht mehr erinnern können.

»Soll i euch zwei Spitzbube helfe?« Meister Jäger kann sich das Lachen nur mit Mühe verbeißen.

Der Scharwächter reicht ihm wortlos das Formular.

»Bleistift!«

Heinrich rückt das Schreibzeug heraus.

Der Schreiner hält das Papier mit der linken Hand gegen den Türpfosten, mit der rechten schreibt er in die erste Spalte *Jäger*, in die zweite 9, in die dritte 3 und in die vierte *Margret (Klapperstorch), Joseph Hartmann (Hohenhaslach), Zyprian Striebel (Cleebronn).*

»Und was heißt des?«, will der Amtsbote wissen.

»I bin der Jäger.« Der Handwerksmeister deutet bei jedem Satz mit der Bleistiftspitze auf den jeweiligen Eintrag. »In meim Haus lebet neun Leut. Drei sind erst seit dem ersten November da. Und dees send die drei Neue: Mei jüngste Tochter Margret, die hat an Martini dr Klapperstorch brocht. Mein neuer Gesell heißt Joseph Hartmann und isch von Hohenhaslach. Und mein neuer Lehrbub, der Zyprian Striebel aus Cleebronn, isch dr Sohn von meiner Schwester.«

»Aha.« Beim Heinrich erstrahlen vier Laternen gleichzeitig.

Der Scharwächter kratzt sich im Genick. »Woher wisset mir, dass des älles richtig isch?«

»Da müsst ihr mir halt glauben.«

»Von wäge! Papiere will i sehe!«

Heinrich ist das peinlich. »Jetza komm, Gottlob!«

Der Scharwächter mault. Er reißt dem Schreiner den Bleistift aus der Hand und dreht sich weg. »Auf goht's, Heinrich, mir ganget.«

Zwei Stunden später schlappen die zwei in den Hof des Weinguts, das der Linde gegenüberliegt. Es gehört Johann Klötzner, der gerade mit zwei seiner Knechte leere Fässer putzt.

»So, ihr Tagdieb«, begrüßt sie der Hausherr, »wollet ihr ehrliche Leut von der Arbeit abhalte?«

»Johann, pass uff, was du sagsch. Mir sind dienschtlich unterwegs«, belehrt ihn der Scharwächter.

Der Weinbauer gerät nicht leicht in Zorn und beantwortet geduldig die Fragen, die Amtsbote Heinrich inzwischen auswendig kann. Dabei stellt sich heraus, dass beide Knechte neu am Hof sind. Dass Eugen, Oberknecht seit Martini, aus der Weinsberger Gegend stammt und vorher bei einem Wengerter in Besigheim geschafft hat, das weiß der Kötzner, weil er den Besigheimer Kollegen kennt. Wo Siegmund her ist und bei wem er zuletzt Knecht war, das ist ihm entfallen.

»Wo bisch her?«, fragt er ihn.

»Von Siggen«, antwortet Siegmund.

»Und wo isch des nomol?«

»Zwischen Wangen und Isny.«

»Dees ghert fei nemme zu onserm Kenigreich«, geht der Scharwächter dazwischen.

Siegmund spottet. »Jetzt wird's Tag! Schon mal was vom Oberamt Wangen gehört?«

Der Scharwächter ärgert sich über den Besserwisser. »No will i glei dei Arbeitsbüchle sehe.«

Siegmund zeigt ihm einen Vogel, doch sein Bauer ruft ihn zur Ordnung. »I han en eigstellt«, erklärt er den städtischen Bediensteten, »weil der Oberschlaule mir den Kerle empfohle hot.« Er befiehlt seinem Knecht, in Gottes Namen das Büchle geschwind zu holen, damit man weiterarbeiten könne.

Das Oktavheftchen ist wenige Augenblicke später da. Es bestätigt die Angaben des jungen Mannes: Siegmund Hiederer, gebürtig aus Siggen im Oberamt Wangen. Zugleich weist es aus, dass die letzte Arbeitsstelle in Reudern war.

»Na also«, knurrt der Wengerter.

Der Scharwächter gibt keine Ruhe. »Un wo isch no des?«

»Im Oberamt Nürtingen«, gibt Siegmund patzig zurück.

»Gibt's da Wengert?«, fragt der Kötzner nachdenklich. »Ich hab no nie en Wei von do drobe dronke.«

»Ja, ja«, versichert Siegmund. Überzeugend scheint es nicht zu klingen, denn der Hausherr runzelt die Stirn, sagt aber nichts, weil er die Amtsschimmel endlich loswerden will.

Heinrich schreibt seelenruhig die Angaben ab, während sich der Scharwächter ärgert, nein, eigentlich grätig ist.

Ärger kommt bekanntlich von arg. Macht man etwas ärger, als es ist, ärgert man sich. In Enzheim ist man jedoch nicht verärgert, sondern narret. Und wenn man chronisch narret ist, wird man grätig. Man ärgert sich ständig, bis man grau wird. So empfindet das auch der Scharwächter. Die Jahre im Suff kann er nicht mehr ungeschehen machen. Es setzt ihm schwer zu, dass man ihn wahrscheinlich bis ans Ende seiner Tage für blöd halten wird.

Neuntes Kapitel:

Schwerer Fehler

Nikolaus hat schlecht geschlafen. Mal träumte er dummes Zeug, mal lag er wach und brütete über der Frage: ›Wie muss ich's anstellen?‹ Die Entscheidung darf nicht länger hinausgeschoben werden, das weiß er wohl. Schließlich ist in fünf Wochen Ostern. Bis dahin muss der Besuch über die Bühne gegangen sein. Apropos Bühne, wo baut man die am besten auf? Wieder erregten ihn wilde Einfälle und raubten ihm den Schlaf. So sprang er von einem nächtlichen Gedanken zum nächsten und konnte das heillose Wirrwarr an Eingebungen, Erwägungen, Bedenken und Vorbehalten nicht entwirren. Erst gegen Morgen fiel er vor Erschöpfung in einen traumlosen Schlaf.

Als er aufwacht, ist er wie gerädert. Schreie, Lachen und Schüsse hallen in den Gassen. Er schüttelt verärgert den dröhnenden Kopf. Ein schießwütiges Volk ist das. Bei jeder sich bietenden Gelegenheit wird in die Luft geballert. Darum steht für Nikolaus fest: Das Militär muss beim Besuch alles absperren und jeden auf Waffen durchsuchen. Anders geht es nicht. Und wo macht man das am besten? Nur auf den Wiesen an der Enz. Das Gelände ist wie geschaffen für Veranstaltungen. Außerdem kann man dort eine kleine Bühne errichten.

Enzwiesen. Da war doch etwas? Blitzte da nicht mitten in der Nacht eine Inspiration auf, die er sich merken wollte? War er im Halbdämmer nicht der Lösung seines Problems ganz nahe gewesen? Oder träumte er das nur? Vergeblich zermartert er sich das Hirn. Unzuverlässig, diese Gedanken und Träume bei Nacht. Wenn man sie braucht, sind sie wie weggeblasen.

Schlecht gelaunt steht er auf und bittet Paula, die vor der Türe Wache hält, das Morgenessen in einer halben Stunde zu servieren. Er wäscht sich, kleidet sich an und setzt sich an den Tisch.

Heute mache ich Nägel mit Köpfen, spricht er sich selber Mut zu. Auf das Ende der Volksbefragung zu warten, lohnt sich nicht. Das bisher vorliegende Zwischenergebnis ist negativ. Aber das kann nicht stimmen. Die Mordbuben sind definitiv schon hier. Folglich gibt es zu den Enzwiesen keine Alternative. Er ballt die Faust. Jetzt gilt es. Vorwärts, Marsch! Nach dem Essen wird er den Platz für die Bühne festlegen und noch heute Nachmittag die beiden ortsansässigen Zimmerleute mit dem Bau beauftragen. Wenn Haudegen morgen kommt, wird er ihn mit den Details vertraut machen.

Paula merkt gleich, dass sich der hohe Herr heute anders gibt als sonst. Ist er schlecht gelaunt? Er begrüßt sie kaum, als sie ihm das Essen serviert. Er schaut durch sie hindurch, als hänge er schweren Gedanken nach.

»Brauchet Majesdäd no äbbes?«

»Wie?«

»Ob du no äbbes brauche dätsch, sott i wisse, weil i no meh Ärbet han.«

»Danke, Paula.«

Sie hat schon die Türklinke in der Hand, da ruft er sie zurück: »Ist der Schultes da?«

»Noi, Losdag.«

»Der war gestern.«

»Geschtern hen die junge Kerle bloß glost, wer vielleicht zu de Soldate muaß.«

»Und heute?«

»Du woisch aber au gar nix. Heit schießet se, weil se jetza uffs Oberamt marschieret und gmuschtert werret. Do isch dr Schultes älleweil dabei.«

»Bild! Bild!«

Paula räuspert sich. Sie wartet auf Antwort.

»Ach so! Nein, ich brauche dich nicht mehr. Ich gehe nachher auf ein Stündchen spazieren.«

Kaum ist Paula weg, lässt er beim Kauen abrupt den Löffel fallen und tippt sich an die Stirn. Der nächtliche Geistesblitz ist wieder da. Das Gehirn vergisst doch nichts; bloß manchmal hat es Probleme beim Katalogisieren und Sortieren.

Er geht ans Fenster und schaut auf das bunte Treiben in den Gassen. Im Halbschlaf war ihm schlagartig bewusst geworden, dass die Plakate nicht bezweckten, die Bevölkerung zu beunruhigen. Nein, sie sollten vielmehr den Veranstalter zwingen, den König an einem vorherbestimmten Ort zu empfangen: auf den Enzwiesen außerhalb der Stadtmauern.

Nikolaus geht unruhig im Zimmer auf und ab, die Hände auf dem Rücken verschränkt. Was führen die Schurken im Schilde?

Er zerbricht sich den Kopf, überlegt hin und her, wägt ab. Und mit einem Schlag ist ihm alles klar. Die Bühne an der Enz ist optimal, nicht nur für den Veranstalter, nein, vor allem für die Attentäter. Freies Schussfeld! Und Höllenmaschinen kann man dort auch anbringen.

Nikolaus isst schnell zu Ende und eilt zum Pfarrhaus. Die Küchenfee nimmt ihn in Empfang. Hochnäsig fragt sie nach seinem Begehr und mustert ihn abweisend.

Aha, folgert Nikolaus, sie hat sich endgültig umorientiert. Der Barbier ist das Ziel ihrer Begierde. »Wie geht's dem Stier von Palermo? Lange nicht gesehen.«

Sie zeigt ihm die kalte Schulter und geleitet ihn wortlos und erhobenen Hauptes zum Arbeitszimmer des Pfarrers.

Abel brütet gerade über einer Antwort an das Statistisch-Topographische Bureau in Stuttgart, eine staatliche Behörde, die amtliche Landesvermessung und Landesstatistik betreibt, offizielle Landkarten und Jahrbücher herausgibt und im Auftrag des Königs Landeskunde und Vaterlandsliebe unter den Landeskindern fördert. Alljährlich bis 15. März ist die Entwicklung der Bevölkerung Enzheims für das Vorjahr nach Haushaltungen, Geschlecht, Altersklassen, Familienstand, Staatsangehörigkeit sowie Rekruten, Ausgelosten, Ausgemusterten und Veteranen aufzulisten.

»Haben Sie Lust auf einen Spaziergang, Herr Pfarrer?«

»Mit Vergnügen, Herr Nikolaus, ich muss bloß noch geschwind …« Der Pfarrer rauft sich die Haare, weil die von ihm abgeforderte Statistik hinten und vorn nicht stimmt.

»Kruzitürken! Irgendwo hab ich einen Fehler gemacht«, seufzt Abel, »aber wo?« Er schmeißt den Bleistift weg und schiebt das Formular von sich, das er ausfüllen muss. »Wissen Sie, Herr Nikolaus, in Enzheim wohnen gegenwärtig eintausendvierundsechzig Menschen. Das steht fest. Aber wenn ich die Zahlen aus den einzelnen Rubriken addiere, komme ich nur auf eintausendeinundsechzig.«

Entschlossen steht er auf. »Gehen wir. Die frische Luft wird mir guttun. Nachher finde ich den Fehler umso schneller.«

Sie schlendern hinunter zur Flößerlände.

»Was ich Sie noch fragen wollte, Herr Nikolaus, was ist der eigentliche Grund, dass man unserem König ans Leder will?«

»Nun, Herr Pfarrer, soweit ich weiß, geht es um zwei getrennte politische Vorgänge. Auf der einen Seite gibt es Anarchisten und radikale Republikaner, die wollen alle Monarchien mit Stumpf und Stiel ausrotten. Und auf der anderen Seite spielt sich ein erbitterter Machtkampf zwischen Preußen und Österreich um die Vorherrschaft in Deutschland ab.«

»Können Sie verstehen, was die Radikalen umtreibt? Für die habe ich kein Verständnis.«

»Auf keinen Fall billige ich deren Politik. Sie setzen auf Bomben und Attentate. Gleichwohl kann ich sie verstehen. Immerhin verweisen sie zurecht darauf, dass man sie betrogen hat.«

»Das sagen Sie? Ausgerechnet Sie? Dem König dürften solche Gedanken nicht zu Ohren kommen, schätze ich.«

Nikolaus schmunzelt. »Das sehe ich anders. Gerade der jetzige König ist sich im Klaren, dass man bei den Deutschen nach der großen Revolution in Frankreich Hoffnungen auf Freiheit, Gleichheit und Brüderlichkeit geweckt hat. Zwar haben die Württemberger jetzt eine Verfassung, aber bis zur Freiheit und Gleichheit ist es noch ein langer, langer Weg. Darum fühlen sich gerade gebildete Leute von der Politik getäuscht und schließen sich radikalen Gruppen an.«

Abel sieht den Mann an seiner Seite mit großen Augen an. Für einen Kammerdiener scheint er ziemlich beschlagen zu sein.

»Und um was geht es beim Machtkampf zwischen Preußen und Österreich?«

»Der Wiener Kongress wollte nach Napoleons endgültiger Niederlage die Machtverhältnisse in Europa neu ordnen. Das ist für Deutschland zum Teil gescheitert. Oldenburg, Waldeck, Dessau, Schaumburg-Lippe, Nassau, Hechingen, Sigmaringen, Reuß und viele andere deutsche Kleinstaaten blieben selbstständig. Seitdem versuchen Preußen und Österreich mit allen Mitteln, möglichst viele dieser Territorien auf ihre Seite zu ziehen. Um ein Gegengewicht gegen Preußen und Österreich zu schaffen und die Souveränität etlicher deutscher Staaten zu retten, will der württembergische König die kleineren zu einem Bund vereinen, der die beiden großen in Schach halten könnte.«

Abel nickt. »Verstehe. Unser König ist den Preußen und Österreichern ein Dorn im Auge, weil er ihr Machtstreben behindert.«

»Ja, genau so ist es. Deshalb glaube ich, dass der geplante Anschlag auf den König mit dieser Sache zu tun hat und nicht mit anarchistischen Umtrieben.«

Sie gehen schweigend ein Stück des Weges, bis Nikolaus den Pfarrer schließlich in seine Überlegungen einweiht.

Abel hört aufmerksam zu und gibt zu bedenken, dass die Bühne zumindest so groß sein muss, dass die vierzig Sänger des Liederkranzes Platz haben.

»Wären dreißig, besser vierzig Fuß im Quadrat genug?«, nimmt Nikolaus den Gedanken auf.

Am Ufer in der Nähe der Flößerlände schreitet er ein Quadrat von zwanzig auf zwanzig Schritten ab. »Müsste reichen.«

Abel nickt versonnen. Er schaut aufs Städtchen und stellt gerade andere Überlegungen an. »Sie können mir gewiss sagen, lieber Herr Nikolaus, wie weit man mit einem Gewehr schießen kann?«

»Normalerweise eintausendfünfhundert Fuß, allerdings ist die Zielgenauigkeit dann nicht mehr groß. Wie mir zu Ohren gekommen ist, soll es seit Kurzem neue Patente geben, die es gut und gern auf zweitausend Fuß bringen und ordentlich treffen.«

Abel stellt sich in die Mitte der abgeschrittenen Fläche. »Wenn wir die Bühne hier errichten, von wo könnten die Schüsse kommen?«

Nikolaus dreht sich im Kreis. Schließlich deutet er über den Fluss: »Der beste Platz für Scharfschützen ist am anderen Enzufer, insbesondere von dort drüben, wo die Boote liegen. Einen präzisen Schuss könnte man auch aus dem Enztor abgeben.«

»Und was ist mit dem Kirchturm?«

»Wissen Sie, wie weit es bis dorthin ist?«

»Eintausenfünfhundert Fuß, vielleicht ein paar Schritte mehr. Höchstens zweitausend.«

»Dann müssen wir den Kirchturm in unsere Überlegungen einbeziehen. Die Preußen experimentieren nämlich mit neuen Perkussionsgewehren.«

Abel fällt noch ein wichtiger Punkt ein: »Dass der Kirchturm unbewohnt ist, versteht sich von selbst.« Er hebt warnend den Finger. »Das Enztor ist es auch. Wussten Sie das?«

Nikolaus stutzt. »Ach so!« Er nickt vor sich hin. »Ja, ja«, höhnt er, »die Schufte wollen uns an den Fluss locken, weil hier alles wie auf dem Präsentierteller liegt.«

»Im Städtchen wäre der König genauso gefährdet«, wendet Abel ein.

»Weiß ich. Aus dem Grund können wir gar nicht anders, als den Empfang hier zu machen.« Nikolaus wirkt hart und entschlossen. »Aber jetzt erst recht zu unseren Konditionen.«

Vom Schlosstor stapft ein Mann an der äußeren Stadtmauer entlang durch den ausgeaperten Schnee. Er geht am Waschplatz vorbei aufs Enztor zu, bleibt lange davor stehen und biegt zur Enz ab. Öfters dreht er sich zum Tor um, als erwarte er jemand.

Nikolaus beobachtet ihn die ganze Zeit. Ihm ist aufgefallen, dass der Unbekannte die rechte Hand nicht aus der Hosentasche nimmt und mit der linken schlenkert, als müsste er das Gleichgewicht halten. Darum eiert er beim Gehen. Hat er die Hosen voll?

Als der Mann näher kommt, die eine Hand dauernd in der Tasche, fragt Abel: »Wohin des Wegs, guter Mann?«

Der Fremde knurrt, er sei Flößer und wolle einmal prüfen, wie dick das Eis sei und wann man endlich flößen könne.

»Wie misst man die Stärke des Eises«, fragt Abel neugierig, »interessiert mich.«

»Mit dem Sägemesser«, gibt der Fremde zurück, öffnet mit der Linken seinen Kittel und zieht umständlich ein Faschinenmesser aus der Gürtelscheide.

Nikolaus durchzuckt ein schrecklicher Gedanke. Seit wann sprechen schwäbische Flößer Hochdeutsch? Sollte das am Ende ...? Den Gedanken behält er lieber für sich.

Kaum ist der Mann außer Hörweite, nimmt Nikolaus den Gesprächsfaden wieder auf: »Man könnte unter der Bühne eine Höllenmaschine anbringen. Sie wissen ja, dass mehrere Attentate in jüngster Zeit mit Pulver verübt worden sind. In der österreichischen Armee zum Beispiel gibt es vorzügliche Feuerwerker. Denen würde ich das zutrauen.«

»Keine Sorge, lieber Herr Nikolaus«, sagt Abel mit einem Anflug von Stolz und Zuversicht, »ab heute lasse ich dieses Gelände nicht mehr aus den Augen. Ich hocke mich jede Nacht in den Kirchturm, da bin ich sowieso gern. Mit meinem lichtstarken Fernrohr sehe ich von oben herab wie ein Adler, was sich um die Flößerlände tut. Sie sollen nur kommen, diese Strolche.«

Gleich nach dem Abendvesper rennt Siegmund durchs Schlosstor zu den Baumwiesen. Leopold und Koloman sind bereits da. Noch außer Atem berichtet er, was vorgefallen ist.

Leopold wirkt nachdenklich, Koloman dagegen schätzt das Risiko gering ein. »Ich bin hier geboren.« Angesichts der liebreizenden Erfahrungen der letzten Tage fühlt er sich stark. »Mir kann nichts passieren.«

»Bist du blöd?«, fährt ihn Leopold an. »Wenn der Siegmund auffliegt, geht's dir erst recht an den Kragen.«

»Wieso?«

»Wieso, wieso …«, äfft Leopold nach, doch Siegmund kommt ihm mit seiner Antwort zuvor: »Weil sich mein Bauer noch daran erinnert, dass wir zusammen an Martini gekommen sind. Hat er mir heute selber gesagt.«

Koloman zieht die Stirn kraus. »Bis die in Stuttgart kapieren, wer wir sind, wird's Ostern. Mindestens.«

»Wart's ab! Ich hab noch eine Neuigkeit.« Siegmund grinst seine Kompagnons an. »Morgen fangen die Zimmerer an und bauen bei der Flößerlände eine Bühne aus Holz.«

»Zwickts mi, Burschen!« Leopold ist aus dem Häuschen. Er führt zur Überraschung seiner Kollegen ein Freudentänzchen auf. Vergnügt stellt er sich vor Siegmund und spießt ihm den Zeigefinger in die Brust. »Woher weißt das?«

»Neben meinem Weinhauer ist eine Zimmerei. Und bei der Kirch ist noch eine. Die zwei machen das zusammen.«

»Steht das fest?«

»Der Zimmerer hat's heut selber meinem Weinhauer erzählt, weil er endlich ein Gschäft im Winter hat.«

»Weißt auch, wann's fertig sein soll?

»Spätestens in zehn Tagen.«

Leopold reibt sich die Hände. »In zwei Wochen tut's einen Schlag!« Diebische Freude überzieht sein Gesicht. »Peng! Futsch ist er. Und schon hat's ihn zermörsert! Dann kann er bei den Engeln sein Manna zuzeln.« Er kichert. »Habt ihr gut g'macht, Burschen. Hat er sich doch anbrunzt, der noble Herr König, wie er von euren Plakat g'hört hat.«

Koloman und Siegmund sehen sich verwundert an.

»Geh, versteht ihr net.« Leopold winkt ab. »Also, Kollegen, ein paar Tag vor dem großen Fest macht ihr den Servus und verzupft euch[63]. So war's eh ausg'macht.«

---

63 verschwindet

Die beiden stehen verdattert da. Sich von einer Sekunde auf die andere aus dem Staub machen? Ohne Abschied und Lebewohl? Auf Nimmerwiedersehen?

Koloman muss sich zusammenreißen, damit man ihm nicht am Gesicht ablesen kann, was er von dieser Idee hält. Siegmund dagegen scheint dem Abgang eine positive Seite abzugewinnen, denn nach den ersten Schrecksekunden plappert er munter drauflos und will wissen, ob er an seine alte Dienststelle zurückdarf.

Leopold verspricht, sich für ihn zu verwenden. Im Gegensatz zu Koloman habe er gute Arbeit geleistet und wichtige Informationen geliefert.

»Und wer hat die meisten Plakate geklebt?«, giftet Koloman. Er überlege noch, ob er wieder zu den Kieberern wolle. Diese Arbeit mache ihm keinen Spaß mehr. Lieber kehre er in seinen erlernten Beruf als Sattler und Polsterer zurück. Dass seine anfänglichen Vorbehalte gegen die alte Heimat mittlerweile einer Verbundenheit gewichen sind, das verschweigt er. Der zischende Hass auf den Pfarrer ist verdampft. Immer öfter ist es ihm, als habe er Enzheim nie verlassen.

»Im Zuchthaus wirst enden, mein Lieber, wenn dich die Württemberger kriegen«, gibt Leopold bissig zurück. »Vielleicht machen sie faschierte Laiberl[64] aus dir. Schließlich hast ihre Kirche verhunzt und ihre Lakritz blamiert. Da kennen die keinen Spaß.«

Koloman läuft rot an. Am liebsten würde er seinem Ärger Luft machen, aber er reißt sich zusammen, schluckt und schweigt. Jetzt gilt es, kühlen Kopf zu bewahren und die Zunge im Zaum zu halten.

»Gehen wir ein Stück. Wir müssen noch ein paar Sachen besprechen.« Leopold wendet sich der Enz zu.

Sie schlendern im Mondschein an der äußeren Stadtmauer entlang, erst in den letzten Schneeresten, hernach folgen sie dem

---

64 Frikadellen

breiten und trockenen Weg, den die Fuhrwerke zur Ziegelbrennerei nehmen.

»In einer Woche sind die Feuerwerker da. Bis dahin gibt's noch viel zu tun.« Leopold redet mit Händen und Füßen. »Koloman, du gehst nachher zum Kirchturm. Und du, Siegmund, zum Enztor. Ab sofort treibt ihr euch dort abwechselnd rum. Mal einer bei der Kirch und der andere beim Torhäuserl, mal umgekehrt. Schreibt auf, wer reingeht und wann er rauskommt. Macht schöne Grundrisse, wie's drinnen ausschaut im Turm und im Tor. Wir benötigen ein paar trockene Plätze fürs Pulver. Aber vernadert euch net.«

»Was für Pulver?«, fragt Koloman. Zum Glück ist es nicht hell genug, sonst könnte man auf seinem Gesicht tiefen Argwohn und aufkeimende Abscheu lesen.

»Was für Pulver«, äfft ihn Leopold nach, »Pulver halt für a zünftigs Blunzengröstl[65]. Stell dich net so deppert an.«

»Wum!«, macht Siegmund. Koloman hat längst kapiert, er will nur mehr wissen. Darum spielt er den Hanswurst, dem alles ein Rätsel ist. »Der Kirchturm hat unterm Dach drei Kammern auf zwei Stockwerk. Willst das Pulver da naufschaffen?«

»Woher weißt das mit den Kammern?«

»Als Schuler bin ich mit den großen Buben oft hinauf, wenn sie die Glocken geläutet ham.«

»Dann mach halt drei Pläne. Vergiss aber die Fenster net.« Leopold wendet sich dem Weg zu. »Halt!«, er hebt den Zeigefinger, »noch eins, Burschen: Schreibt in jeden Plan, wie lang und breit jede Stube ist.«

Koloman bleibt aufdringlich: »Soll ich aufmalen, wie man in den Kirchturm kommt?«

»Ja, ist die Tür zum Turm denn zu?«

»Meistens.« Koloman schaut abschätzig. »Aber es gibt noch eine von innen. Direkt neben der Sakristei …«

»… du machst dich«, unterbricht Leopold honigsüß. Koloman weiß, dass es eher spöttisch gemeint ist.

---

65 geröstete Blutwurst

»Eins versteh ich net«, Siegmund bleibt stehen. »Warum tun wir das Pulver in den Turm und ins Tor, wenn die Bühne am Ufer ist?«

Leopold ist ungehalten »Siehst eine Bühne?«

Siegmund zuckt die Achseln.

»Was fragst dann so blöd?« Ungeduldig drängt Leopold seine Kollegen zum Weitergehen. »Auf geht's Burschen, in einer Woch ist das Pulver da. In der Hosentasch können wir's nicht rumtragen, bis das Häuserl am Wasser fertig ist.«

»Aha«, bilanziert Koloman das Gehörte, »die Bühne sollen wir in die Luft sprengen.«

»Du net«, fährt ihn Leopold an, »du bist zu blöd dazu.«

Koloman nimmt's gelassen, zwar weiß er jetzt, was an der Bühne passieren wird, aber den ganzen Plan durchschaut er noch nicht. Drum fragt er ins Blaue hinein: »Was willst mit den Plänen vom Turm und vom Tor?«

Leopold höhnt. »Bist und bleibst ein dummes Tschapperl.«

»Kannst dir's net denken, Koloman?«, mischt sich Siegmund ein. »Glaubst, dass die Hofschranzen unter die Bühne kraxeln und das Pulver selber anzünden?«

Jetzt ist es an Koloman, hämisch zu bemerken: »Mit einem Schuss vom Kirchturm oder aus dem Enztor kann's leicht danebengehen.«

»Glaubst, meine Kollegen können net zielen, oder was?« Leopold ist empört.

»Und wenn so viele Hofschranzen vor der Bühne rumstehen, dass sie das Pulver drunter net treffen können?«

»Weißt was Besseres?«

»Ja.«

»Dann red, oder i frans dir eine!«

»Zu Befehl, Herr Ingenieur!«

Leopold wird bleich. Wütend packt er Koloman am Kragen. »Woher weißt das?«

»Geh, wir wissen schon lang, dass du Artillerieingenieur bist und in Laibach bei den Pulverern g'lernt hast.«

»Du auch?«, fährt Leopold den neben ihm gehenden Siegmund an.

»Ja, mir hams beide g'wusst.«

»Wer noch?«

»Nana, hier keiner, bloß ein paar Kieberer in Wien.«

Leopold holt tief Luft und wendet sich an Koloman. »Red! Was willst?«

»Als Kinder sind wir oft übers Wehr ans andere Ufer der Enz. Dort, wo der Schuppen ist, liegen sommers wie winters Boote.«

»Bist du wahnsinnig! Was glaubst, wenn drüben einer mit der Krachen steht, wie schnell die Wachsoldaten vom König den auf Himmelfahrt schicken!«

»Nein, Herr Ingenieur.«

»Was nein?«

»Ich glaub net, dass ich spinn«, gibt Koloman trotzig zurück. »Ich tät's anders machen.«

»Red! Kriegst die Goschen net auf?!«

»Drei oder vier Leut sitzen im Boot. Einer liegt, dass man ihn net sehen kann, und lauert mit seiner Flinte hinter einem Loch vorn am Boot. Sie rudern zur Bühne herüber und …«

Leopold fällt der Kiefer herunter. Gerade dieser Hanswurst muss ihn eines Besseren belehren? Er schluckt und verdaut. Grantig fragt er, wie man an ein Boot kommt.

»Kein Problem«, sagt Koloman, »mieten oder kaufen.«

»Du kümmerst dich drum.« Leopold ist wieder der harte Hund. »Vergesst net, Burschen, bevor sie euch delogieren, macht's lieber den Servus und geht's über die Einschicht[66] ham, wie ihr gekommen seid. Keine Postkutsche, kein Wirtshaus! Verstanden! Gebt's die armen Wanderburschen auf der Walz! Denkt dran und bereitet euch vor.«

Sie sind vor dem Enztor angekommen. »Du bleibst da, Siegmund, und kundschaftest das alte Gemäuer aus. Zeichnung net vergessen! Und du, Koloman, gehst gleich nauf zum Kirchturm. Morgen nach dem Abendläuten seh ich euch hier vor

66 einsame Gegend

dem Tor wieder. Dann schauen wir, was die Zimmerer seither so g'macht ham.«

Wenn man an einem Schwaben kratzt, kommt ein großer Erfinder oder ein bedeutender Philosoph zum Vorschein. In seltenen Fällen jedoch ein elender Tropf.

Über einen solchen stolpert Nikolaus, als er am Samstag nach dem Mittagessen die Gaststube der Linde betritt. Er hat geliehene Kleider und genagelte Stiefel an, weil er sich später am eisigen Enzufer vom Fortschritt der Zimmererarbeiten überzeugen will. Auf dem Kopf trägt er eine Wollmütze. Sie ist unten rot und oben schwarz, entsprechend den Landesfarben des Königreichs Württemberg. Paula hat sie selber gestrickt und ihm heute Morgen mit den denkwürdigen Worten verehrt: »No friert Majesdäd net an die Ohrlappen.« Entschuldigend hat sie angefügt: »Das Wappen vom König hab ich net draufg'macht. Für die zwei Viecher und den Spruch ›Furchtlos und treu‹ hab ich keinen goldenen Faden g'habt.«

Wie aus dem Nichts baut sich ein eitler Gockeler vor Nikolaus auf. Einer, dem es in die Nasenlöcher regnet, weil er den Kopf so hoch im Himmel trägt, dass er nicht mehr sieht, was auf Erden passiert.

»Hubert Schindler«, stellt sich der Pfau vor, spreizt sich und streckt Nikolaus die Hand hin: »Künstler und Kreateur.« Nikolaus bleibt nichts anderes übrig, als dem Lack die Hand zu geben.

Ein großer Hund steht neben dem Blasierten, knurrt und fletscht die Zähne.

»Pfui, Michelangelo, still!« Affektiert streicht sich der Hochnäsige über sein langes Nackenhaar. »Wissen Sie, verehrter Kunstfreund, mein Schweißhund tut niemandem etwas zuleide.«

Nikolaus nimmt den aufgeblasenen Kauder[67] in Augenschein. Das W, das der Schweißhund im Namen zu viel hat, scheint seinem Herrchen im Namen zu fehlen. Das ist der erste Gedanke, der dem Dauergast aus Stuttgart durchs Hirn zwirbelt. Selten hat er einen so großkotzigen und unsympathischen Kerl getroffen. Und gleich eine zweite Eingebung hinterher: Dem Laffen ist nicht zu trauen. Koteletten bis unter die Mundwinkel, weißes Hemd mit blauer Halsschleife, blaue Wolljacke, sämtliche Säume mit gelber Borte besetzt. Drunter eine orangerote Weste mit dunkelroter Kanteneinfassung. Enge graue Tuchhose, weiße Strümpfe und spitze, weit ausgeschnittene Lackschuhe.

Nikolaus muss ein Lachen unterdrücken. Was hat die Lindenwirtin gesagt, als er ihr zum ersten Mal begegnet ist? »So affig tät keiner bei uns rumlaufen.« Im Nachhinein gibt er ihr Recht. Längst ist ihm die Erleuchtung gekommen, dass die Erlösung vom langweiligen Luxus in der Bescheidenheit zu finden ist.

»Verehrtester!« Nikolaus macht ein ernstes Gesicht. Absichtlich salbadert er scheinheilig, inwendig zerreißt es ihn vor Lachen. »Verehrtester, ihre ganze Erscheinung atmet Esprit und Eleganz. Darf ich's wagen, Sie nach ihrem Behufe zu fragen?«

»Kommen Sie, kommen Sie!« Der Wichtigtuer führt Nikolaus ins Nebenzimmer.

Hoppla! Der Dünkel hat tatsächlich in aller Herrgottsfrühe eine Panoramaschau aufgebaut. Hätte er dem Lackaffen gar nicht zugetraut, könnte der sich doch bei der Arbeit die Hände verstauchen.

»Einem verehrlichen Publikum biete ich heute und morgen ein einmaliges Spektakel.«

Der Wichtigtuer fasst Nikolaus am Ärmel und führt ihn durch die Ausstellung. Im Mittelpunkt ist ein zehn Fuß langes Rundgemälde, das Luzern und seine Umgebung zeigt. Dann ein bemaltes Gipsmodell, es illustriert die Bergfeste Rovereto in Ita-

---

67 Truthahn

lien. An der nächsten Wand hängt ein Panorama von Venedig, ergänzt um eine Ansicht des Dogenpalasts und der Porta Piazetta. Weiter geht's über Genf direkt in den Urwald von Südamerika. Den Schluss bilden ein Modell der heiligen Grabeskirche zu Jerusalem und Bilder von der Außen- und Innenansicht dieses weltbekannten Gotteshauses.

»Mein Kabinett ist von zehn Uhr morgens bis abends um neun Uhr geöffnet.«

»Bild! Bild!« Nikolaus dankt mit erhobener Hand und will gehen. Doch der Geck vertritt ihm den Weg. »Pardon, mein Herr, macht zwölf Kreuzer.«

»Bitte?«

»Die Eintrittspreise sind für die Honoratioren zwölf Kreuzer, für die Bürger sechs Kreuzer und für die Kinder und Dienstboten drei Kreuzer.«

»Aber …«

»Sie werden gewiss nicht leugnen wollen, Verehrtester, dass Sie meine Ausstellung gesehen haben.« Der Großkotz setzt ein herablassendes Gesicht auf. »Bauer oder Handwerker sind Sie definitiv nicht.«

»Aber …«

»Sich als Bauer verkleiden und brave Leute ums Geld bescheißen wollen! Ts, ts, ts! Miserabler Einfall! Pfui! Am Händedruck erkennt man den Landmann. Mit Ihren zarten Händen sind Sie allenfalls ein Sesselfurzer, stimmts?«

Nikolaus seufzt tief und nimmt zwei kupferne Sechser aus der Jackentasche, lässt sie dem Hämischen in die dargebotene Hand rieseln und geht grußlos. Er ärgert sich, am meisten über sich selber, weil er den Lackel auf den ersten Blick als Schwindler eingestuft hat und trotzdem auf ihn hereingefallen ist.

»War mir eine Ehre, mein Herr«, ruft ihm der Pfau hinterher, »empfehlen Sie mich weiter.«

In der Wirtsstube wartet der Schulmeister. Nikolaus hat ihn vorgestern gebeten, ihm die Schule zu zeigen, weil er sehen will, ob das jüngst erlassene Schulgesetz hier in Enzheim schon Wirkung gezeigt hat.

Draußen ist es bitterkalt. Der Winter ist zurück. Das Wasser in den Brunnen und Trögen ist gefroren, das Straßenpflaster glatt.

Untergehakt stiefeln die zwei die Hauptstraße hinauf zur Oberstadt. In einem Hof pfuzgert ein Kessel; eine Sau hat dran glauben müssen und wird jetzt verwurstet. Aus einem Haus hört man ein Kind plärren. Zwei Burschen stapfen an ihnen vorbei, die Schlittschuhe um den Hals gehängt.

»Wohin gehen die?«, will Nikolaus wissen. Er liebt das Gleiten auf dem Eis.

»Zur Wette«, der Schulmeister deutet nach rechts, »zu unserem Feuerlöschteich, gleich unterhalb vom Rathaus. Seit gestern trägt das Eis wieder.« Schmunzelnd sagt er: »Aber Achtung! Wenn Pfarrer Abel die Kerle erwischt, gibt's zwei Pfund Haumeblau[68] für jeden.«

»Warum? Mag er das Eislaufen nicht?«

»Abel hält körperliche Ertüchtigung für ebenso gefährlich wie frische Luft. Er ist ein Stubenhocker. Drum sind die jungen Leute vom Turnverein für ihn lauter Dralle[69].«

Nikolaus lacht. »Was missfällt ihm?«

»Ein erwachsener Mensch, der auf dem Boden wargelt und Purzelbäume schlägt, sei nicht ganz dicht, hat er neulich gesagt. Das machten bloß kleine Kinder, solange sie stinken wie der Mist und noch nicht richtig gehen, stehen und sitzen können.«

Nikolaus zieht die Augenbrauen hoch, sagt aber nichts. Denn eben sind sie in der Schule angekommen.

Im Erdgeschoss ist der Schulsaal für die unteren vier Jahrgänge, im ersten Stock der für die Fünft- bis Achtklässler. Unterm Dach haust die Witwe des ehemaligen Schulmeisters, der vor anderthalb Jahren verstorben ist. Das Mobiliar in beiden Klassenzimmern ist alt, dafür liegen genügend neue Schulbücher aus. Fibeln, Lesebücher und sogar Rechenbücher, was nur wenige Schulen im Land haben. Die Wandtafeln sind frisch lackiert.

---

68 Hau mich blau, Schläge

69 Simpel

Etliche Lithografien an den Wänden sollen zum Lernen anreizen: ein Porträt von König Wilhelm, Ansichten von Stuttgart, Tübingen und Ulm, vom Bodensee und von der Nordsee. Dazu handkolorierte Anschauungstafeln von einer Dampfmaschine, einem Dampfschiff und einer Lokomotive. Ferner Landkarten von Württemberg und vom Heiligen Land. Neben dem Pult hängen obendrein Rechen- und Lesetafeln.

»Kompliment, mein Lieber«, lobt Nikolaus.

»Ja, mein Schwäher unterstützt mich, wo er kann. Im letzten Jahr haben wir Bücher, Bilder und Tafeln angeschafft. Nach und nach ersetzen wir in den kommenden Jahren das alte Mobiliar durch neue Subsellien[70].«

»Bild! Bild!« Nikolaus dankt mit Handschlag, er hat es mit einem Mal eilig. »Ich möchte zur Wette und den Eisläufern zuschauen.«

»Soll ich Sie begleiten, Herr Nikolaus?«

»Wenn Sie Zeit und Lust haben, gern.«

Auf dem Teich tummelt sich junges Volk. Am Samstagnachmittag ist bekanntlich keine Schule. Ein paar Buben haben Schlittschuhe untergeschnallt und drehen vergnügt ihre Runden und Pirouetten. Andere nehmen an Land großen Anlauf und segeln über die mit Zweigen abgesteckte Schleifbahn so weit, wie der Schwung reicht. Mit Steinen markieren sie die Höchstweiten.

Als einer seine Schlittschuhe abschnallt, leiht sie Nikolaus für einen Dreier auf ein Viertelstündchen. Die Mütze tief ins Gesicht gezogen, den Schal um Mund und Nase gewickelt, tastet sich Nikolaus aufs Eis. Anfangs ein, zwei Wackler, dann kurvt er zwischen den Burschen hindurch, als habe er seit Jahr und Tag geübt.

Doch das Vergnügen währt nicht lange. Jäh packt ihn jemand am Arm und schlägt ihm mehrmals ins Gesicht. Nikolaus ist so erschrocken, dass er sich nicht wehren kann. Mit Gewalt reißt er sich los und sieht, wie ein Schwarzgekleideter auch die anderen Läufer anfällt und in einem Fort brüllt: »Runter vom Eis!

---

70 miteinander verschraubte Tische mit Bänken für Schüler

Saukerle! Liederliches Lompaziefer!« Die jungen Leute stieben auseinander, der Schwarze hinterher.

In einem Augenblick steht Nikolaus allein auf dem Teich. Auch der Schulmeister ist nicht mehr da.

Jetzt erst recht, denkt sich Nikolaus, und kreiselt übers Eis, fährt eine Acht und noch eine, mäandriert zwischen den Zweigen und Steinen, die um die Schleifbahn herum liegen. Ja, er probiert sogar das Rückwärtslaufen mit Erfolg.

Die Zimmerer warten. Haudegen dürfte inzwischen auch eingetroffen sein. Darum schnallt er rasch die Schlittschuhe ab, bindet sie an den Riemchen zusammen und hängt sie sich um den Hals. Vom Eigentümer ist weit und breit nichts mehr zu sehen.

Wie er von der Krummen Gasse in die Hauptstraße einbiegt, kommt ihm ein Trupp Soldaten vom Infanterie-Regiment Alt-Württemberg entgegen. In Zweierreihen marschieren acht königsblau Uniformierte zum Rathaus hinauf, angeführt von einem martialisch dreinschauenden Feldwebel.

Weil Nikolaus nicht rechtzeitig auf die Seite springt, schnauzt ihn der Unteroffizier an: »Aus dem Weg, du Bauerntrampel!«

Nikolaus höhnt ihm ins Gesicht: »Was für ein Haufen seid denn ihr? Platz für drei Fuhrwerke nebeneinander, und ihr kommt nicht an mir vorbei?«

Der Feldwebel lässt seinen Trupp Halt machen und baut sich vor Nikolaus auf: »Name? Hast gedient, du Drecksack?«

»Bei dir nicht, du Hanswurst!«

Der so Gewürdigte brüllt, als spieße ihn ein Elefant auf: »Frechheit! Beleidigung des Militärs!« Vor lauter Wut fehlen ihm offensichtlich die Worte.

»Aufgeblasener Ochsenfrosch«, gibt Nikolaus ruhig zurück. Bevor er noch etwas sagen kann, wird er von zwei Soldaten zu Boden geworfen und an Händen und Füßen gefesselt.

Gottlob nähert sich Haudegen, der auf dem Weg von der Linde zum Bauplatz an der Enz ist. »Was geht hier vor?«

Der Feldwebel nimmt Haltung an und berichtet. Haudegen will sich den am Boden Liegenden vorknöpfen, da wird er schlagartig blass und weicht entsetzt zurück. »Losbinden!«, schreit er, kniet jedoch gleich selber nieder. Den Tränen nahe stammelt er: »Verzeihung, Ma…«

»Haudegen!«, ruft ihn Nikolaus scharf zur Ordnung.

»Verzeihung … Ma… Mann … guter Mann … bester Mann.« Der Offizier ist untröstlich. Er bindet Nikolaus los, hilft ihm auf die Beine, klopft ihm die Kleider ab und hängt ihm die Schlittschuhe um. Dabei stammelt er in einem fort, wie unendlich leid ihm das alles tue.

Kaum ist Nikolaus von den Fesseln befreit, verliert Haudegen die Fassung: »In Linie … an-trrre-ten!«

Die neun Männer trappeln sich an der Straßenkandel zurecht, das Gewehr in Habachtstellung vor der Brust.

»Alle Mann … einen Schritt … zurück-trrreten!«

Sie stehen jetzt in Reih und Glied an der Begrenzung eines Hofes, rechts der Feldwebel.

»Feld-webel! … Zwei Schritte … zu-rück-trrreten!«

Blubb! Blubb! Weg ist er, der schneidige Herr Unteroffizier. Nach einer Schrecksekunde taucht er wieder auf. In einer Grube, gefüllt mit Gülle. Die Brühe steht ihm bis zur Brust. Entrüstet streicht er sich die Jauche aus dem Schnauzbart.

Nikolaus hat das Spektakel mit wachsender Verwunderung verfolgt. Derart entschlossen hat er Haudegen noch nicht erlebt. Doch keiner, der sich in die Hosen macht. Respekt!

»Darf ich bitten?«, sagt Haudegen, jetzt ganz gefasst, und erweist Nikolaus mit einer servilen Handbewegung seine Reverenz, denn strammstehen darf er nicht.

Auf dem Weg zur Enz bittet Haudegen abermals um Verzeihung. Er habe den Trupp heute beim Ochsenwirt einquartiert, damit die Bevölkerung erkennt, dass der Königsbesuch unmittelbar bevorsteht. Außerdem solle das Militär mit seiner Präsenz Attentäter einschüchtern. Zudem spiele übermorgen um vier das Musikkorps des ersten Infanterie-Regiments auf dem Marktplatz. Die neun Soldaten würden dabei planmäßig für Ordnung sorgen.

»Bild! Bild!« Nikolaus legt dankend die Hand an die Mütze, auch wenn er bezweifelt, dass die neun Tölpel abschreckend auf

Bösewichte und Verbrecher wirken. »Gut gemacht, Haudegen.« Und fürs Erste stimmt es mit Sicherheit. Dann berichtet er von dem Merkwürdigen mit dem Faschinenmesser, der nur mit der linken Hand hantierte. Vermutlich sei der Mann einarmig. Es könne sich um einen preußischen Trainoffizier handeln. Die trügen solche Sägemesser. Bevor sie die Flößerlände erreichen, informiert er Haudegen umfassend über seine Überlegungen und Abels Ausguck im Kirchturm.

Der Bühnenbau am Fluss ist weit fortgeschritten. Der Schultes hat ganze Arbeit geleistet. Seit Tagen steht er jeden Morgen ab acht, die Fäuste in die Seiten gestemmt, inmitten der Zimmerer, treibt sie an und kontrolliert jeden ihrer Schritte.

»Du Balla, kasch net uffpasse!« Als Nikolaus und Haudegen eintreffen, macht er gerade einen Gesellen zur Schnecke. »Des Brättle isch saichkromm! Hasch koine Auge em Grind! Wenn da onser König driber nahagelt, no schlag i di an d Wand na, dass de dr Ipser[71] glei verschaffe ka!«

Seit gestern strahlt die Sonne vom wolkenlosen Himmel. Vögel zwitschern, Lämmer blöken. Violette Krokusse und weiße Märzenbecher zeigen sich. Gelbe Narzissen wecken Lust auf Lachen, Leben, Licht und Luft. Es duftet nach Wasser und Erde.

Jetzt hält die Bauern und Wengerter nichts mehr. Von früh bis spät wühlen sie mit Wonne in der Erde. Wegen des miserablen Wetters konnten sie bisher nur Gülle ausbringen und Mist streuen. Die Alten hocken schon vor ihrem Ausgeding, hoffen auf ein Schwätzchen oder machen sich im Gärtle ums Haus nützlich. Und in der Schule singen die Kinder lauthals das beliebte Frühlingslied:

---

71 Gipser

»Bei schöner Frühlingszeit
da ist alles voller Freud.
Die Vöglein tun schön singen,
tun sich in die Höhe schwingen.
Das ist eine große Freud
bei schöner Frühlingszeit.

Kaum bricht das Frühjahr an,
hört man das Wachtlein schon.
Ganz lieblich tut es schlagen,
ich kann's euch nicht versagen.
Das ist eine große Freud
bei schöner Frühlingszeit.«

Der Markplatz ist um vier rappelvoll. Alle sind auf den Beinen. Männer und Frauen, Junge und Alte, Große und Kleine, Dicke und Dünne, rechtschaffene Bürger und miese Dreckskerle. Wirklich alle, vom Pfarrer bis zum letzten Armenhäusler. Niemand hält es mehr zuhause, weil ein noch nie da gewesenes Ereignis bevorsteht: Das berühmte Musik-Korps des königlich-württembergischen ersten Infanterie-Regiments gibt sich die Ehre. Seine Majestät hat es in einem höchstpersönlichen Anschreiben beauftragt, die hiesige Bevölkerung mit musikalischem Können zu beeindrucken. Der König werde sich von seinem Kammerdiener aufs Genaueste berichten lassen. Also blitzen die Epauletten und Ketten, die Stiefel und vor allem die Instrumente in der Abendsonne.

Der Schultes ist in seinem Element. Er dirigiert und disputiert, katzbuckelt und kommandiert in einem. Herr Kapellmeister hier, Herr Nikolaus da, Herr Pfarrer dort. Zum Donnerwetter! Dem Zimbalist ist der Trägerriemen gefatzt. Du liebe Güte! Einen der Hoboisten plagt ein dringendes Bedürfnis. Amtsbote Heinrich begleitet den Leibgeplagten zum Abtritt im nahen Ochsen. Der Schulmeister flitzt, um einen Ersatzriemen zu besorgen.

Das Gewusel und Geschrei vor dem Rathaus ist unbeschreiblich. Mädchen kokettieren, Burschen balzen, Hagestolze promenieren vor den Zuschauern, und Schädderhexen baatschen und bäfzgen ohne Punkt und Komma.

Endlich ist es so weit. Die Trompeter blasen das Signal zur Attacke, und die Männer auf dem Platz wissen sofort Bescheid: Maul halten und zuhören!

Der Schultes spricht zu seinem Volk. Er freue sich, dass er den Landesvater am nächsten Samstag namens der gesamten Einwohnerschaft begrüßen dürfe. Die Bühne an der Enz sei fertig und bleibe der Stadt für künftige Veranstaltungen erhalten. Heute Abend heiße er, sozusagen als Vorgeschmack auf das anstehende Ereignis, die berühmtesten Militärmusiker Württembergs willkommen, das Musikkorps vom ersten Infanterie-Regiment.

Kapellmeister Schrank steht auf den Eingangsstufen zum Rathaus und gibt das Zeichen zum Einsatz.

Anfangs erklingen württembergische Märsche. Der »Ludwigsburger Grenadiermarsch«, der mit einer Dreiklangfanfare einsetzt. Der schnelle »Ulmer Sturmmarsch«. Der aus jeweils acht Takten zusammengesetzte »Parademarsch König Friedrich«. Der feierliche, von Hörnern dominierte »Kavalleriemarsch Alt-Württemberg«.

Dann folgen diverse altdeutsche Kriegsmärsche. Der »Hohenfriedberger«, der an den Sieg der Preußen über die verbündeten Österreicher und Sachsen erinnert. Der »Pappenheimer«, der »Torgauer Marsch«, der »Rheinströmer« und andere.

Nach einer kurzen Pause begeistert das Musikkorps mit beliebten Volksliedern. Beim allseits bekannten württembergischen Soldatenlied fordert der Kapellmeister zum Mitsingen auf:

»O ihr lustigen Soldaten,
sind wir all beisammen?
Wir müssen marschieren!
Von drei bis halb viere.
Wir müssen marschieren!
Hinaus aus der Stadt.
Wir müssen marschieren!
Wo's der Feind mit uns hat.

Wenn einer ein lustger
Soldate will sein,
das Herz und Kurasche
muss auch dabei sein.
Auf Gott muss er trauen,
auf unsre lieben Frauen
alle Tag und alle Stund,
und so leben gesund.«

Zum Schluss, die Dämmerung ist längst hereingebrochen, ertönt der beschwingte »Präsentiermarsch König Wilhelm«, der erstmals vor anderthalb Jahren beim 25-jährigen Thronjubiläum aufgeführt worden ist.

Koloman hat sich im Verlauf des Konzerts immer näher an Nikolaus herangepirscht. Als der Schlussapplaus losbricht, stupft er ihn von hinten: »Hat der Herr Kammerdiener einen Augenblick Zeit für mich?«, flüstert er und schaut sich ängstlich um. »Ich muss Ihnen dringend was sagen und Sie auch was fragen.«

»In ein paar Minuten, einverstanden?«, raunt ihm Nikolaus zu. Er überlegt kurz. »Am besten warten Sie vor dem Ochsen auf mich.«

Wie der vor ein paar Tagen angekommene Trupp Soldaten sind auch die Musiker im Ochsen einquartiert. Dort will Nikolaus mit ihnen zu Abend essen.

Als er Viertel vor sechs am Ochsen ist, wispert ihm jemand zu: »Hier bin ich, Herr Kammerdiener. « Koloman steht in der dunklen Hofeinfahrt.

Nikolaus eilt zu ihm hin. »Wo brennt's?«

Koloman erzählt, er wolle die verwitwete Anna Läpple heiraten und sich hier in Enzheim niederlassen. Doch dazu benötige er als Österreicher die württembergische Staatsbürgerschaft.

»Österreicher?« Nikolaus hebt die Augenbrauen und macht ein bedenkliches Gesicht. Zum Glück sieht es Koloman in der Dunkelheit nicht, sonst würde ihn der Mut verlassen, das zu sagen, was er auf dem Herzen hat.

Eigentlich sei er Württemberger, hier in Enzheim geboren. Sein Onkel habe ihn nach dem Tod der Mutter gegen seinen Willen nach Österreich verschleppt. Pfarrer Abel trage daran eine große Mitschuld.

»So, so, der Herr Pfarrer!« Nikolaus denkt an den Nachmittag, an dem der Pfarrer wie eine Furie übers Eis gefegt ist und Ohrfeigen verteilt hat. »Nach Württemberg zurückgekehrt, sagten Sie? Gefällt's Ihnen wenigstens in der alten Heimat?«

»Ja, und mit Anna noch mehr.« Und dann beichtet er rückhaltlos, dass er Sattler und Polsterer gelernt, in der österreichischen Armee gedient und bei der Wiener Polizei gearbeitet hat. Er verschweigt auch nicht, mit welchem Auftrag er hierherkommen musste. Er berichtet von den Recherchen, die er zusammen mit Siegmund anstellte, der sich heute befehlsgemäß wieder nach Österreich abgesetzt habe. Das sei ihm verwehrt. Erstens habe er sich mit seinem Vorgesetzten überworfen, einem in der Pulverfabrik Laibach ausgebildeten Artillerieingenieur. Zweitens wolle er hier als Sattler und Polsterer an Annas Seite bleiben, da es in Enzheim und Umgebung keinen derartigen Handwerker gebe. Und zum Schluss verrät er alles, was er auskundschaften musste. Die geplante Höllenmaschine unter der neuen Bühne an der Enz, das präparierte Boot am gegenüberliegenden Ufer, die Observierung des Kirchturms und des Enztors, von wo aus vermutlich Scharfschützen die Bühne unter Feuer nehmen wollen.

Nikolaus hat schweigend zugehört. In ihm arbeitet es. War er nicht selber mal als hoher Offizier in der österreichischen Armee? Obwohl … einen Verrat billigen? Man könnte dem jungen Mann Unredlichkeit, Amtsmissbrauch, Illoyalität und Schurkerei vorwerfen. Andererseits muss man ihm Reue, Beichte, Gewissensbisse und vor allem Liebe zugutehalten. Auch dem Württemberger werfen die Österreicher ja Vertragsbruch, Treulosigkeit und Verrat vor, fällt Nikolaus ein. Darum trachten sie dem König nach dem Leben. Wohingegen dieser verliebte Bursche offenbar ihm vertraut und ihm das Leben sichern hilft.

Nikolaus atmet tief durch. »Zuerst müssen Sie Enzheimer Bürger werden. Dann werden Sie automatisch württembergischer Staatsbürger.«

»Das weiß ich, Herr Kammerdiener. Um Heiratserlaubnis muss ich auch bitten und einen zureichenden Nahrungsstand nachweisen, weil die Enzheimer keine Armen aufnehmen. Außerdem muss ich zwanzig Gulden Bürgergeld zahlen, der Feuerwehr einen ledernen Feuereimer stiften und drei Obstbäume auf der Allmendwiese pflanzen.«

»Warum kommen Sie dann zu mir? Sie wissen doch schon alles.«

»Weil Sie dem König ausrichten sollen, dass ein Attentat auf ihn geplant ist und was er dagegen tun kann.«

»Der König ist dir zu Dank verpflichtet.«

»Darum muss er mir auch helfen.«

»Wie?«

»Der Pfarrer und der Bürgermeister hocken Tag und Nacht zusammen. Ohne den König krieg ich vom Schultes kein Bürgerrecht und keine Heiratserlaubnis.«

»Hast ihn schon gefragt?«

»Um Himmels willen! Wenn der zum Pfarrer geht, ist alles aus.«

»Ja, weiß denn Pfarrer Abel nicht, dass du wieder in Enzheim bist?«

»Gott behüte! Der Pfarrer frisst mich, wenn er erfährt, dass ich wieder da bin. Und der Pulverer schießt mich über den Haufen, weil ich nicht mit dem Siegmund abgehauen bin.«

»Wo ist der Artillerist jetzt?«

»Hier in Enzheim. Er ist mit Ihnen in der Postkutsche gekommen und hat anfangs im Ochsen übernachtet. Jetzt logiert er anderswo, ich glaub im Schloss.«

Nikolaus ist blass geworden. Er denkt kurz nach, dann gibt er Koloman die Hand. »Das mit dem Bürgerrecht und der Heiratserlaubnis geht in Ordnung. Wirst schon sehen. Der König wird mit dem Pfarrer und dem Schultes reden. Verlass dich drauf. Musst dich nicht mehr verstecken.«

ZEHNTES KAPITEL:

»Wo bleibt der König?«

Durchs Schlosstor rumpelt ein geschlossener Wagen, rot lackiert und mit goldenem Zierrat geschmückt, gezogen von zwei Schimmeln. Vorn drehen sich kleinere Räder als hinten. Der Soldat auf dem Kutschbock trägt die Farben des vierten Reiterregiments: königsblaue Kutka[72], Kragen und Aufschläge ebenfalls blau und mit roten Biesen, goldene Achselklappen, lange blaue Hosen, seitlich breite rote Biesen. Sein roter Tschako[73] mit schwarz-roter Kokarde und Halteketten aus Messing, die unterm Kinn verhakt sind, hat einen schwarzen Lackschirm und am oberen Rand einen blauen Streifen. Quer über die Brust des Mannes spannt sich weißes Lederzeug. Er hält eine lange Peitsche in der rechten Hand, die Zügel in der linken. Durch die Glasscheiben der Kutschkabine ist schemenhaft eine Offiziersmütze zu erkennen. Auf dem Gepäckkasten hinter der Kabine rüttelt es einen zweiten Soldaten durch, gekleidet wie der Kutscher. Ängstlich krallt er sich an der Kabine fest, fürchtet er doch, während der holperigen Fahrt von seinem wackligen Podest zu fallen.

Nur wenige Leute stehen an der Straße. Eine junge Frau verfolgt gespannt, fast schadenfroh, den Balanceakt des Soldaten, der die Kabine umklammert, als müsse er sie zusammenhalten. Ein paar Kinder rennen der Kutsche hinterher und versuchen, sie einzuholen.

---

72 Uniformrock

73 Filzhelm

Der Wagen biegt vor dem Rathaus in die abschüssige Hauptstraße ein. Blitzschnell kurbelt der Kutscher die Bremse zu und reißt die Pferde mit den Zügeln zurück.

»Brrr!«

Knirschend kommt das Gefährt zum Stehen. Die Gäule haben kapiert. Vorsicht! Langsam ziehen sie wieder an. Im Schneckentempo rutschen die Räder übers Pflaster.

Menschenleer ist die sonst so lebhafte Enzheimer Hauptstraße. Doch von Ferne hört man ein Pfeifen und Johlen. Der Wind zerreißt zwar die Laute und flickt sie anders zusammen. Klar und deutlich ist aber zu verstehen, dass die Menschen ausgelassen sind.

Als die Berline, das bequeme Reisegefährt des Königs, durch das Enztor rappelt, geht ein Aufschrei durch die Menge, die seit zwei Stunden auf der Ruglerwiese ausharrt, um ihrem König zu huldigen. Die Enzauen sind von Soldaten abgesperrt. Beidseits des Weges vom unteren Stadttor zur Bühne bei der Flößerlände steht eine uniformierte Postenkette und schirmt die Anfahrt des Königs ab. Dragoner zu Pferde, halb Infanteristen, halb Kavalleristen, halten die Zuschauer in Schach. Sie sind die mobile Eingreiftruppe des Herrschers. Auf ihrer Fahne ist ein Drache, der Feuer speit. Mit Pistolen und krummen Säbeln fuchteln sie wild über die Köpfe der Leute hinweg.

Sogar das Podest ist von Soldaten des königlichen Leibregiments umzingelt. Schulter an Schulter riegeln große, Furcht einflößende Kerle den Auftritt seiner Majestät ab. Ihre modernen, vier Fuß langen Perkussionsgewehre mit brüniertem Damastlauf, Kimme und Korn haben sie schussbereit vor sich auf den Boden gestemmt, die Bajonette schon aufgepflanzt.

Jeder auf der Wiese, gleichgültig ob Mann oder Frau, ist beim Zutritt streng kontrolliert worden. Wer ein Gewehr, eine Pistole oder ein Messer dabeihatte, musste umkehren.

Die Botschaft der finster dreinschauenden Krieger zu Fuß und zu Pferde ist klar: Keine Fisimatenten! Keine unerlaubte Annäherung an den Landesherrn! Die martialischen Gesellen mit ihrer schweren Armatur aus Gewehr, Bajonett, Pistole, Säbel, Patronentasche und Tornister haben das ganze Volk im Blick. Sie reagieren auf jeden Knall, achten auf jede Regung und sind stets auf dem Sprung.

Die Kutsche rollt durchs Soldatenspalier, beifallumtost, von vielen Ahs und Ohs begleitet, und hält direkt vor den Stufen zum Podest. Von dort oben bestaunen die Sänger vom Liederkranz das Spektakel mit offenem Mund. Der Schulmeister vor ihnen verzwatzelt schier vor Aufregung; er lauert auf die Anweisung zum Einsatz, die Nikolaus geben soll.

Der plaudert seelenruhig und bester Laune mit Haudegen, dem Schultes und dem Pfarrer in der ersten Reihe und wartet, bis ein Soldat die Einstiegsleiter vor der Kabine ausgeklappt hat. Haudegen tritt vor und öffnet den Schlag der Kutsche. Ein Offizier streckt seinen Kopf heraus. Verwirrt und verlegen blickt er auf Haudegen. Der strahlt ihn aufmunternd an. Zögernd steigt der Irritierte aus.

In diesem Augenblick hebt Nikolaus die Hand und gibt dem Schulmeister das Zeichen zum Einsatz. Und schon tönt von der Bühne dreistimmig die alte Weise:

»Wie hab ich doch so gern die Zeit,
wenn's Frühjahr wieder kummt,
wenn alles grünt in Herrlichkeit
und alles singt und summt.«

Die Sänger haben den Auftrag, die Enzheimer mit einer Auswahl ihrer schönsten Lieder bei Laune zu halten und sich um nichts zu scheren, ganz gleich, was auch immer kommen mag. Erst wenn Nikolaus dem Dirigenten bedeute, Schluss zu machen, hätten Seine Majestät genug gehört.

Die Herren im Sonntagsstaat tragen beliebte Weisen dreistimmig vor. Handbreit reißen sie das Maul auf, blecken ihre wenigen Zähne und beobachten alles aus weiten Augen. Sie platzen vor Stolz und Neugier. Was geht hier vor? Zuerst schmettern sie das »Weinlied«, dann schmachten sie vom »Ännchen von Tharau«, und schließlich säuseln sie mit schmelzendem Vibrato: »Jetzt gang i ans Brünnele«, »Ein Sträußchen am Hute«, …

Derweil tut sich Merkwürdiges auf beiden Ufern der Enz. Diesseits stehen die Zuschauer dicht an dicht den Abhang zur Stadtmauer hinauf. Sie sind in heller Aufregung. Das soll Seine Majestät sein? Unmöglich! Der da eben der Kutsche entstieg, ist viel zu jung. Man weiß doch, wie der König aussieht und hat Bilder von ihm gesehen. Sogar im Rathaus hängt eines. Und in der Schule. Überall wispert und flüstert es: »Wo ist Seine Majestät?« Die ersten kritischen Stimmen werden laut: »Unser allseits geliebter Landesvater hat uns versetzt.«

Von der anderen Seite der Enz rudern vier Männer in einem Kahn zur Bühne herüber. Die Leute rund um die Bühne sind verdutzt. Schon beginnen die direkt vor der Stadtmauer Stehenden, die den besten Überblick haben, zu deuten und zu rufen. Endlich haben alle kapiert, dass sich etwas Unerwartetes anbahnt. Gebannt verfolgen mehr als zweitausend Augen, was sich auf dem Fluss tut. Gerade richtet sich einer im Boot auf. Was muss der da herumturnen?

Koloman und Anna haben ein nettes Plätzchen mit guter Aussicht ergattert, gleich neben dem Enztor. Koloman blickt starr auf die Enz hinaus und wird weiß wie eine Wand. Anna schaut ihn besorgt an. »Fehlt was?« Am liebsten würde sie ihm die Wangen streicheln. Aber das schickt sich nicht. Dass sie dicht beieinanderstehen, ist vielen im Städtchen schon zu viel. Koloman wehrt ab: »Alles in Ordnung.« Dass der im Boot Stehende kein anderer als Leopold ist, behält er für sich.

Die Ruderer haben freien Blick unter die Bühne. Was auf der Bühne vor sich geht, können sie im Sitzen jedoch nicht einsehen. Darum hält Leopold stehend Ausschau. Da! Ein Ruck geht durch das Boot. Der Aufrechte verliert das Gleichgewicht, wedelt mit den Armen und fällt ins Wasser. Ein Aufschrei diesseits und auf der Enz. Leopold strampelt, kann sich endlich an ein Ruderblatt klammern, das ihm einer seiner Kameraden hinhält. Zu dritt, nein zu viert, weil urplötzlich noch einer da ist, ziehen sie ihn wieder ins Boot. Von Weitem ist zu erkennen, dass etwas nicht stimmt. Das Boot, das gerade noch die Enz durchschnitt, schlingert, dreht sich flussabwärts auf das Wehr unterhalb der Flößerlände zu. Offensichtlich leckt es, läuft schnell voll. Im Nu stehen die Männer kniehoch im Wasser. Wenige Augenblicke später versinkt der Kahn im Fluss. Verzweifelte Schreie und heftiges Winken. Die fünf treiben im eiskalten Wasser. Einen scheinen die Kräfte zu verlassen. Sein Kopf taucht mehrmals unter.

Das Publikum verfolgt das Spektakel wie gelähmt. Nikolaus handelt. Er sagt etwas zu Haudegen, worauf der ein paar Soldaten ans Wehr beordert. Dort ziehen sie die vor Kälte Schlotternden aus dem Wasser.

»Oh wie herbe ist das Scheiden«, tönt's vom Podium, und davor reichen sich Pfarrer, Schultes und Nikolaus triumphierenden Blickes die Hände. Dann besteigt Nikolaus die Bühne und erlöst den Schulmeister von seinem musikalischen Auftrag.

Der Stier von Palermo schreit hinauf: »Ah, Nikolausi, musst heute heirate? Oder was max du da obe?«

Der Bärtige schmunzelt und lässt sich vom Oberstleutnant ein Sprachrohr reichen. Damit kann man ihn in einer Entfernung von über vierhundert Fuß gut verstehen, wenn er laut und deutlich spricht. Und so hält er eine kleine Ansprache ans Publikum: »Liebe Enzheimer! Ihr alle seid gerade Zeugen geworden, wie man die Männer aus dem Wasser gefischt hat. In den letzten Tagen konnten wir auskundschaften, dass sie in ihrem Kahn ein Gewehr und unter dieser Bühne eine Höllenmaschine installiert haben. Außerdem wollten sich feindselige Scharfschützen im Enztor und im Kirchturm breitmachen. Den König auf diesem Podest erschießen oder in die Luft sprengen, das war ihr Auftrag.«

Die Angst um das Leben der Schiffbrüchigen schlägt in Entsetzen und Wut um. Zornige Schreie aus dem Publikum:

»Die juckt's am Hals!«

»An den Galgen mit den Spitzbuben!«

»Sofort in der Enz ersäufen!«

Nikolaus hebt beruhigend die Hand. »Wir haben, wie Ihr wisst, in Württemberg ein neues Strafrecht. Darum kommen die fünf vor ein ordentliches Gericht.« Ihm scheint die Stimme zu versagen. Er räuspert sich.

Paula springt dicht an die Postenkette vor der Bühne heran und ruft besorgt: »Dein Moggele hat dir einen Most! Trink was! Gleich geht's leichter!« Sie streckt ihrem Herzbuben eine Steingutflasche entgegen.

Nikolaus gibt den Soldaten ein Zeichen, ihm die Flasche zu reichen. Er nimmt einen kräftigen Schluck, nickt Paula dankbar zu und fährt fort: »Ja, liebe Enzheimer, jetzt haben wir ein Problem: Wo ist der König?«

Er winkt Haudegen und den der Kutsche Entstiegenen auf die Bühne und stellt sich zwischen sie: »Liebe Landsleute! Der Mann auf meiner linken Seite, eben erst angekommen, ist General von Mikler, General-Quartiermeister Seiner Majestät. Und den Herrn auf meiner rechten Seite habt ihr in den letzten Tagen oft im Städtchen gesehen. Er ist Adjutant des Königs. Sein Name: Oberstleutnant von Haudegen.« Er nimmt noch einen Schluck aus der Flasche, tritt vor bis an den Rand der Bühne und winkt Haudegen zu sich heran. »Also, Oberstleutnant, wo bleibt der König?«

Zurufe aus dem Publikum unterbinden zunächst die Antwort.

»Der kneift!«

»Hat Angst vor den Mordbuben!«

»Nein, er hat sich verspätet!«

Nikolaus zwinkert dem Offizier zu: »Nun, Oberstleutnant, was meinen Sie? Ist der König ein Angsthase?«

Schweigen.

»Oder kommt er noch?«

Haudegen windet sich wie ein Aal. Er ist kreidebleich. Gequält sieht er den Frager an.

»Oberstleutnant, auf Ehr und Gewissen, ist der König denn im Anmarsch?«

Kopfschütteln.

»Kommt er am Ende gar nicht?«

Erneutes Kopfschütteln. Haudegen schnappt nach Luft, als wolle er etwas sagen, könne es aber nicht.

»Wird er bald da sein?«

Erneutes Kopfschütteln.

Ein Raunen wogt durch die Menschenmenge. Erste Laute des Unmuts sind zu hören.

»Wie sollen wir das verstehen, Oberstleutnant? Ob der König noch kommt, wollen Sie uns nicht verraten. Und zugleich meinen Sie, er sei weder im Anmarsch, noch treffe er später ein. Merken Sie nicht, dass sich das nicht zusammenreimt?«

Schweigen. Der Offizier schwitzt Blut und Wasser.

Nikolaus hebt warnend den Finger und sieht Haudegen streng an: »Nun, Oberstleutnant, hat es Ihnen die Sprache verschlagen? Wir bestehen auf einer ehrlichen Antwort. Kommt nämlich der König heute nicht mehr, wollen die Leute jetzt heim. Also, was ist?«

Ein ängstlicher Blick, eine leise Antwort: »Er ist schon da.«

»Wie bitte? Sagen Sie das noch einmal laut und deutlich!«

Nikolaus hält ihm das Sprachrohr vor den Mund. Jetzt versteht man überall auf der Ruglerwiese: »Er ist schon da!«

Ein Tuscheln und Zischen schaukelt die Menge auf. Die Leute recken die Hälse, beäugen misstrauisch, wer neben und hinter ihnen steht. Jedes fremde Gesicht wird gemustert: »Herr Nachbar, sind Sie der König?«

Nikolaus schaut eine Weile belustigt zu, dann fragt er den Oberstleutnant: »Haudegen, wie sieht der König aus?«

»Das wissen Eu... ups ... Sie doch selber.«

»Natürlich kenne ich den König. Aber Sie, Oberstleutnant, Sie kennen ihn auch. Beschreiben Sie ihn.« Er stellt sich vor ihn in Pose und hält ihm das Sprachrohr hin.

»Schlank ist er ... und ...«

»Und? Jetzt reden Sie!«

»61 Jahre alt.«

»Weiter! Lassen Sie sich nicht jedes Wort aus der Nase ziehen!«

»Seine Haare sind ...«

»Wie?«

Von Haudegen macht ein leidendes Gesicht und klappt die Lider zu, als könne er die Welt nicht mehr ertragen.

»Nun? Wir warten auf Antwort!«

»Seine Haare sind kurz. Normalerweise. Und … gewöhnlich … hat er keinen Bart.«

»Normalerweise? Gewöhnlich? Ja, sieht er gegenwärtig anders aus?«

Haudegen nickt gottergeben. Man sieht ihm an, dass er sich windet wie ein Aal und leidet wie ein Hund.

Der Stier von Palermo kapiert als Erster. »Isse klar wie gute Wein aus Sicilia!«, schreit er heraus. »König isse alt und habe jetze Bart und lange Haar. Musse alte Männer mit Bart lasse rasiere, Nikolausi! Zack, zack! Bin ich Spezialist! Bin ich Barbier!«

Ernesto ist der Liebling der Gesellschaft. Vor allem lieben ihn die Enzheimer wegen seines Humors und seiner famosen Gaigelkunst. Manche heißen ihn den laufenden Fünfer, weil er nur fünf Fuß hoch ist.

»Ganz recht, Ernesto. Du bist der Barbier. Komm herauf zu mir. Zack, zack!«

Kaum ist Ernesto oben, erteilt Haudegen auf einen Wink von Nikolaus einen Befehl. Zwei Soldaten packen den Barbier und drücken ihn auf einen Hocker.

»Macke keine Mist, Nikolausi!«

»Keine Angst, Ernesto, der Kopf bleibt drauf. Wirst bloß balbiert und kriegst ein Käpsele[74]. Hast doch selber gesagt, man muss den Männern den Bart scheren.«

»Du habe auch Bart«, schreit der Barbier, »musse dich selber rasiere!«

Nikolaus lacht. Die Zuschauer juxen und glucksen.

Ernesto ist verzweifelt. »Alle in Städtle wisse, io sono siciliano! Nix König!«

Alles Reden ist umsonst. Der königliche Figaro, der von den Zuschauern unbemerkt in der Kutsche mitgereist ist, tritt vor.

---

74 kurzer, kapselförmiger Haarschnitt

Er hat soeben sein Barbierzeug auf einem herbeigeschleppten Tisch ausbreitet. Ein emailliertes Becken, eine Blechflasche mit warmem Wasser, Bartseife, einen Pinsel, ein Blechnäpfchen zum Schaumschlagen, das Rasiermesser, einen ledernen Streichriemen zum Schärfen des Messers, Vortuch und Servietten. Dazu Scheren und Kämme sowie Puder und Pomaden.

Während der zerzauste Tausendsassa aus Palermo von zwei Soldaten auf einen Hocker gedrückt und vom königlichen Bartscherer und Perückenmacher höchstpersönlich auf offener Bühne balbiert und geschoren wird, schiebt sich vom Enztor her ein Berg von einem Mann durchs Soldatenspalier. Er ist gewandet wie ein Tambourist: blaue Uniform mit goldenen, fransenbehängten Schwalbennestern[75] und weißledernem Bandelier[76], das über die rechte Achsel hängt und mit Tressen und Troddeln besetzt ist. Auf beiden Ärmeln vier weiße Streifen übereinander. Auf der schwarzen Kutka wippt ein roter Federbusch, mittig mit einem schwarzen Band geschnürt. Hände und Gesicht des Musikanten sind schwarz wie Ebenholz. Im Takt seiner Schritte schlägt er nicht das Tambour, sondern zwei Becken.

Die Leute recken die Hälse. Überall im Ländle hat sich längst die Kunde vom rabenschwarzen Beckenschläger der königlichen Janitscharenmusik verbreitet.

Der Knöpfles Paul war selber in der Landeshauptstadt. Er weiß alles über den Riesen: »Erst hat er im Urwald Löwen und Affen gefangen und gekocht. Jetzt mag er lieber Spätzle mit Soß und schwätzt schwäbisch.«

---

75 Epauletten der Militärmusiker

76 ein über Schulter und Brust gespanntes Wehrgehenk

Diese Nachricht zieht schnell große Kreise: Der Knöpfle kenne den Riesen aus Afrika persönlich, der Spätzlesmusik für den König machen muss.

Man weiß nicht mehr, wo man hinschauen soll. Auf die Bühne, wo der Stier von Palermo zu einem kreuzbraven Enzheimer geschniegelt wird. Zu Abels Küchenfee, die vor der Bühne ein Freudentänzchen aufführt. Oder auf den schwarzen Riesen, der ein Höllenspektakel macht.

Die Tänzerin hält es nicht mehr an ihrem Platz. »Ernesto, mein Ärschle!« Sie stürmt die Bühne und herzt den Herausgeputzten, der nicht weiß, wie ihm geschieht.

Nikolaus sieht den Pfarrer fragend an und verkündet, als Abel zustimmend nickt, demnächst finde in Enzheim wohl eine Hochzeit statt.

»Nix heirate!« Der Mann aus Sizilien spuckt Gift und Galle.

»Ärschle, du hältsch jetzt auf der Stell dei Gosch!«, schnauzt ihn die Köchin an.

Nikolaus fragt belustigt den Entrüsteten: »Und wenn's der König befiehlt?«

»Hoho! Erst du müsse rasiere!«

»Und dann?«

Ernesto denkt kurz nach und grinst. Ihm ist eingefallen, wie er seine Freiheit retten kann: »Wenn du habe rasiert«, er holt Luft, denn er ist erregt, »und wenn gefunde König«, er macht eine kleine Pause, »und wenn König zahle Hochzeit«, er nickt, »Ernesto macke Hochzeit mit Frau.«

»Einverstanden«, sagt Nikolaus. »Alle sind Zeugen. Jetzt wird ein Bartträger nach dem andern rasiert, bis wir den König gefunden haben. Und wenn der deine Hochzeit zahlt, heiratest du übernächste Woche. Einverstanden?« Er hält ihm die Hand hin. »Schlag ein!«

Ernesto kichert siegessicher und ergreift die dargebotene Rechte.

Das Publikum ist entzückt. Es kann ja nicht ahnen, dass dies erst das Vorspiel ist und das fulminante Spektakel noch kommt. Wie im Theater wird auch diese Vorstellung zweieinhalb bis drei Stunden dauern.

»Jetzt du, Nikolausi, zack, zack!«, befiehlt der geschniegelte Barbier aus Palermo.

Nikolaus gehorcht. Eben nimmt er auf dem Barbierstuhl Platz, setzt die Brille ab und bekommt das Vortuch umgehängt, da hört man ein Pfeifen und Trommeln, das sich rasch nähert.

Schon marschieren Spielleute aus dem Enztor heraus. Vorweg der prächtig herausgeputzte Tambourmajor mit erhobenem Tambourstock. Dann die zum Regiment gehörenden Tamboure und Hornisten, in gleicher Weise in schmucken blauen Uniformen. Alle Aufmerksamkeit ziehen sie auf sich, besonders den Damen verschlägt es den Atem. Wenn Mannsbilder protzen wie die Pfauen, so die Philosophie der Militärs, fallen die Weibsbilder reihenweise in Ohnmacht infolge des Gebalzes, der klirrenden und blitzenden Säbel, der Pracht der aufgezwirbelten Schnurrbärte und des schauderlichen Lärms von so viel Blech.

Den Männern juckt es in den Füßen. Ihnen kommt ihre eigene Militärzeit in den Sinn. Sie wippen im Takt, trampeln auf den Boden oder blasen »ufda, ufda« aus geblähten Backen.

»Wie viele sind's denn?«, schreit einer. Gleich sind sie alle am Zählen.

»Vierzig!«, schallt es über die Wiese.

Tatsächlich. Zwanzig Trommler, zehn Becken-, Tambourin- und Tamtamschläger sowie zehn Hornisten und Signalhornbläser marschieren im nervenzerfetzenden Krach zum Podest.

Sie haben noch nicht einmal den halben Weg zurückgelegt, da setzt ein Geraune, Geschwurbel und Geschnatter ein.

Schnipp, schnapp. Was ist bloß auf der Bühne los?

»Du lieber Himmel!«

Staunen, Verblüffung, Verwirrung.

Oho! Herrjemine! Juchhe!

Ächzen, Frohlocken, Johlen, Kichern, Kreischen, Lachen, Schluchzen, Schreien. Schließlich ein ohrenbetäubendes Gebrüll.

»Heiliger Strohsack!«

»Mein lieber Herr Gesangverein!«

»Ich glaub, mein Ochs ferklet!«

»Um Gottes Wilhelm!«

Das Volk stutzt, ist betroffen, erschüttert, verwirrt, fassungslos, schließlich ergriffen. Figaros sorgsame Hände modeln, schnipp, schnapp, schnipp, schnapp, aus dem bärtigen, zauseligen Nikolaus, der in den letzten Wochen Teil ihres Lebens war, einen schnurrbärtigen Mann mit kurzer Cäsarenfrisur. Schon erhebt sich der Gestutzte und reckt grüßend die Arme in die Höhe. Jubel brandet auf, während Haudegen mit einem goldbetressten Uniformrock herbeieilt. Oberstleutnant und General helfen Seiner Majestät beim Überziehen, schnallen ihr den goldenen Gürtel und das Wehrgehänge samt Säbel um.

Er steht da, wie ihn sein Volk von allen Gemälden kennt: König Wilhelm, der Hochgeachtete, der Neuerer, der vielgeliebte Landesvater.

»Bravo!«

»Ein dreifach donnerndes Hoch!«

»Hoch! Hoch! Hoch!«

Ein Schrei, ein Plumps. Paula ist in Ohnmacht gefallen.

Abel sinkt auf die Knie und bedeckt sein Gesicht mit den Händen. ›Schande über mich‹, zuckt es ihm durchs Hirn. ›Wie kann ich ihm je wieder unter die Augen treten. Niemals wird er mir die Ohrfeigen auf dem Eis verzeihen.‹

Der Schultes steht mit offenem Mund da, er guckt und reibt sich verwundert die Augen. »Kann net sein! Kann net sein!« Dann zieht er seinen Flachmann aus dem Kittel und nimmt einen großen Schluck. Starrt erneut, schüttelt den Kopf und leert die ganze Flasche. Sein glasiger Blick bleibt auf das Wunder geheftet, das vor seinen eigenen Augen geschehen ist und das er nicht fassen kann.

Seine Minna, direkt hinter ihm, strahlt wie ein Honigkuchen. Sie gackert und gluckst, haut ihrem Fritz von hinten auf die Schulter, reißt sich ihre Bändelhaube vom Kopf und setzt sie dem schräg vor ihr knienden Pfarrer auf. In Überschwang der Gefühle allerdings verkehrt herum, sodass der Gottesmann blind wird wie ein Maulwurf. »Heidenei«, schreit sie, als sie wieder Luft schnappen kann, »hab ich mir gleich denkt!«

Die Schulmeisterin neben ihr bricht in Freudentränen aus, wischt sich mit dem Ärmel über die Augen und formt mit ihren Händen einen Trichter: »Albert!« Doch ihr Mann hört nichts. Er begreift nicht, was er sieht, obwohl er mit seinem Chor auf der Bühne steht, keine zehn Schritte vom König entfernt. Magda schreit und schreit, aber ihr Albert ist taub. Bis ihn einer der Sänger stupft und auf seine Frau deutet. Sie dirigiert beidhändig in die Luft. Da springt ihn ein Gedanke an. Gleich stellt er sich vor seine Männer in Positur, gibt den Ton vor, und schon ertönt des Königs Lieblingslied:

»Es löscht das Meer die Sonne aus,
kühlendes Mondlicht ist erwacht.
Der gold'ne Adler lässt sein Haus
müde dem Silberschwan in der Nacht.
Flüsternd am Kahne glitzt der Brandung Lauf,
leise der Wind die Saiten rührt,
die Liebe zieht ihr Segel auf,
Sehnsucht das Ruder sicher führt.«

Der altgediente Soldat im Festornat lauscht ergriffen der beliebten Weise. Umständlich zieht er sein Schnupftuch aus dem Hosensack und schneuzt sich. Jedes Mal, wenn er diese wunderbare Harmonie aus Poesie und Tonkunst hört, die es so nur in seinem Schwabenland gibt, laufen ihm die Augen über, ob er will oder nicht. Heute ist's besonders schlimm. Er heult Rotz und Wasser, und alle Enzheimer fangen zu schluchzen an. In einem Meer von Tränen versinkt der letzte Ton.

Doch horch! Mit einem Schlag, einem Paukenschlag, klingt's wieder fidel.

»Trara, trara! Tätärätätä! Schnedderengteng!«

Die Brigademusik zieht im Ordinariatschritt[77] auf. Gekleidet in Paradeuniform, reich bestückt mit Litzen, Borten, Kordeln,

---

77 schneller Gleichschritt: 75 Schritte in der Minute

Ketten, Schnüren, Stutz, Kokarde, Plattenbesatz sowie blitzenden Gold- und Silbertressen. Der schneidige Kapellmeister dirigiert Kornette, Tuben, Posaunen, Hörner, Flöten, Oboen, Klarinetten, ein Fagott, eine Triangel, Trommeln, Becken, Pauken und einen Halbmond[78]. Über die Enzauen schallt der langsame »Ludwigsburger Regimentsmarsch«, vom Stuttgarter Kapellmeister Richter komponiert, eigens zum Defilieren vor dem König und Abgeben der Honneurs. Alle anderen Musiker stimmen mit ein.

Höllenmusik! Die Luft vibriert, die Erde bebt, die Enz schäumt über.

Hasen und Rebhühner suchen entsetzt das Weite. Die Vögel wandern unter Protest ins Hohenlohische aus. Fische retten sich in den Neckar. Dafür leuchtet die Sonne vom blauen Himmel, und das Volk ist restlos begeistert.

»Meinen Sie, Herr Lehrer, wir kriegen's noch hin?« Abel und der Schultes haben Majestät versprochen, bis Weihnachten das Schlittschuhlaufen zu lernen. Unter dieser Voraussetzung hat der König augenzwinkernd dem Pfarrer die Ohrfeigen verziehen und dem Schultes versprochen, im nächsten Winter wiederzukommen.

»Es gibt nichts, was württembergische Pfarrer und schwäbische Schultheißen nicht können«, plustert sich Fritz Frank auf.

Der Schulmeister muss ein hämisches Grinsen unterdrücken. Ihm ist längst klar, dass ein schweres Stück Arbeit auf ihn wartet. Zwei so steife und massige Körper auf schmalen Kufen? Im Grunde genommen nach allen physikalischen Gesetzen unmöglich. Oder kann man die Anziehungs- und Fliehkräfte überlisten? Jedenfalls wird er, nein, muss er sein Bestes geben. Einen kleinen Weiher enzabwärts hat er ausgeguckt. Der friert schnell

78 halbkreisförmig gebogenes Signalhorn

zu und liegt abseits, dass man tage- und wochenlang heimlich üben kann. Für alle Fälle tüftelt er schon an Schlittschuhen mit vier Kufen oder Rädern.

Abel prostet seinen Gästen zu. »Glauben Sie, Herr Bürgermeister, dass die Paula unsere Mützen bald fertig hat?«

Der Schultes zuckt die Achseln. »Wir wollen's hoffen.«

Paula ist inzwischen königliche Hoflieferantin. Alle Welt will eine schwarz-rote Pudelmütze, wie sie Majestät tagaus tagein bei kaltem Wetter trägt. Sie schützt die Ohren, auch das dahinterliegende Hirn friert nicht mehr ein. Paula hat beim Schultes vorgefühlt, ob er sie vorzeitig aus dem Dienstvertrag entlässt. Doch der Herr Stadtpräsident ist gnadenlos. Wer sonst soll denn dem Landesvater bei künftigen Besuchen als Hofdame dienen? Kein Dienst als Hofdame, kein regelmäßiger Kontakt zum König, warnt er sie eindringlich. Schnell käme die gerade aufblühende Mützenfabrikation wieder zum Erliegen. Paula hat das sofort eingeleuchtet. Seitdem sucht sie händeringend vertrauenswürdige Damen mittleren Alters, die fehlerlos stricken können und mit kleinem Lohn zufrieden sind, zumal sie neuerdings schwarz-rote Schals in ihre Produktpalette aufgenommen hat. Aber zum Ausmisten bleibe ihr keine Zeit mehr, hat sie den Schultes angeblafft und ertrotzt, dass sie nur noch in Haus und Hof zugange sein muss.

»Die Menschen sind wie die Affen«, räsoniert Abel, »was einer hat, will jeder haben.« Dass ihn auch nach einem solchen Mützchen gelüstet, gibt er freimütig zu. Aber er ist doch nicht jeder.

Bleibt den Herren noch die Nachlese zum grandiosen Königsfest. Noch in hundert Jahren werde man bei der bloßen Erwähnung feuchte Augen bekommen, da ist sich die örtliche Dreifaltigkeit einig. Beispiellos! Exorbitant!

Erst der wunderbare Tag an der Enz, als aus Nikolaus der König wurde. Abends der Empfang im Rathaus. Anderntags das übermütige Treiben in den Gassen, das neuerliche Konzert dreier Militärkapellen auf dem Marktplatz und zum Abschluss Tanz in allen Gasthäusern.

»Dem König hat's gefallen«, stellt der Schultes zufrieden fest.

»Gefallen? Der war hin und weg, weil ihm vorher ein großer Stein vom Herzen geplumpst ist.« Abel kennt sich aus mit Seelenqualen. »Der Einfall, den Kahn unten anzubohren, war grandios.«

Der Schultes pflichtet ihm bei: »Das war Haudegens Idee. Gewiss hat er großes Lob geerntet.«

»Dass die preußischen Scharfschützen in die Falle getappt sind, wundert mich«, sagt der Schulmeister. »Haben Sie, Herr Pfarrer, davon etwas mitgekriegt?«

Abel kichert. »Haudegen ist in den letzten Nächten vor dem Fest neben mir im Kirchturm gehockt. Durch mein Fernrohr haben wir fünf Männern zugeschaut, offensichtlich Österreicher. Sie hatten sich einige Tage vorher in der verlassenen Hütte auf der anderen Enzseite eingenistet. In der vorletzten Nacht bohrten sie den Kahn an, und in der letzten Nacht ruderten alle fünf mit einem kleineren Boot direkt unter die Bühne und montierten dort ihre Höllenmaschine. Derweil haben Haudegens Leute in den präparierten Kahn noch ein Loch gemacht, dieses Mal in den Boden, es mit einem Pfropfen aus Holz, Hanf und Teer abgedichtet und diesen unter Wasser angekettet. Dann sind die fünf Männer zurück und haben vom Schuppen aus Lichtzeichen gegeben. Gleich schlichen ein paar finstere Gestalten mit langen Gewehren die Schlosssteige herab. Haudegen hat mich zwar heimgeschickt, doch hinterm Vorhang habe ich gesehen, wie sieben, acht Dragoner den Turm hinaufstürmten, während andere hinter der Kirche in Deckung gingen. Eine halbe Stunde später haben sie die Preußen auf der Treppe zum Turm in die Zange genommen und abgeführt. So muss es auch am Enztor gewesen sein.«

»Eines verstehe ich nicht.« Der Schulmeister schüttelt den Kopf. »Warum zieht der König unseren Grafen nicht zur Rechenschaft?«

»Ach«, winkt der Schultes ab, »der ist auf ewige Zeiten blamiert. Gerade sucht er eine Dienstmagd.«

Sie lachen und prosten sich zu. Abel reicht einen Teller mit Naschwerk herum. »Hat meine neue Haushälterin gebacken.«

Die Nachbarin habe letzte Woche gekündigt. Als Frau eines Barbiers könne sie nicht mehr anderen zu Diensten sein, das sei mit ihrem neuen Stand nicht vereinbar.

»Richtig, nächsten Donnerstag ist Doppelhochzeit.« Der Schultes kratzt sich im Genick. »Der Stier von Palermo kommt endlich unter die Haube. Und mit Anna Läpples Neuem kriegt unser Städtchen einen Sattler und Polsterer.«

»Wissen Sie, Herr Bürgermeister, warum unser König großen Wert darauf gelegt hat, dass die beiden so schnell heiraten?«, fragt Abel.

Der Schultes weiß es und schweigt. Er hat dem König sein Ehrenwort gegeben.

Die kleine Pause nützt der Schulmeister für ein eigenes Anliegen. Schon lange brennt ihm etwas unter den Nägeln. »Trau dich, dass was wirsch, Kerle!«, hat ihn seine Magda in den Senkel gestellt. Jetzt ist der Augenblick da. Er fasst sich ein Herz: »Bei den Hochzeiten am Donnerstag bin ich gleich zweimal dreifach gefordert. Als Mesner, als Organist und als Dirigent. Darum kann ich bei der Leich am Freitag nicht Totengräber sein. Ich kann doch das Schulehalten nicht ständig dem Provisor überlassen.«

Die beiden Stadtoberen sehen das ein. »Eigentlich ist es an der Zeit, dass wir einem armen Teufel aus unserer Gemeinde ein paar Kreuzer fürs Grabschaufeln gönnen. Meinen Sie nicht, Herr Pfarrer?«

»Ganz meine Meinung, Herr Bürgermeister. Wenn Majestät künftig öfters bei uns weilt, kommen bald andere hohe Persönlichkeiten ins Städtchen. Wir müssen investieren. Die Sauberkeit im Ort verbessern. Spazierwege rund um Enzheim anlegen. Konzerte, Matineen und Soireen ausrichten. Ich jedenfalls werde Stadtführungen bei Tag und Himmelserkundungen bei Nacht anbieten.«

»Vordringlich wäre eine Straßenbeleuchtung«, empfiehlt der Schulmeister. »Nach Einbruch der Dunkelheit kann man sich in unseren Gassen den Hals brechen.«

»Ausgezeichnet, mein Lieber!« Der Schultes greift den Vorschlag seines Schwiegersohns sofort auf. »Noch vor dem nächsten Winter werden wir die Burgunder Straße, die Hohenberger Straße und die Hauptstraße beleuchten.«

»Am besten vom 1. November bis zum 1. März.« Pfarrer Abel ist begeistert. »Zwischen Kirche und Pfarrhaus wäre eine Laterne zweckmäßig, weil sie den Weg zum Kirchenportal weisen würde.«

»Albert, du rechnest bis übermorgen aus, wie viel Brennöl und Dochte man für vier Monate braucht.« Der Schultes ist augenblicklich am Regieren. »Die Stadt stellt zehn Laternen hin. Die Beleuchtung schreiben wir aus und übertragen sie dem Billigsten.«

»Wo Licht ist, da ist Leben. Wo viel Leben ist, wollen alle hin«, bilanziert Abel und prophezeit: »Feine Damen und Herren werden wie die Motten das Licht der Laternen umschwirren. Ein goldenes Zeitalter bricht an.«

Die drei Herren starren, von so viel Glanz überwältigt, zur Decke hinauf, wo sich die erste Fliege dieses Jahres im matten Schein der Lampe die Flügel putzt. Jäh springt Abel auf: »Aber vorher müssen wir die Misthaufen und Jauchegruben unter Brettern verschwinden lassen.«